雷烏斯 Reus
天狼星 Sirius
U0013425
與新的伙伴一同踏上旅程——

諾艾兒 Noel
給我等一下！
身穿女僕裝──
把上菜用的木製托盤當成武器拿的
這名女性──正是諾艾兒。
……

ネコ光一
Illustration
Nardack
5
WORLD
異世界式教育特務
TEACHER

CONTENTS

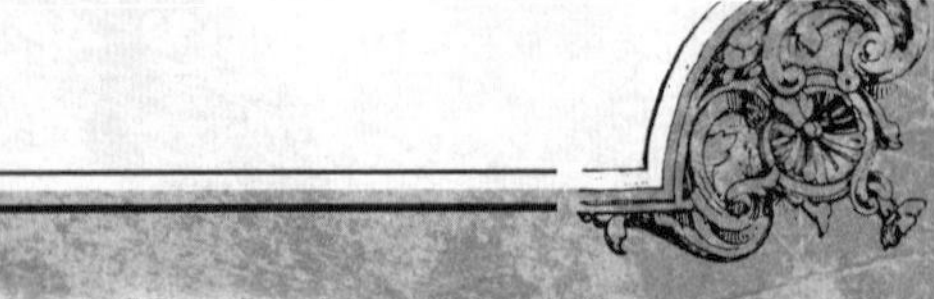

Illust : Nardack

《序章》

從學校畢業，整理完所有東西離開鑽石莊的我們，來到艾琉席恩的旅館「春風停歇之樹」。

然後通知已經是熟面孔的老闆娘我們要去旅行，她依依不捨地祝福我們，還讓大家便宜住進比較貴的房間。

剛到艾琉席恩時，我們三個住在同一間房，但現在還有莉絲在，所以男女是分開睡的。

「欸，大哥。是明天出發對吧？」

「是啊，因為我之前請賈爾岡商會準備的東西好像還沒好。」

我預計今天在「春風停歇之樹」過夜，明早去賈爾岡商會拿東西，再離開艾琉席恩。

到時我們的朋友會來送行，不過裡面有魔法大師羅德威爾，以及艾琉席恩的下任女王莉菲爾公主。雖然他們會喬裝一下，要是被其他人發現，八成會引起大騷動。

「那麼，請問我們今天要做什麼？」

「要去公會接任務嗎？」

艾米莉亞及莉絲到我們房間，問我之後的計畫，可是明天就要出發了，這個時候接任務有點趕。

「我想想……先去賈爾岡商會看看情況再決定吧。」

於是，我們離開旅館，前往賈爾岡商會。途中，走在最前面的雷烏斯帶著異常興奮的表情回過頭。

「等等要去看大哥做的那東西對不對？我還沒看過，好期待喔。」

「啊，對喔。雷烏斯還沒看過。」

「我們也只看過一下，很壯觀唷。外表看起來和一般的沒什麼差別，卻附有各種功能，像棟小房子。」

離畢業剩不到一年的某天，我在思考旅行的必需品，最先想到的是運送物資的工具。

走路可以訓練腳力，我並不排斥，但靠人力搬運行李的話負重量有限，這樣只能帶最低限度的量。

這種時候就輪到馬車登場。

再說我之所以出去旅行，是為了看看不同大陸特有的文化、種族習慣等稀奇的事物與景色，沒必要特地找苦吃。

想讓旅途順利，馬車大概是必要的，因此我立刻動手張羅。

我想到這件事時還有足夠的時間，便請賈爾岡商會幫忙製作我們專用的馬車。

艾米莉亞說得沒錯，對無家可歸的我們而言，某種意義上來說那就像小小的房子。

「話先說在前頭，我只是提出意見而已，實際動手做的是賈爾岡商會的人。順便說一下，那輛馬車用到了許多新技術，性能無可挑剔。」

「喔喔！越來越期待啦！」

「它就是天狼星少爺和我們的新家了。呵呵……以它的大小，睡覺時應該可以貼著天狼星少爺睡。」

「咦!?那、那個大小睡四個人確實有點擠。」

「沒錯。這樣就能合法陪天狼星少爺睡覺！」

雖然對興奮得喘氣的艾米莉亞不太好意思，露宿郊外時只要沒下雨，我都打算在外面鋪睡袋睡。

而且也得有人守夜，艾米莉亞想像成真的可能性並不高。

然而她卻莫名有幹勁，覺得只要可能性不是零就夠了。

我看著和雷烏斯在不同意義上興奮起來的兩人，嘆了口氣，抵達賈爾岡商會。

本來預計明天在這裡領取完工的馬車，在朋友的目送下啟程，可惜……

「對不起老闆！其實馬車還沒準備好！」

還沒出發就遇到問題了。

我們被請到裡面的房間後，這家店的負責人札克出來接待我們，一出現就下跪道歉。

「嗯……麻煩你先說明一下。」

「瞭、瞭解！大家請坐。」

我們坐到沙發上，坐在對面的札克再次低頭致歉。

「真的對不起，老闆。其實……馬車大概會來不及準備好。」

「怎麼會這樣？兩天前我跟你確認時不是沒問題嗎？」

「不，馬車本身是沒問題。你交給商會的物資都搬上去了，性能也無可挑剔。那輛馬車俺推測至少可以用十年。」

「那是出了什麼問題？」

「那個……沒有拖馬車的馬。」

我詢問詳情，札克說他跟飼養好馬的知名村莊訂了馬，今天早上卻收到無法交貨的通知。

「俺訂的是配得上老闆你們的好馬，結果出了這麼大一個漏子。竟然要讓老主顧等，俺這個商人當得真失敗。」

「非得用你訂的馬嗎？」

「不夠好的馬大概拖不動你們的馬車。用兩匹一般的馬拖也可以，不過大約需要三天來準備……」

看來目前馬匹的數量不足，得花點時間才能處理。

解釋完情況，札克嘆了口氣，我安慰他不用在意。

總之離馬送來至少要等三天的樣子，這段期間要做什麼呢——在我思考時，坐在旁邊的雷烏斯忽然站起來。

「那我來拖馬車吧！這樣還可以兼訓練對不對？」

「不行。」

「對呀，雷烏斯。拿你當馬的話天狼星少爺的品德會受人質疑，就算少爺允許，你會忙到沒時間休息喔？」

「為了大哥，我無所謂啊！姊姊不也一樣？」

「是沒錯。為了天狼星少爺，區區一兩輛馬車……」

「話題扯遠了，而且我不可能同意，再說問題根本不在於此。」

讓雷烏斯拖馬車會非常引人注目，也會被其他人冷眼看待。

我讓放著不管會徹底失控的兩姊弟冷靜下來，思考今後的計畫。

「意思是至少得多留三天囉。要做什麼呢？」

「去公會接委託提升等級？」

「這是最恰當的。去接點討伐類的委託吧。」

「啊，老闆。你們要去公會的話，俺這裡有個有點讓人在意的消息……」

這是札克在蒐集馬匹情報時聽說的，最近公會好像接到了某村莊的委託。

那裡以養馬、賣馬維生，我們本來要用的馬也是向那邊訂的。

「那個村莊叫哥德村，有座廣大的牧場，發生了麻煩的事件所以請公會調查……這是他們給俺的答覆。徒步半天左右就能走到哥德村，只要解決那個問題，說不定會願意把馬分給你們。」

「也是。與其在這邊等，不如主動行動。」

「你們可以接下這個案子沒關係。說不定回來時已經買到其他馬了。」

就算我們得到哥德村的馬，多買的馬只要賣掉就好，所以似乎可以不用顧慮。

「那就這樣決定囉。不好意思，麻煩你幫忙準備幾天的糧食。」

「好，俺立刻吩咐。」

我們打算明天前往哥德村，今天去完公會後，得一個個通知大家我們延後出發才行。

之後我們帶著糧食，去冒險者公會接札克說的委託。

公會有好幾個接待人員，不過我們只會找加入公會時幫我們辦手續的那位女性。因為她知道我們的實力，比較不會做無謂的說明。

她現在跟我們很熟，一看見我們就露出自然的微笑，而不是職業笑容。

「哎呀，這不是天狼星嗎？今天有什麼事？」

「我聽說了一點小道消息，是不是有個養馬的村落來委託公會？」

「確實是有……你真的要接嗎？你之前不是說明天就要出城？」

「其實我們旅行需要的馬是跟那個村莊訂的，可是那裡不曉得發生了什麼事，沒辦法提供馬給我們。我想說與其空等，乾脆直接去看看情況。」

「……原來如此。那我去拿委託書，先把卡片準備好喔。」

在冒險者公會接委託的步驟，本來是要把貼在公會牆壁上的委託書撕下來交給櫃檯，用公會卡確認本人的等級再接任務。

至於完成委託，只要請委託人在公會給的紙上簽名再去公會回報即可，之後就能拿到報酬。

「拿過來？還沒貼到牆上的任務，我們可以接嗎？」

「其實不太好，不過這是有原因的。要聽聽看委託內容嗎？」

「妳方便的話。」

「瞭解。昨天哥德村的馬好像被魔物襲擊，不曉得是什麼魔物，所以他們來委託公會調查。」

「被魔物襲擊，卻是要求調查嗎？」

「對啊，為啥不是叫人剷除魔物？」

「好像是因為只有馬匹遇害，他們推測犯人很可能是哥布林。如果是哥布林，村裡的自衛隊就能打倒了，而且討伐系委託要給的報酬比較高。」

委託書上寫的報酬是八枚銅幣，假如換成討伐而非調查，報酬應該會提高到數枚銀幣吧。

「嗯……我明白錢很重要，可是萬一罪魁禍首不是哥布林，而是很強的魔物，不只接下這個任務的冒險者，全村都會有危險吧？」

「對呀。但哥德村稱不上富裕，我能理解他們想盡量減少支出。而且又沒聽說哥德村附近有強大的魔物出沒。總之就是這樣，是件讓人不知道該怎麼辦的委託，交給你們再適合不過。」

「我們嗎……？」

「嗯。以你們的實力別說哥布林，強一點的魔物也能應付。因為有人在探勘巢穴時殲滅整窩的哥布林，還有人明明是委託採集材料，卻獵來連中級冒險者都會陷入苦戰的加歐拉蛇嘛。」

我回頭一看，弟子們默默移開視線。

都過一年了，到現在還會被拿出來講，這些事蹟就是令人如此震撼。

該怎麼說呢……不好意思，我的徒弟給各位添麻煩了。

「而且接待人員的工作，就是推薦適合冒險者的委託。反正它馬上就要貼到牆上，你們別在意，儘管接下。」

「那我就接下這件委託吧。有沒有更多情報？」

「這個嘛，目前知道的是魔物一個晚上就攻擊了大量馬匹，逃進深山……差不多這樣吧？之後請你們直接到現場確認囉。」

「好的。時間不早了，我們明天再出發。」

「加油。啊，對了對了，有個跟委託無關的情報。哥德村的深山裡面呀——」

我們得到另一則情報，離開公會，通知要來送行的人啟程日改到其他時間後，才回到旅館。

儘管只需要半天路程，有可能一到哥德村就得進山，必須做好萬全的準備。

準備完的時候已經到了晚餐時間，於是我們到旅館的食堂用餐，一面討論明天的行程。

「還不能出發啊。諾艾兒姊應該等不及了吧。」

「要是不快點去見她，姊姊可能會鬧脾氣。」

姊弟倆吃著這裡的招牌料理加歐拉蛇排，迫不及待與諾艾兒他們重逢。

聽艾米莉亞提過那兩人的莉絲笑咪咪的，彷彿在表示她也很期待見到諾艾兒他們。

「我也想快點見到他們。之前看他們寄給大家的信，感覺超急著讓大家看到孩子耶。」

「姊姊也很期待跟莉絲見面的樣子。拿到馬車後得趕快過去。」

「不，雖然這樣對諾艾兒他們不太好意思，在那之前要先去一個地方。大家一起幫媽媽掃墓吧。」

「啊……說得對。必須向艾莉娜小姐報告才行。」

「嗯！要讓艾莉娜小姐看看長大的我們！」

聽見要去掃墓，兩人瞇起眼睛，輕笑出聲。

雷烏斯說得對，不只是成長過後的我們，還要向媽媽介紹我的新徒弟，同時也和姊弟倆成為朋友的莉絲。

不認識媽媽的莉絲疊起第四個吃乾淨的盤子，看著我問：

「是艾莉娜小姐……對吧？我跟著去沒問題嗎？」

「當然沒問題。」

「對呀，我想向艾莉娜小姐報告莉絲是我的摯友。」

「還是我的新姊姊！」

看著有說有笑的三人，我深深覺得能與莉絲一起旅行真的太好了。

莉絲的家人信賴我，將她託付給我，因此我不能只把她當徒弟，必須以一個男人的身分好好保護她。

萬一莉絲有個三長兩短，我可能真的會被她姊跟她爸殺掉。

吃完晚餐的我們回到各自的房間，由於現在睡覺還太早，艾米莉亞跟莉絲便到我和雷烏斯的房間聊天。

我們邊喝艾米莉亞泡的紅茶邊休息，在擦拭愛劍的雷烏斯好像想到了什麼，抬起頭。

「欸，大哥。見到諾艾兒姊他們後，接下來要幹麼？」

「聽雷烏斯這麼一問，我也很好奇，你決定好之後要去哪裡了嗎？」

「那當然。我預計在諾艾兒他們的故鄉住幾天，然後找附近的港口都市，從那邊前往阿德羅德大陸。」

「阿德羅德。是我和雷烏斯小時候住的大陸。」

「可是為啥馬上就要去其他大陸？要多走走多看看的話，這塊大陸上也有很多東西啊？」

「阿德羅德大陸有個我約好要見的人。」

七歲時在阿德羅德大陸遇見的妖精菲亞，由於妖精族的規定，得在故鄉的森林待十年……也就是還有一年才能離開。

不過只要她到森林的入口來，至少可以見個面吧。

也可以在阿德羅德大陸觀光一年左右，十年到了再去赴約，因此我才想先移動到那裡。

聽說阿德羅德大陸十分遼闊，放慢腳步觀光的話，一年應該眨眼間就過去了。

我想起好奇心旺盛、天真爛漫的笑容非常吸引人的菲亞，發現站在面前的艾米莉亞散發出詭異氣息。

「天狼星少爺，您約好要見的人是那位妖精嗎？」

「是啊……怎麼了，艾米莉亞？為何如此警戒？」

「以前艾莉娜小姐吩咐過，要我特別注意那位妖精女性。更重要的是，我自己也覺得不可以對她放鬆戒備。」

我明明只告訴他們宣稱要跟我交往的菲亞是朋友，這就是所謂的女性直覺嗎？

艾米莉亞尾巴及耳朵都豎了起來，提高戒心，看到她這樣，我有種瞞著妻子與情婦幽會的感覺，決定先改變話題。

而且在與菲亞重逢前，得先處理好一件事。

「那是很久以後的事，別想那麼多。其實我去阿德羅德大陸的理由不只這個。我

想在那裡找銀狼族的部落。」

「銀狼族的部落？那不是分散在大陸各個角落嗎？」

「在哪都可以。因為我的最終目的是找到艾米莉亞和雷烏斯小時候住的地方。」

「可是天狼星少爺，我們的部落已經……」

「對啊。沒有人活下來。」

「就是因為這樣。」

姊弟倆以前住的部落被魔物群毀掉，過了這麼多年，或許什麼都不剩了。

不幸犧牲的兩姊弟的家人及夥伴，八成統統被魔物吃進腹中，連骨頭也找不到。

即使如此……

「要幫你們的家人和夥伴建墳墓才行。」

「天狼星少爺……」

「大哥……」

「不願意也沒關係。因為那只會讓你們想起殘酷的現實——噢!?」

對他們倆來說，故鄉的慘劇是深深烙印在心上的創傷。

如果他們再也不想回憶起那件事，我打算取消這個行程，兩人卻像彈起來似的撲過來抱住我。

「謝謝您……真的很感謝您……給我們這樣的機會。」

「大哥果然最棒了！」

銀狼族是同伴意識強烈的種族。

根據書上的資料，好像還有部落為了被抓走的小孩跟整個國家對立。由於他們的同伴意識，銀狼族數量並不多，是挺複雜的種族。

我不認為這樣的銀狼族會不為死去的人建墳墓。不出所料，連同伴都沒安葬就逃出來，他們相當懊悔的樣子。

莉絲面帶聖女般的溫柔笑容看著我們，我在她的注視下不停摸兩人的頭，直到他們恢復冷靜。

到了就寢時間，去外面辦點小事的我回到房間，在關燈前通知雷烏斯「久等了。那我關燈囉」，然而……

「好的。天狼星少爺，需要侍寢服務嗎？」

「什麼!?」

我嚇得轉過頭，艾米莉亞從雷烏斯的床上現身。

好像是趁我不在的那一點點時間交換的，那雷烏斯又到哪去了？

艾米莉亞在我思考的期間紅著臉抱過來，我按住她的肩膀制止她。

「那個……今天可以讓我待在您身邊嗎？不知為何我不太睡得著……」

她似乎還處於亢奮狀態，不曉得是不是聽見我要幫他們的族人建墳墓，太高興了。

明天也有很多事要忙，我得負起責任哄她睡覺。

「知道了，到床上來。」

「是！」

艾米莉亞露出燦爛笑容，飛撲到我床上。

「天狼星前輩？這麼晚了有什麼——噢，原來如此。」

十幾分鐘後……我來到兩位女性的房間，莉絲先納悶地歪過頭，看到我抱著沉沉睡去的艾米莉亞便明白了。

「她又……偷跑進去了呢。」

「嗯，又來了。」

艾米莉亞偷跑到我床上，在鑽石莊發生過好幾次，因此莉絲早就習慣了。

我也已經習慣哄艾米莉亞睡覺，不過今天的她讓我多花了一些時間。

若是平常，在陪睡狀態下只要我摸她的頭，不到五分鐘艾米莉亞就會睡著，今天卻花了近兩倍的時間。

「咦？那艾米莉亞床上的是……」

莉絲掀開鼓起的被子，裡面睡著嘴巴和身體被布綁住的雷烏斯。

終於連替身都用上了嗎？

越來越精明的艾米莉亞令我感到恐懼，但在這種狀態下還能睡著的雷烏斯說不定更恐怖。

「好……這樣就行了。那莉絲，再跟妳說一次晚安。」

「嗯……晚安。」

把艾米莉亞和雷烏斯換回來後，我回到自己的房間。

隔天，從睡夢中醒來的艾米莉亞帶著幸福的笑容，雷烏斯卻一臉疑惑地吃早餐。

「唉……真是甜美的夜晚。感受著天狼星少爺的味道睡覺果然最棒了。」

「欸，大哥。昨天晚上我夢到姊姊把我綁起來，姊姊不可能會做這種事對不對？」

「……是啊。」

面對純真的雷烏斯，我選擇默默隱瞞事實。

吃完早餐的我們離開旅館，從艾琉席恩出發。

走路到委託冒險者公會的哥德村要花上整整半天，不過我們稍微加快速度，中午過後就到了。

以養馬為主要產業的哥德村，有塊用柵欄隔開的廣大草地，今天卻一匹馬都沒看見。

「這裡就是哥德村嗎？明明被魔物襲擊過，看起來挺和平的嘛。」

「乍看之下確實如此，但大白天的還一匹馬都沒有，明顯不對勁。如情報所說，遇害的馬似乎挺多的。」

而且整個村子散發出有點緊張的氣息，所以我們馬上前去拜訪提出委託的村長。

「你們就是接受委託的冒險者？很年輕的樣子，真的沒問題嗎？」

村長對突然來訪的我們起了疑心，可是得知我們是冒險者公會介紹來的，他迫於無奈，只得跟我們說明情況。

然而，村長提供的情報和我們在公會聽見的差不多，我看等等最好去問一下村民。

「在那之後村子就沒有再遇襲，但大家害怕魔物，不敢把馬放出小屋。不放在外面讓馬自由奔跑，就養不出好馬，麻煩各位快點查出是什麼魔物。」

如果是哥布林，村民們同心協力似乎就能擊退，因此村長希望我們盡快調查清楚。離開村長家後，雷烏斯不耐煩地說：

「欸，大哥，我們直接打倒那些魔物不就行了？」

「我理解你的心情，不過委託內容就是這樣。村裡好像沒什麼錢，現在必須聽人家的話。」

要是和委託人起爭執，不只是我，整個公會的信用都會受到影響。

由於我們現在並不缺錢，大可偷偷制伏魔物，跟村長套好招後再告訴公會任務完成，不過萬一被人發現我們報告作假，之後會很麻煩。

因此應該盡量照委託人的意願行動，除非遇到緊急情況。

「不管怎麼樣，等查出是哪種魔物再說。現在先蒐集情報吧。」

「這是我們從學校畢業，當上真正的冒險者後的第一件工作耶。得加油才行。」

我帶著鼓起幹勁的弟子們，向村人蒐集情報，每個人說的卻都是自己的推測，沒人親眼看過魔物。

我還順便去馬匹遇害的地方看了一下，除了大量血跡外，還發現無數的腳印。除去村人的足跡，確實有許多疑似哥布林的人型腳印，不過……

「以哥布林來說，總覺得這個腳印太小了。是還沒長大的哥布林，還是……」

「天狼星少爺，這位村民說他看過不可思議的生物。」

我邊檢查事發現場邊沉思，這時到別處問話的艾米莉亞帶著一名男性回來。

我仔細詢問他看見了什麼，他說他之前不顧村長的制止，獨自進入森林。

「我在裡面看見血跡，跟著血跡走到深處……然後看到了。在昏暗的森林裡，全身散發白光的巨大魔物。」

「巨大魔物嗎……聽起來不好對付。」

「可是這樣不是很奇怪嗎？村長先生完全沒和我們提到這件事耶？」

「其、其實我沒跟村裡的人說。一部分是因為我怕被罵，另一部分是因為那隻魔物……太漂亮了，害我不小心看呆。那傢伙身上又沒有血腥味，我想攻擊馬的人應該不是牠，大家剛好又異口同聲地說是哥布林幹的……」

所以他才會錯失告訴其他人的時機。

好吧，在團體生活中要推翻既定事實挺需要勇氣的。這個男人看起來很膽小，就更不用說了。

然而有事情沒報告，偶爾可能會害眾人遭遇危險。

我用帶有恐嚇意味的語氣叮嚀男子後，離開那裡繼續蒐集情報。

太陽開始下山時，我們在村裡唯一的旅館吃完晚餐，做好準備再次來到村長家。村長被這麼晚來的我們嚇了一跳，得知我們等等要進入森林，他深深嘆了口氣。

「竟然要在這種時間進去，在想什麼啊。你們真的是冒險者嗎？」

「我們很習慣晚上在森林裡行動，而且別看這樣，我們的等級是七級，對手只是哥布林的話不成問題。」

「或許你們無所謂，可是萬一刺激到魔物害牠們跑來攻擊村子，頭痛的可是我喔？」

「這部分我會多加留意，而已只是進去調查而已。如果您還是會擔心，請收下這個。這是注入魔力會向空中發射信號的魔導具。」

我將自製照明彈交給村長。

小小的棒狀容器裡裝著魔石，先用畫在筒子外的「衝擊」魔法陣將內部的魔石遠遠射出去，再用畫在魔石上的「光明」向四周發送信號。

即使是在看不見光的位置，魔石會釋放出蘊含在其中的龐大魔力，會用「探查」的我一下就感應得到。

向村長解釋完魔導具的用法，成功說服他後，我們踏進村莊附近的森林。

然後用「光明」照亮黑漆漆的森林，走了一段時間，完全沒看到疑似那隻魔物的身影。

「別說白色的魔物了，啥東東都沒有耶。是不是要走到更裡面一點？」

「可是太深入裡面會延誤回去的時間。村長說得沒錯，萬一魔物去攻擊村莊怎麼辦？」

「我調查了四周好幾次，沒有大型魔物或魔物群的反應，應該不用擔心吧。別放鬆戒備就好。」

「是。話說回來……這座森林真不可思議。光是走在裡面就有種滿足感，心情非常清爽。」

「大概是因為大氣中充滿魔力。看來這座森林的魔力濃度，將近村莊附近的兩倍。」

「嗯。精靈們也比平常有精神，要是用魔法時沒控制好威力，八成會很恐怖。」

我們一面分析，一面在森林裡行走，走到一半，我有種不可思議的感覺。

明明是第一次來到這座森林，卻覺得有點懷念。

我無法判斷這種感覺到底是什麼，繼續向前走，負責帶頭的雷烏斯突然停下腳步。

「大哥，有水的味道，我看差不多了吧？」

我們之所以特地在晚上進森林探索，除了調查魔物外，同時也是為了欣賞只有這裡看得見的現象。

公會的接待人員告訴我們，這座森林生長著許多照到月光會發光的花朵，其名為月光花。

森林深處的湖好像有一整片月光花，去那裡就能看見令人無法忘懷的神祕景色。

「附近感覺不到有魔物，應該能慢慢賞花。真期待會是怎樣的景色。」

「媽媽常說欣賞各個地方的神祕現象，也是旅行的樂趣之一。」

大家邊聊天邊向前走，終於抵達那座小小的湖。

映入眼簾的美景，使我們忍不住開口讚嘆。

「好壯觀……」

「喔喔……」

「哇……」

數不清的月光花在月光下綻放，散發微弱的藍光。

此外，湖面還反射月光花的光，彷彿穿越到了另一個世界。

「大哥，這些全是月光花嗎？」

「似乎是。真沒想到有這麼多。親身體驗果然是最好的。」

我環視周遭，發現有塊地沒有月光花，於是我們移動到那裡坐下來，盡情欣賞藍色的世界。

「真美……」

「嗯，跟作夢一樣。」

坐在我兩邊的艾米莉亞及莉絲整個看呆了。

雷烏斯也靠在我背上賞花，不知不覺就墜入夢鄉。

儘管我覺得有點可惜，考慮到這個寧靜空間給人的舒適感，也不能怪他睡著。

「這孩子真是的……這可是很罕見的景色耶。而且還靠在天狼星少爺背上……太奸詐了！」

「看他睡得那麼香，就讓他睡吧。還有，妳也可以靠過來啊？」

「可以嗎!?」

「妳都偷鑽進我床裡好幾次了，事到如今幹麼顧慮這些。來，莉絲也不用客氣喔？」

「咦!?那、那就……」

我笑著叫她們別在意，艾米莉亞便露出燦爛笑容抱住我的手臂，莉絲則害羞又開心地靠到我肩膀上。

「呵呵呵……好幸福。」

「對呀，有種非常滿足的感覺。」

三個人靠在身上雖然有點重，這也是大家都在身邊的、令人心安的重量。

本來想再繼續待一下，可是我不經意地望向湖泊後方時，瞄到一隻白色生物。

我發現那是村民說的白色魔物，提高戒心，不過下一刻，我便自然而然解除戒備狀態。

在還沒摸清底細的對手面前放鬆警戒實在不可取，然而這隻白色魔物就是如此美麗，給人一種不可碰觸的神祕感。

「……天狼星少爺？您怎麼了？」

「……發生了什麼事嗎？」

艾米莉亞與莉絲納悶地看著我，睡著的雷烏斯則醒過來站起身，大概是感覺到了我的變化吧。

「呼啊……怎麼了，大哥？剛才你是不是有點警戒起來？」

「嗯，我好像找到那隻白色魔物了。你們看。」

我也站起來指向魔物，弟子們同時驚呼出聲。

是一隻……反射月光花的光，綻放銀白色光芒的狼。

體型跟馬一樣大的白狼，趴在湖中央的巨大岩石上，完全融入這片景色之中。

雖說是因為我的注意力被四周的景色吸引過去，我剛才竟然完全沒察覺到牠的氣息。這隻狼和我們之前遇過的魔物，八成是不同次元的存在。

白狼理應已經注意到我們的存在，卻什麼都不做，代表牠很有可能強到輕輕鬆鬆就能擊退我們。

總之最好不要輕舉妄動。

「好漂亮的狼……那就是村民說的白色魔物嗎？」

「與情報一致，看來沒錯。聽好了，小心別刺激到——」

我望向可能因為牠看起來很強就率先衝出去的雷烏斯，難得的是，他不但沒握著劍，還驚訝地僵在原地。

抱著我手臂的艾米莉亞也是同樣的反應，我用另一隻手摸她的頭，她才恢復正常。

「啊!?非、非常抱歉。我沒想到真的會遇見牠，不小心看呆了。」

「妳知道那是什麼嗎？」

「是的，那是『百狼』大人。據說牠是包括銀狼族在內的各種狼族的祖先，狼族的獸人都將牠視為神之使者崇拜。」

「以前爸爸說過，遇見百狼大人不要反抗，要懷著感恩的心對待牠。當時我聽不太懂，可是實際見到我就明白了。絕對不能違背百狼大人的意思。」

想必是牠身上擁有人族的我和莉絲看不出來的什麼東西吧。

兩姊弟挺直背脊，彷彿遇見絕對的王，一直凝視百狼。

百狼仍然趴在那邊，一副事不關己的態度，看著牠越看越漂亮的身姿，我好像能理解百狼為何被叫做神之使者了。

我對牠起了興趣，便問兩姊弟百狼的行為模式及習性是什麼，兩人都搖搖頭。

「對不起，我們也不太清楚。畢竟據說百狼大人數百年都不一定會出現一次。」

「我們的爸爸和爺爺也沒看過。」

這隻狼這麼大，這一帶全都是牠的勢力範圍也不奇怪，百狼卻毫不警戒，繼續睡牠的覺。我們腳下應該不會是牠地盤的分界線吧？

不……不能用上輩子的常識思考。對方是傳說中的存在，說不定沒有所謂的勢力範圍。

光是能看見這麼珍貴的百狼就夠幸運了，瞧牠睡得那麼舒服，我們不該打擾。

可是……異常在意那隻百狼的我，向前踏出一步。

「那個，天狼星少爺？最好不要太靠近百狼大人……」

「牠好像沒在警戒我們，我想再靠近一點。不過發生意外的可能性也不是沒有，妳到後面去。」

「我拒絕！」

艾米莉亞立刻回答，用力抱住我的手臂，表示她不會放開，我回頭看著莉絲，想請她幫忙說服，然而……

「我們是夥伴，這種時候應該一起去。」

「沒錯！我是天狼星少爺的隨從，無論天涯海角我都會跟著您。」

「要是牠敢動大哥，就算是百狼大人我也絕不原諒！」

莉絲也抓著我的袖子不放，雷烏斯雖然對百狼心生敬畏，仍然站到我們前面握緊拳頭。

「……真是讓人頭痛的弟子。」

他們堅定的意志使我屈服，帶著所有人一起接近百狼。

為了避免引起牠的戒心，我們慢慢走到湖邊，百狼抬頭看過來，大概是靠得這麼近實在無法無視吧。

但牠沒有採取其他行動，只是盯著我們看，別說釋放殺氣了，連警戒都不警戒。

「……再怎麼說未免太鬆懈了吧。牠沒把人類視為敵人嗎？」

「走近一看才發現，這隻狼真的好大唷。而且毛也非常漂亮，周圍的景色都要相形見絀了。」

「初、初次見面，百狼大人！我是這位天狼星少爺的隨從艾米莉亞。」

「我也是，我叫雷烏斯！」

我被突然開始自我介紹的姊弟倆嚇到，更令人驚訝的是，百狼彷彿在回答般叫了一聲。

「是、是的！我才要請您多多指教。」

「你們知道百狼在說什麼嗎？」

「只能大概聽懂……牠剛才說的是『多多指教』。」

「百狼大人好像聽得懂我們的話，因為牠都叫我們名字。然後牠沒有名字，所以叫我們隨便稱呼牠就好。」

「嗯……雷烏斯比艾米莉亞理解得更詳細的樣子。是男女差別嗎？」

「或是雷烏斯獨有的特徵。」

雷烏斯是所謂的詛咒之子，能夠變身成狼，所以大概比艾米莉亞更接近狼。我想到各種理由，可是身邊沒有其他狼族，也沒辦法調查，還是先別管這個吧。

總而言之，能跟百狼溝通真的太好了。

從牠對待姊弟倆的態度看來，這隻狼挺溫和的，不可能突然開打。

話雖如此，我對百狼一無所知，或許會因為一點小事觸怒牠，必須慎重行事才行。

我和莉絲自我介紹完後，我決定問百狼幾個問題。

「我想先問一件事，這裡是你的地盤嗎？是的話，我想為我們擅自進入這裡道歉……」

「嗷！」

「……麻煩幫我翻譯。」

「呃……百狼大人在世界各地旅行，只是碰巧路過這裡，叫我們不用在意。」

看來百狼也和我們一樣，是從外地而來的存在。

我想再接著問幾個問題，百狼卻先輕輕叫了一聲，兩姊弟立刻幫忙回答。

「不，我們也是碰巧來到這裡……來看這片珍奇的景色……」

「嗯……哦……這樣啊！」

「嗷！」

「……我們完全跟不上呢。」

「沒辦法。交給這兩個人溝通，乖乖在這邊等吧。」

我和莉絲一起看著姊弟倆與百狼交談，百狼卻再三往我身上看過來，是我多心嗎？

在我納悶的期間，對話似乎告一段落了，兩人向我報告結果。

「首先，百狼大人是男性。」

「喔……嗯。牠的性別確實讓人好奇，不過妳第一個跟我報告的就是這個啊？」

「這很重要！即使是百狼大人，能待在天狼星身邊的女性狼族只有我——咳咳！百狼大人說只要不對牠出手，牠就不會主動攻擊。」

「……那就好。對了，妳有問百狼不警戒人類的原因嗎？」

發現百狼的時候我就很好奇了，至於艾米莉亞個人的發言就當沒聽見吧。

這麼漂亮的狼，通常應該會不斷引來利欲薰心的人，自然而然對人類產生戒心，可是我們都站到牠面前了，百狼卻一點都不警戒。

「很久很久以前，百狼大人被人類救過，所以牠不會危害人類，除非人類對牠做了什麼。」

「牠還說從氣息以及態度就能馬上看出我們不是壞人。」

不僅有辦法本能察覺人類的惡意，還擁有能和人溝通的智慧嗎？

百狼還說不管我們想做什麼牠都能輕鬆應付，所以本來就不需要戒備。這隻狼這麼厲害，我很明白牠不是在開玩笑。

「百狼大人為了某個目的一直旅行。兩天前牠發現這座湖，就在這裡休息。」

「這裡魔力充足，又跟百狼大人以前住的地方很像，待起來非常舒適。」

「跟以前住的地方很像？喔……原來如此。」

我踏進森林後感覺到的異樣感和百狼一樣。

這裡給人的感覺，和上輩子與師父一起生活的深山附近類似。

腦中的疑惑因意想不到的原因解開後，我又問了一個問題。

「前幾天，森林附近的村莊遭到魔物襲擊，你知道些什麼嗎？」

進入這座森林的目的不只是賞花，還要調查攻擊村莊的是什麼魔物。

我邊問邊想「向狼蒐集情報真是神祕的經驗」，百狼只是歪過頭，叫了小小一聲。

「嗯……百狼大人常被人類盯上，不太會接近人住的地方，所以不清楚情況。可是兩天前——」

雷烏斯翻譯到這部分時，百狼突然站起來用力向上一躍，靜靜降落在我們旁邊，耳朵及鼻子頻繁抖動，看著某個方向開始低吼。

姊弟倆被百狼嚇了一跳，但他們立刻理解這個行為代表的意義，進入戒備狀態。

「大哥！我們被包圍了！」

「嗯，我偵測到了。數量……大約三十。所有人呈防衛陣型！」

「「是！」」

防衛陣型是保護以遠距離攻擊為主的莉絲的圓陣，用在被包圍的時候。

我們護著彼此身後警戒敵人，突然有個東西從附近的樹叢中跳出來攻擊我們，卻被另一個影子打飛。

是剛才在低吼的百狼，牠放下拍飛敵人的前腳，對空中咆哮。

「唔唔……不愧是百狼大人，好有魄力的咆哮聲。」

「對、對呀，全身上下都快麻痺了。」

「百狼大人說……『不想害這塊土地被血玷汙，就給我速速離去』。說得對，我可不想在這麼漂亮的地方看到血。」

「我也同意。還有剛才那隻可以確定是魔物了吧。」

攻擊我們的是全身被紅毛覆蓋的魔物，通稱餓猿。

體型跟成年男性差不多，外表類似上輩子的猴子，特徵在於只有右腕異常發達。

那隻餓猿已經被百狼一掌擊斃。大概是被揍飛的衝擊害牠脖子斷了。

百狼如自己所說，用最不會見血的方式解決魔物，但厲害的不只這點。

「……真是隻不可思議的狼。」

儘管牠跟魔物只有接觸短短一瞬間，我確實看到了。

本來以爪子或牙齒為武器的狼用前腳打飛敵人就夠稀奇了，剛才那擊還讓衝擊集中在一個點上，是武術達人會用的技術。

像人類一樣思考，使用和人類一樣的技術戰鬥的百狼令我興趣大增，不過現在還是專心處理魔物吧。

「看來攻擊哥德村的魔物就是這些傢伙。」

「嗯，我也這麼覺得。」

「可是天狼星少爺，餓猿食欲非常旺盛，只攻擊過一次村子不是很奇怪嗎？」

根據文獻記載，餓猿每天都會進食，除非遇到特殊情況。

艾米莉亞說得沒錯，哥德村是這麼棒的獵食地點，牠們卻只攻擊過一次，確實有點奇怪……

「百狼來到這個地方是兩天前。我推測魔物是本能性地害怕攻擊馬後出現的百狼，才不敢靠近。」

「這樣的話，大哥，牠們幹麼攻擊我們？」

「恐怕是飢餓勝過了恐懼吧。」

這次有兩隻餓猿同時襲來，百狼用前腳把其中一隻拍到地上，另一隻則用後腳踹得遠遠的。

牠俐落的動作令我深感佩服，我望向被百狼拍死的魔物……發現牠不僅體型異常消瘦，嘔吐物裡還只有葉子及樹果。

「看來確實是肚子餓了。飢餓的野獸不好對付，注意要徹底殺掉牠們。」

「知道哩！還有，要盡量避免見血……對吧？」

「別勉強。覺得危險就別不要顧慮這些。」

既然百狼不希望這裡被血玷汙，我們也該盡量留意。

我正準備射出想像橡膠彈的「麥格農」，百狼突然擋在我前面叫了聲。

「嗷！」

「……要我們不要出手嗎？」

「好像是。牠說魔物失控有部分是自己的原因，叫我們交給牠處理。」

真是隻負責的狼。

這些魔物對這麼強的百狼來說確實稱不上對手，可是時間拖得越長，景色被破壞的可能性就越高，所以我無論如何都要插手。

我用「麥格農」將再度發動攻擊的餓猿盡數擊落，笑著對百狼說：

「大家和你一樣不希望這個地方被弄亂。也讓我們幫忙吧。」

打倒魔物會違反契約，但我不覺得村人有辦法應付比哥布林強好幾倍的魔物，我看就直接違約吧。

聽見我這麼說，百狼猶豫了一瞬間，然後用身體撞飛從旁接近的魔物，輕輕對我叫了一聲。

「『剩下的拜託你們處理了』……的意思。」

「交給我們吧。是說這傢伙真的是狼嗎？」

我們看著明明是隻狼卻十分可靠的背影，開始戰鬥。

魔物們同時撲過來，我用想像橡膠彈做成的「霰彈槍」迎擊，艾米莉亞和莉絲使出「風彈」、「水砲」擊落牠們，雷烏斯不是用砍的，而是拿劍豪邁地把牠們掃出去。

最引人注目的應該還是百狼。

被一大群餓猿包圍仍然不以為意，大顯身手，從正上方襲來的魔物則後空翻用尾巴擊飛。

看起來很軟的尾巴，攻擊力和雷烏斯一樣……不對，是比他更強。

不僅擁有力氣和技術，甩尾前好像還會用魔力讓尾巴硬化，看得出這隻百狼連魔力都能自由操控。

在眾人的猛攻下，魔物接連被打倒，數分鐘後，百狼的前腳解決掉最後一隻。一半的地面都被魔物屍體覆蓋住，卻幾乎沒有見血，實在不簡單。

「漂亮。那隻百狼力道控制得相當精準。」

「會控制力道很厲害嗎？」

「對喔，莉絲姊不常進行近身戰，所以比較無法理解。嗯──總之就是，會控制力道代表你瞭解自己的身體和極限。」

「那是一種技術。雷烏斯的力氣大到可以用劍砍碎岩石，卻能和學校的學生互相切磋對不對？學會完全控制自己的力量也是成長的祕訣。」

「我倒有點好奇那隻百狼是在哪學到那些技術的。」

被百狼那麼大的力氣拍在地上，魔物跟脆弱的水果一樣直接摔爛都不奇怪。而且就算百狼再稀有，那麼像人類的戰鬥方式及技術明顯不對勁。

比起自然而然學會，更像有人教牠的。

沒受任何傷就打倒一群魔物的百狼，慢慢走到我們前面叫了一聲。不用翻譯我也知道牠是在道謝。

「不會，你也幫了我們很多忙，所以大家彼此彼此。是說你的戰鬥技巧真高明。全都是你自己想的嗎？」

「嗷！」

「是照顧牠的人教的，百狼大人模仿那個人戰鬥……好厲害喔，能教百狼大人的不曉得是怎樣的人。」

「也許不一定是人。剩下的之後再問，先整理一下環境吧。」

儘管我們盡量避免見血，但怎麼可以把魔物屍體放在這麼漂亮的地方不管呢。我叫大家把魔物集中到同一個地方，打算挖洞一次把牠們埋了。

當然不忘提醒他們要拔下尾巴，做為餓猿的討伐證明。

書上說這種魔物的尾巴又軟又堅固，會用在製造防具或衣服上。

我在地上畫挖洞用的魔法陣時，發現坐在附近的百狼盯著我的臉看。

我邊挖洞邊思考牠為什麼要看我，轉頭確認弟子們的情況時……看見在工作的莉絲附近有隻魔物還活著，馬上伸手指向魔物。

「雷烏斯，趴下！」

雷烏斯擋在彈道上，於是我發號施令叫他立刻趴下，用「麥格農」射穿魔物的腦袋。

莉絲雖然嚇到了，還是迅速理解狀況，愧疚地向大家道歉。

「對、對不起。那隻魔物大概是我打倒的……」

「別在意，妳沒事就好。」

「沒辦法，莉絲的魔法不好控制。」

「對啊對啊，下次加油就好。」

這次莉絲用的魔法「水砲」是射出小水球攻擊敵人的魔法。可是莉絲有精靈借她力量，不手下留情的話足以直接射穿魔物。

這次她怕魔物的血噴出來，好像有點把威力壓得太低了。

「以妳的資質，遲早學得會控制力道。所以別害怕失敗，要多多挑戰。」

我鼓勵完莉絲，發現附近的百狼乖乖趴在地上。

以牠剛才展現的實力，百狼比我快解決那隻魔物也不意外，不知為何牠卻趴在我面前一動也不動。

「……怎麼了？」

「嗷嗚……」

牠發出與巨大身軀一點都不搭調的可愛叫聲，目不轉睛地盯著我。

弟子們也注意到百狼沒有散發戒心與敵意，只是溫柔凝視著我，紛紛停止動作往這邊看過來。

一般情況下，被跟馬一樣大的狼這樣看應該不太可能靜得下心，我的心情卻莫名平靜……甚至覺得百狼的眼神令人懷念。

因此……

「……握手。」

「嗷！」

我伸出手命令牠，百狼站起來溫柔地將右前腳放到我手上。百狼的前腳比我的手還大，但牠有放輕力道，以免我撐不住。

「換手。」

「嗷！」

我又下了個命令，百狼便把左前腳放上來，叫牠趴下牠會當場趴下，叫牠轉圈也會立刻轉一圈。

最後……我下達只有我們兩個才知道的命令。

「鎖定！攻擊！」

這個命令的意思是攻擊指定對象的慣用手。百狼聽見命令，朝我設為目標的那棵樹衝過去。

瞬間拉近距離的百狼，朝右邊的樹枝——差不多是人類右手的位置咬下去，折斷它。

看到這一連串的動作，上輩子的記憶慢慢浮現腦海。

「……雷烏斯，盡量準確告訴我百狼等等說的話。」

「咦？知、知道了！」

我已經得出答案，可是還沒有明確的證據。

因此我拜託雷烏斯幫忙翻譯，看著百狼的眼睛問：

「我都把寶物埋在哪裡？」

「庭院裡的樹下……牠說你之後搞不清楚埋在哪，所以挖遍了整個庭院。」

「玩撿樹枝遊戲的時候，我們遇見什麼動物，被什麼動物追？」

「遇見熊的小孩，被牠的家人追……大哥，原來有這種事？」

「之後再告訴你。下一個問題——」

我又問了幾個問題，百狼給的答案都符合我的記憶。

再加上那熟悉的動作，以及只有我們知道的諸多回憶。

雖然名字還是想不起來……肯定不會錯。

「是你嗎……？」

「嗷！」

前世接受師父的鍛鍊時，我在雨中撿到一隻瀕死的小狗。

那隻小狗奇蹟般地撿回一命，成為我的家人，我教了牠各式各樣的技術，不知不覺牠就成了足以稱之為夥伴的存在。

可是由於壽命問題，牠在我當特務大顯身手的途中衰老而亡。

為什麼牠會在這裡？牠怎麼會變成這個模樣——腦中浮現各種疑惑，不過現在可以透過雷烏斯理解牠說的話，我便詢問過去很想問牠的問題。

「你跟我一起生活……過得幸福嗎？」

「嗷……」

「『很幸福。能再和你見面，我非常高興』……大哥，你們到底在說什麼啦！」

撒嬌時會用臉蹭我胸口的習慣也沒有改變。

雖然不能用以前的名字叫牠讓我有點鬱悶，我像要把牠的臉包覆住般，緊緊抱住變得比以前還要大的夥伴。

「嗯，我也很高興能再見到你。」

之後，弟子們瘋狂逼問我和百狼是什麼關係。

艾米莉亞特別可怕，簡直像遇到老公劈腿似的。

本以為應該得費一番工夫安撫他們，但百狼叫了幾聲後，姊弟倆就安靜下來了。

「欸，你們兩個，這隻狼剛才說什麼呀？」

「百狼大人也和我們一樣。天狼星少爺撿到我們前，曾先救過百狼大人一命。」

「簡單地說就是我們的前輩。難怪那麼強！」

大家似乎都接受這個答案。

百狼看著我，彷彿在問「這樣可以嗎」，我摸摸牠的頭表達謝意，牠開心得閉上眼睛，尾巴搖來搖去。

「我也是被天狼星前輩拯救的，所以跟你一樣呢。可以讓我摸一下嗎？」

莉絲放下心來，走到前面伸出手。百狼低下頭讓她比較好摸，莉絲便笑著摸起牠的頭。

「哇……好軟好舒服。這個觸感會讓人上癮。」

「對吧？你們也摸摸看如何？」

「這、這怎麼行！我擔待不起！」

「我、我也是！」

和逐漸習慣的莉絲不同，兩姊弟始終畏首畏尾的。

我不禁苦笑，繼續撫摸百狼，摸到一半，姊弟倆開始發出不滿的咕噥聲。

只有我和莉絲享受這個觸感，他們未免太可憐了，我看差不多該——

「嗚嗚，竟然能被天狼星少爺那樣摸……好羨慕！」

「我也好不甘心喔，姊姊。」

原來是這種意義上的可憐。

百狼看到傻眼的我，用眼神叫我摸摸他們倆，所以我招手把咬牙切齒的兩人叫過來摸頭。

莉絲在樂得尾巴狂搖的姊弟倆旁邊看著白狼，拍了下手，好像想到什麼。

「欸，天狼星前輩。既然這孩子沒有名字，幫牠取一個如何？」

「這個嘛，取名字是可以，不過在那之前，我有件事想問牠。你願意跟我一起走嗎？」

我不曉得你之前在這個世界是怎麼生活的，而且剛才你說你到處旅行，是為了達成某個目的。

為此我才想向牠問清楚，百狼卻大聲咆哮，彷彿在說「你問這什麼問題」。

「百狼大人的目的就是再見大哥一面，牠希望你帶牠一起走。好酷喔，百狼大人要加入我們嗎！」

「天狼星少爺的魅力，連百狼大人都抵擋不了呢。」

「是嗎……你願意跟隨我啊。」

兩姊弟既驚訝又開心，我瞄了他們一眼，邊撫摸再度往我身上蹭過來的百狼，邊想牠的名字。

至今以來，我回想過好幾次前世的記憶，只有認識的人的名字一個字都想不起來。我看只能想個新名字了。

我閉上眼睛思考，從背後傳來的氣息使我反射性回過頭。

「天狼星少爺，怎麼了嗎？」

「……不會吧。」

剛才感覺到的……是我的魔力沒錯。

我望向村子的方向，看到一道光射向上空。是我交給村長的照明彈。

村長發射了照明彈，表示……

「村子有危險嗎？這些魔物應該全都處理掉了啊……」

從哥德村走到這裡雖然花了點時間，直線距離其實並不遠，照理說勉強在「探查」的偵測範圍內。

我迅速發動「探查」調查村莊，捕捉到無數個顯然不是人類的反應，然而距離隔得有點遠，沒辦法連是哪種魔物都查出來。

算了，無論如何都得盡快趕回村莊。

在跟大家說明狀況的途中，百狼輕聲吠叫，雷烏斯略顯慌張地幫我翻譯。

「大哥！百狼大人說剛剛打倒的魔物，和牠進入這座森林時感應到的數量明顯有出入。該不會另一半都跑去村莊了吧……」

「很有可能。好，我一個人先回去。」

能在空中飛的我，可以比需要穿過森林的其他人還要快回去。

我向弟子們下達簡單的指示後集中魔力，就在這個時候，百狼忽然擋在我面前吠叫。

「嗷！」

「抱歉。我很想決定你的名字，不過等之後再——」

「不是啦，大哥。百狼大人是說可以騎牠去。」

如雷烏斯所說，百狼趴在我前面叫了聲，好像在要我騎上去。

「……可以嗎？」

「牠說牠對速度有自信，叫你一定要騎騎看。」

這麼龐大的身軀，騎在上面應該也沒問題。

而且以百狼的體能，直接穿越森林說不定會比我用飛的還快。

我不客氣地騎到百狼背上，用「魔力線」代替韁繩，避免在途中被甩下去。

「嘴巴會不會不舒服？」

百狼搖搖頭，看來是沒問題。

我一面享受狼毛柔順的觸感，一面確認「魔力線」的強度時，艾米莉亞帶著莉絲來到我旁邊。

「天狼星少爺，百狼大人不介意的話，可以請牠順便載莉絲嗎？」

「等、等等。比起我，載艾米莉亞比較好啦。」

「我和雷烏斯很習慣在森林裡移動。而且我們不敢坐到百狼大人背上……」

「村裡可能有傷患，莉絲姊最好也跟去。」

他們明明想跟我一起去，卻因應現在的狀況冷靜下達判斷，我默默在心中感慨。

「可是狼先生會答應嗎？」

「怎麼樣？你載得動兩個人嗎？」

「嗷！」

「牠說兩個人沒問題。還有既然是大哥認識的人，騎到自己背上也沒關係。」

真是令人心安的回應。

於是，我拉著莉絲的手讓她坐到後面，用「魔力線」綁住我們的身體，以防萬一。

「雖然我有做防護措施，還是要抱住我的腰免得掉下去喔。」

「抱、抱腰!?那、那麼……」

不僅要貼在一起，手還抱在我的腰上，莉絲整張臉都紅了。

艾米莉亞羨慕地看著這邊，確認一切都做好準備的百狼站了起來，等待我的指示。

「走吧。噢，你的名字還沒決定。」

「嗷……」

我溫柔撫摸牠的背，百狼叫著看過來，好像很舒服。

我看著牠炯炯有神的眼睛，想好名字，握緊代替韁繩的「魔力線」呼喚夥伴的新名字。

「你的名字就叫……北斗。出發了，北斗！」

「嗷嗚嗚嗚嗚——！」

北斗放聲咆哮回應我，將力氣集中在腳上用力跳起來。

牠一跳就跳得比四周的樹木還高，就這樣踩著樹頂，如飛似的移動。

「哇、哇哇!?好快！」

「厲害喔，北斗！」

這麼快的速度，理應會對身體造成不小的負擔，神奇的是，我們幾乎沒有感覺到壓力。

這也是多虧北斗的技術吧。一段時間沒見，你成長了不少啊。

以這個速度，用不著多久就能趕回村莊。

我和莉絲坐在北斗背上，享受短暫的空中旅行。

——雷烏斯——

目送大哥他們離去的姊姊和我，回頭繼續剛才做到一半的工作。

其實我們也該馬上趕回哥德村，不過有大哥和百狼大人在，不太可能有我們出場的機會，應該先把這個漂亮的地方整理乾淨才對。

我在搬最後一具魔物屍體時，發現姊姊盯著大哥他們離開的方向看。

「姊姊，怎麼了？」

「你發現了嗎？雷烏斯。百狼大人……不對，北斗大人在哭。」

「嗯。可是那不是難過的眼淚，是高興的眼淚吧？」

「這還用說？因為牠跟天狼星少爺重逢了嘛。」

北斗大人跳起來前說的話有點神祕，但我知道那是牠發自內心的吶喊。

我記得……北斗大人當時是這樣說的吧？

『感謝這個世界。感謝這個世界讓我重獲新生，再度與主人同行……』

——天狼星——

北斗的速度比想像中還快。

我的「空中踏臺」雖然可以不用管路上的障礙物在空中飛，只要是用自己的腳移動，一定會有極限。

北斗則是拿樹枝或岩石當踏臺前進，以百狼的體能加上俐落的動作，速度可以比我快上好幾倍。

問題是不習慣這種速度的莉絲……

「莉絲，會不會怕？快到目的地了，再忍耐一下。」

「沒、沒事！你之前就帶我在空中飛過了，不如說我現在挺開心的！」

莉絲用力抱著我的背，感覺確實滿開心的，看來是沒問題。

我笑著心想「這孩子膽子真大」，這時北斗衝出森林，村莊的燈火進入視線範圍之內，所以我再度發動「探查」，確認魔物的位置。

「去東邊！」

「嗷！」

哥德村東邊有座牧場，我在那裡偵測到村人與魔物的反應。

北斗叫了一聲表示瞭解，在衝向村莊的同時跳起來，越過附近的小屋往東邊前進。

我們轉眼間就抵達現場，看見眾多村民拿著火把，以及無數隻不曉得圍著什麼東西的餓猿。

「北斗！」

「嗷嗚嗚嗚嗚——！」

不用給予明確的指示，北斗也能理解我的用意。牠放聲大吼，魔物們停下手回過頭，我立刻使出魔法。

「一口氣解決掉牠們！『衝擊』。」

「是！水啊，拜託了……『水砲』。」

我和莉絲同時用魔法擊飛魔物，看到被攻擊的是馬匹，稍微鬆了口氣。我可不想讓莉絲看見人被吃的畫面。

附近還有魔物的氣息，但我認為應該先掌握狀況，便請北斗移動到村人們前面。找到村長的我從北斗背上下來，走到他面前，看到北斗的村民卻嚇得拿起武器。

「你是……今天來的冒險者嗎？」

「這、這個冒險者不重要好嗎，後面的狼是怎樣!?該不會那傢伙也對我們的馬——」

「請各位冷靜點。這隻狼不會攻擊各位。」

儘管我這麼說，北斗畢竟是隻巨大的狼，用嘴巴說明他們不可能理解，因此我摸摸走過來的北斗的頭給村人看，他們依然沒有解除警戒。

「北斗，趴下。」

「嗷！」

我還讓他們見識北斗有多聽話，可惜村民依舊是那個態度。要在現在的狀況下叫他們理解北斗沒有危險性，果然不容易嗎？

希望至少有個可以溝通的人——在我如此心想時，從北斗背上下來的莉絲詢問村人：

「有沒有人受傷？我會用治療魔法。」

「咦？喔、喔……有！來這邊！」

村人愣了一下，帶莉絲到一名穿著皮革防具、躺在地上的男子身邊。

從外表看來，這名男子年紀挺大的，但他跟其他人不同，身上有裝備武器及防具。村民說他以前好像是冒險者。

那人身上滿是撕裂傷及齒痕，看起來實在很慘。

「好嚴重……必須立刻處理。」

「處理？這麼重的傷勢沒問題嗎？」

「妳雖然是冒險者，終究還是個小孩吧？這麼多的傷口——」

「麻煩安靜點！治療是要和時間賽跑的！」

村人對莉絲投以懷疑的目光，可是一提到治療，莉絲就會變得非常認真，用氣勢壓過了其他人。

在莉絲發動治療魔法時，倒在地上的男人睜開眼睛，愧疚地說：

「好痛……小妹妹，不好意思啊。」

「可以放心了。我馬上幫你治傷。」

「抱歉，可以借我一些時間嗎？不好意思在你受傷時打擾，我有件事想問你。」

「你是這孩子的夥伴嗎？別擔心，治療費我之後會付。」

「治療費就不用了，可否請你告訴我現在是什麼狀況？其他人感覺不太能溝通……」

被魔物攻擊再加上北斗登場，導致他們完全陷入混亂狀態。

我沒打算放著魔物不管，不過我們接的委託只是要調查，所以我想跟村長和村人解釋，請他們把委託內容改成剷除魔物。

我只是因為想徹底解決這件事，並非貪圖報酬。

不愧是前冒險者，男人察覺到我的用意，苦笑著回答：

「你叫我說明，其實就是你看到的這樣。剛才那些魔物突然跑來攻擊村莊。只有一、兩隻的話還有辦法對付，可是我太大意了，一下就被包圍。要是村裡的人沒幫忙，我也會和那匹馬落得同樣的下場。」

我看到有人受了點輕傷，應該是救這個人時受的傷吧。

村民同心協力救回這名男性，魔物卻接連襲向附近的馬，開始進食，我們就是在這個時候回來的。

聽見這段對話的莉絲把所有傷患叫到旁邊排隊，似乎是要一起治療。莉絲平常是個文靜內向的女孩，在治療方面卻會變得非常可靠。

「謝謝你的說明。之後就交給我們處理吧。」

「可是那麼多魔物……」

「那點數量不成問題。請問村長在嗎？」

都被魔物包圍了還能得救，看來村民挺信賴他的。我一大聲呼喚，因為害怕北斗而遲遲不敢靠近的村長終於走了出來，也許是因為在我和這男人交談的期間，其他人也稍微冷靜下來了。

但他才踏出一步就停在原地，果然還是會怕北斗嗎？

「那、那隻狼真的沒問題？」

「這孩子是我在森林深處遇到的狼，叫做百狼，為了幫忙殲滅魔物才跟過來。外表或許有點可怕，不過牠溫和又老實喔。」

「等一下，這傢伙怎麼看都是魔物吧！」

「只要不去動牠，牠絕對不會攻擊人。更重要的是目前的狀況——」

「該死！我的馬全被吃了！喂，你們是冒險者吧。快點趕走那些魔物，救救我的馬！」

正當我準備向眾人解釋需要更改委託內容，有個男人把村長推到後面，步步逼近。自己的馬遇害是很可憐沒錯，可是這樣會害我沒辦法繼續說下去，希望他安靜點。

「我們接受的委託是調查而非殲滅魔物。還有，有件事想先通知你，那些馬已經沒救了。請見諒。」

「那就讓這女孩治療——」

「馬都被吃成那樣了，就算是她也治不好。比起這個，我有事要和村長商量，請你讓開。」

「搞屁啊！你們剛才都死到哪去——嗚!?」

我沒打算跟激動到會推卸責任的人爭論，所以我揍了他肚子一拳，用蠻力讓他閉嘴。

村民當然因此騷動起來，不過村長大吼一聲就讓他們安靜了。

「給我冷靜點！抱歉……村裡的人給你添麻煩了。」

「不會，這個狀況大家會失去冷靜也無可厚非。」

「就算這樣還是要向你道歉。其實剛才我也跟他們有同樣的想法，可是聽你那樣說，我想通了。隨隨便便認定魔物是哥布林，想靠託人調查就了事是不對的。」

「現在還來得及，要變更委託內容嗎？」

「……我會提供能力範圍內的報酬，想請你們幫忙驅逐那些魔物。」

「等等，村長！那麼多魔物他們哪可能有辦法！」

「對啊對啊！這些人怎麼看都是剛當上冒險者的小孩！」

「那你們要親自出馬嗎？而且別看他們年紀輕輕，等級可是七級，那隻白狼好像也會幫忙。遠比我們自己去戰鬥，白白犧牲來得好。」

儘管花了點時間，他最後做了冷靜的判斷，不愧是當村長的人。

村人並沒有完全被說服，但他們無法反駁村長，只得安靜下來，於是我告訴村長我願意接受這個委託。

「魔物有我和北斗負責就夠了，麻煩莉絲繼續留在這裡幫忙治療。」

「嗯。小心別受傷唷。」

我在莉絲的目送下邁步而出，趴在地上的北斗站起來走到我身旁，等候指示。

剩下的魔物數量約二十隻，分散在牧場各個角落，我看最好分頭行動。北斗的咆哮聲只能暫時嚇唬牠們，所以那些魔物仍然圍在馬旁邊，八成是餓到忍不住了。

「我從東邊進攻，北斗從反方向。」

「嗷！」

北斗叫了聲表示理解，飛奔而出，與此同時，我從另一邊殺向魔物。

最先發現的魔物有三隻，正在埋頭猛吃，只要我不出手，應該不會主動攻擊。也就是說可以隨心所欲發動奇襲。

我先用「麥格農」射死其中一隻，另外兩隻當然注意到了，朝我衝過來。我故意等牠們接近，再用小刀割破牠們的喉嚨。

雖然用魔法射穿頭部就能解決，這也是一種訓練。

我就這樣不斷移動到其他地方，接連擊潰魔物，北斗的速度卻是我的兩倍以上。

除了百狼本身的體能優異外，也是因為北斗異常有幹勁。

牠瞬間接近注意力全放在馬上的魔物，用前腳或尾巴一擊把牠們統統掃飛。被掃到的魔物骨頭斷掉，一動也不動，偶爾有幾隻倖存下來的，北斗會用前腳補上最後一擊。

我處理完三成左右的魔物時，北斗已經把剩下的魔物清理乾淨。

實在很優秀。

「辛苦了，北斗。」

「嗷嗚……」

我摸摸晚了一些回來的北斗的頭慰勞牠，回去跟村長報告魔物全部解決了。

由於現在是晚上，外面一片昏暗，從遠處不可能看得見我們的動作，因此村人們看見我們過沒多久就回來，露出納悶的表情。

「怎麼了？不會是打不贏吧？」

「不，結束了。這一帶的魔物都清光了。」

「啊!?太快了吧!」

以一般人的常識來看確實很快，不過這次大部分都是北斗幫忙的。

當我在煩惱該如何證明時，北斗從我後面走過來，咬著什麼東西放到村民面前。是魔物的屍體。北斗搬了一具又一具屍體過來，他們好像也相信了。

「因為有這隻白狼……有北斗幫忙，一下就完事了。這樣應該不用擔心馬被吃了吧。」

「是、是嗎?是說那隻狼到底是什麼?為什麼那麼聽你的話?」

「這孩子是我小時候救過的狼，我們碰巧在那座森林重逢。為了報答我救牠一命的恩情，牠才會跟著我。」

北斗蹭到我身上撒嬌，彷彿對我的話有反應。

然而看到牠這樣，一名村人指著北斗大叫：

「喂、喂，魔物跑來攻擊馬，會不會是這傢伙害的啊?」

「對、對喔，原來如此!魔物被那隻狼趕出森林，才跑到我們村裡來。」

「喂!既然那隻狼是你的，我的馬要你賠!」

還以為他們要講什麼呢……真令人傻眼。

哥德村損失龐大，所以我不是不懂他們的心情，但叫我賠償就不對了。而且，他們好像不知道自己受到北斗多大的幫助。

大部分的人都將無處宣洩的怒氣發洩在我們身上，於是我釋放殺氣叫他們閉嘴。我想我應該不會再踏進這裡，被汙衊我夥伴的人討厭，我也不痛不癢。

如果我沒有收斂，可能會嚇暈他們，所以我稍微控制了一下，等村民安靜下來後提高音量質問他們。

「要亂講話是可以，麻煩說話前先用大腦想一下。要是真的如你們所說，是北斗害魔物出現的，為什麼昨天魔物沒有出現？」

「大、大概是因為牠們肚子不餓。」

「這種魔物叫餓猿，食欲非常旺盛。若是處在空腹狀態，就算有危險牠們還是會以進食為優先。你們覺得這麼愛吃的魔物會一整天……不對，將近兩天不吃飯？」

「那又怎樣？只是因為有這隻狼在，牠們沒辦法覓食吧。」

「北斗好像是兩天前，馬匹遇害後進入森林的。也就是說這些魔物害怕北斗，不敢靠近這一帶，直到今天忍不住飢餓才行動。」

假如沒有北斗待在森林裡，哥德村八成會在我們來之前被那些魔物再三襲擊。

「委託公會之後，冒險者最快也要一天才能來……不，萬一沒人接這個委託，八成得等到兩天以上。要是這段期間魔物不停攻擊村莊，沒有馬可以吃後，你覺得他們接下來會吃什麼？」

「我們……嗎？」

村民臉色發青，大概是在想像最壞的情況。

此外，我還告訴他們村裡的魔物只不過是整體的一半，讓他們理解事情的嚴重性。

光是剛才那些魔物就讓他們無計可施，若加上在森林裡襲擊我們的那一群，別說馬了，可能連人都會被吃光。

「我不要求你們感謝我，不過如果你們要尋求賠償，我會向公會報告這件事，採取適當的措施。」

冒險者公會存在於全世界，跟會和這個村莊買馬的商人公會也有關係。

意思是假如哥德村被公會盯上，負面評價擴散開來，村子的聲譽也會受到影響。

由於沒有人再繼續抱怨——我猜是聽見這番話，多少冷靜下來了吧——村長代表全村對我低頭致歉，為這起事件作結。

「……抱歉。感謝你……為我們著想。」

「遇到這種狀況，也不能怪他們。詳情就……」

「嗯，到我家談吧。」

我將繼續治療的莉絲及負責保護她的北斗留在原地，和村長一起來到他家，鉅細靡遺解釋這次的事件，拜託村長等村民鎮定下來後不要只是說明狀況，還要慎重叮嚀他們。

雖說他們是因為重要的馬遇害才失去冷靜，最大的問題還是在於整個村子太小看魔物的危險性，看到足跡類似就判斷犯人是哥布林。

如果這個委託是新人冒險者負責，可能會被餓猿吃乾抹淨。

多虧北斗碰巧進入森林，接到委託的又是我們，他們才能得救。總之希望所有人好好反省，記住教訓。

做不到就只能等著滅村囉。

之後我請村長簽署變更委託與達成委託的文件，跟他約好明天早上再來，離開村長家時，莉絲已經治療完畢。

大部分的村民都回家了，從森林回來的姊弟倆在牧場和北斗聊得很開心。

與弟子們和北斗會合後，我們回到旅館，然而……

「我想讓牠住進房間。」

「那個，這麼大的魔物有點……」

如我所料，北斗沒辦法進旅館。

可是我有很多話想向許久不見的北斗說，大家便聚集在飯店旁邊的小屋聊天，沒有回房。

老闆說雖然不能讓北斗住進旅館，這棟小屋倒是可以給牠睡。

「抱歉，麻煩你將就一下。」

「嗷！」

「北斗大人說平常牠都睡外面，能睡在有屋頂的地方就很高興了。」

我看著趴在我們拿來的毯子上的北斗，突然想到，百狼究竟都吃些什麼？

我立刻詢問，得到的答案是……

「牠會吸收大氣中的魔力，不吃東西也沒關係。」

看來百狼以魔力為糧，是接近精靈的存在。

吃進去的食物也是可以轉換成魔力的樣子，不過食物對百狼來說類似嗜好品，基本上不需要。是隻省錢的狼。

我又問了更多百狼的情報，可是北斗自己也不太清楚。

外加百狼數量稀少，沒人瞭解牠們的詳細生態，連壽命都不明。

不管怎麼樣，上輩子是隻普通的狗的這傢伙，真是轉生成了一種不得了的生物啊。也罷，無論牠是怎樣的存在，都是我的家人。

「呼……牠的毛好暖好舒服。」

「對呀，舒服到可以直接睡在牠身上。」

北斗叫我們一定要躺躺看，我和莉絲便靠在牠身上，享受柔軟的觸感。

就算我們靠在上面，北斗似乎也不覺得重。豈止如此，牠還被我摸得尾巴搖來搖去。

牠的毛比隨便一張床還舒服，我差點直接墜入夢鄉，但姊弟倆無所事事地站在那邊，要講的話又還沒說完，千萬不可睡著。

「你們也躺上來怎麼樣？北斗也允許了吧？」

「不，該怎麼說呢……」

「有種對北斗大人不敬的感覺。」

對銀狼族而言，百狼就是如此崇高的存在。

北斗對猶豫不決的兩人叫了聲，姊弟倆抬起頭，好像意識到了什麼。

「北斗說什麼？」

「牠說即使自己是白狼，終究是跟隨大哥的存在，只不過是我們的前輩……叫我們不必那麼拘束。」

「既然北斗大人這麼說……」

「嗷！」

「是！那就改叫……北斗先生。」

「失、失禮了！北斗先生！」

兩人終於做好覺悟，靠到北斗身上，因那舒服的觸感大為震驚。

我接著告訴北斗我出生後的事，以及和姊弟倆相遇的過程，最後說明到哥德村來的目的，北斗聽了後看著我的臉叫。

「怎麼了，北斗？你有話想跟我說嗎？」

「大哥，北斗先生說牠可以代替馬。」

「你要幫我們拉馬車？」

北斗點頭表示肯定，搖著尾巴。

「我是很感激啦，但這樣你看起來就只是隻家畜喔。你不介意嗎？」

「天狼星少爺說得沒錯。還有讓雷烏斯拉馬車這個下下策。」

「對、對啊！與其派北斗先生出馬，不如讓我來！」

這樣問題更大，所以我想制止他們，北斗卻在我開口前對兩人吠叫。

他們溝通完時，兩姊弟神情嚴肅地點點頭，似乎達成共識了，可是我還不能接受。

以北斗的能力確實什麼樣的馬車都拉得動，但我對於要把家人當馬使喚會有抵抗。

我煩惱不已，北斗撒嬌地叫著用鼻子蹭過來。

「『除了戰鬥還能派上其他用場，如我所願』。還有牠想要一個東西。」

「什麼東西？」

「項圈。身為跟隨大哥的存在，牠想要一個證明。」

「……知道了。如果這是你的願望，我就接受你的好意吧。還有，我會幫你做一個漂亮的項圈。」

「嗷！」

「呵呵，太好了，北斗。」

「北斗先生的項圈感覺會比我戴的項圈更豪華。」

我送艾米莉亞的是頸鍊，不是項圈，不過這樣想她會過得比較幸福，所以我決定不去糾正。

等話題告一段落，我們回到旅館，為明天做好準備，上床睡覺。

確認大家都睡著後，我獨自溜出房間。

目的地是北斗睡的倉庫，牠也預測到我的行動了，在小屋外面等我來。

「去外面走走吧。」

「嗷……」

無須多言。

北斗理所當然走在我旁邊，我們在月光下於寧靜的村莊內散步。我之所以單獨行動，是因為等等要聊的是只有我們知道的上輩子的話題。我不想讓弟子知道我前世殺了一堆人。

我在一座小山丘上席地而坐，望向趴在旁邊的北斗。

「你記得多少以前的事？我完全想不起大家的名字，你也是嗎？」

「嗷！」

我叫北斗肯定就點頭，否定搖頭。北斗點頭回答剛才的問題。

「你也是從小就在這個世界長大？你看過其他像轉生者的人嗎？」

兩個問題北斗都點頭，看來牠也跟我一樣，在同樣的狀況下來到這個世界。

上輩子的記憶還留著就已經類似奇蹟了，很難想像只有我和北斗碰巧一起轉生到這個世界。也就是說，應該有什麼原因。

至於我們兩個的共通點……

「北斗，你……記得師父嗎？」

聽見這個詞的北斗瞬間抖了一下，點點頭。

對你來說，那個人果然是恐怖的象徵。畢竟師父看到恢復精神的你，劈頭第一句話是……

『等牠長大應該挺好吃的……』

我不在的時候師父好像會乖乖餵牠，然而從小深植在心裡的恐懼，投胎轉世後依然沒有消失。

話題扯遠了，總之目前我想得到的可能性只有師父。

不如說，那個超人很可能幹出這種事。

如果真的是師父，為何要讓我和北斗轉生到這世界？

不會是為了拯救世界，或是要做什麼大事吧……

「……絕對不可能。」

我不認為重視當下、被核彈炸到還能笑著倖存下來的那個人，會不惜讓我轉生也有事拜託我。

師父反而是有問題會自己解決的行動派。

我看八成是基於「原來做得到這種事啊……」這種原因，只是想嘗試看看而已。

師父也沒特別吩咐什麼，就按照之前的步調，繼續享受第二人生吧。

我摸著內在一如往常，卻在各種意義上變得不太一樣的夥伴的頭，笑著說：

「算了，現在講師父也沒用。以後也請你多多關照囉……北斗。」

「嗷！」

北斗像在同意似的叫了聲，我邊摸牠的頭邊跟牠聊天，彷彿要填補對方不在的那段時間。

隔天，我們醒來後先做了下晨間運動才去拜訪村長。

順帶一提，北斗沒辦法進去，所以牠從外面把臉塞進窗戶看我們，非常逗趣的景象。

由於委託內容是在任務途中變更的，給我們報酬的不是公會，而是村長親自交付。我只從袋子拿了幾枚銀幣出來，剩下的放到北斗鼻子上交給牠。

「來，這是你的份。」

北斗不是不明白，卻故作無知，把袋子弄到地上別過頭。

「這孩子好像不要，所以這些錢還給您，請您自由使用。」

「你是那隻狼的主人吧？既然這樣由你收下就好。」

「只要沒有正當理由，我會尊重當事人的意見。而且我還沒去公會登記，不算牠正式的主人。」

儘管這齣戲很無聊，對哥德村來說真正辛苦的在後頭，還是留點錢比較好。

而且能遇見北斗也是多虧村長的委託，我還得趕快回艾琉席恩回報任務，把北斗這樣的魔物登記成「從魔」以讓我可以帶著牠在路上走，要做的事一堆。

「可是，這樣我過意不去……」

「那麼請您下次賣馬給賈爾岡商會時，給他們好一點的馬。失陪了。」

繼續講下去太麻煩，於是我草草結束話題，走出村長家準備離開哥德村，看到好幾名村人排在入口。

本以為他們要在最後找我抱怨，不過莉絲治療的前冒險者也在其中，一看到我們就笑著走過來，所以我想應該不是。

「你們果然一大早就要離開。幸好趕上了。」

「因為任務已經完成，還得為牠處理一堆事。」

「嗷！」

「是嗎？你們明明是救了哥德村的英雄，大家昨天卻那個態度，真抱歉。他們平常不會那樣講話，是因為重要的馬遭殃才……」

「我知道對村民來說馬是多重要的存在，可以理解失去馬的痛苦，不會恨他們的。而且能再見到這傢伙我就滿足了。」

「幸好接這個委託的是像你們這樣的冒險者。對了，昨天的治療費……」

「看到大家順利恢復就夠了。請把這些錢用在買新防具上，保護這座村子。」

看到莉絲柔和的笑容，那人搔搔頭，一句話都說不出來。

「真是……了不起的小妹妹。聽說艾琉席恩有個人稱青之聖女的女孩，我想就是妳這種人吧。」

「啊、啊哈哈……」

總不能直接承認「我就是那個青之聖女」，莉絲只得以乾笑回應。

最後其他村人也向我們道謝，我們帶著有點神清氣爽的心情，離開哥德村。

回到艾琉席恩後……麻煩的問題接踵而至。

首先，由於我帶著一隻巨狼，被負責看守城牆的門衛叫去問話。

我告訴他們北斗是我的從魔，等等要去登記，門衛卻懷疑牠會不會有危險性，導致我在城門前表演了牠有多聽話。

我秀了從握手開始的各種技藝，最後還和雷烏斯把頭塞進北斗的嘴巴裡，搞得跟雜技團一樣，門衛才終於相信。

補充一下，等待入城審查的人大概以為這是真的表演，有給我表演費，所以小賺了一筆。

雖然我們總算被放進城內，北斗光明正大走在路上不僅會引起騷動，可能還會造成混亂。

正當我煩惱著該如何是好，艾米莉亞舉手提議。

「天狼星少爺騎在北斗先生背上，大家說不定會把牠當馬看，比較不會出問題。」

實行這個方案的結果……完全超出預料。

是沒有人被北斗嚇跑沒錯，但市民好奇的視線全集中在我身上，在另一種意義上引起騷動。艾琉席恩果然很多好奇心強的人。

路上的狼族獸人向這邊深深一鞠躬，使我體會到北斗真的是偉大的存在。

兩姊弟得意地挺起胸膛，走在已經可以說是小型遊行的隊伍中，莉絲則害羞地跟在後面。

結果我就這樣在眾人好奇的視線下，抵達冒險者公會。

冒險者公會大歸大，未經允許就帶北斗進去還是不太好，因此我命令北斗在外面的從魔專用小屋待命，走進公會向接待人員回報任務。

我還順便報告北斗的事，想把牠登記成從魔。

「村民的應對方式確實不對。這是關乎整個公會的問題，我會請公會叫哥德村多加注意。」

「拜託了。不過哥德村受到的損失不少，麻煩適可而止。」

只要村民因為這起事件反省即可。學不到教訓的話，那個村莊也活不久了。

總而言之，這樣任務終於達成了。

「話說回來，這個委託讓你接真是正確的抉擇。實在想不到會遇到一大群餓猿，要是隨便交給新人處理，他們說不定就回不來了。」

「我也要感謝妳介紹這個任務給我。拜它所賜，我才能與這傢伙重逢。」

「你說的『這傢伙』是剛才提到的狼對不對？不曉得牠是怎樣的孩子，如果你要直接登記牠為從魔，把牠帶過來吧。」

「天狼星少爺，我去叫北斗先生。」

「沒關係，用叫的就行。」

我叫住走向門口的艾米莉亞，用手指吹口哨呼喚北斗。

附近的人紛紛看過來，好奇我在做什麼，在建築物外面傳來嘈雜聲的同時，北斗開門出現。

留意著不要弄壞門走進來的北斗，慢慢走到我們前面趴下，避免引起其他人的戒心。

然而……北斗身上有個怪東西。

「北斗，那個飾品是？」

不知為何，牠脖子掛著一條繩子，牽繩的是三名男子。

北斗不耐煩地望向在這種狀態下仍然努力拉住牠的男人們，叫了聲讓兩姊弟翻譯。

「嗯……牠在外面睡覺的時候，突然被人拿繩子套住。」

「難道是想偷走北斗先生？」

「呼……呼……不是！這傢伙是我們抓到的魔物。牠逃走了，我們好不容易找到牠！」

「搞屁啊你們！北斗先生是大哥的吧！」

「閉嘴！喂，給我過來！」

「……我還沒把牠登記成從魔，沒辦法證明牠是屬於自己的，請問這種時候該怎麼辦？」

接待人員八成沒想到牠這麼大，呆呆看著北斗，不過聽見我的聲音，她立刻回過神，叫來負責處理從魔的人。

「那個，不親近主人沒辦法登記成從魔，所以只要證明牠親近你……」

「意思是看得出來就好。順便問一下，允許從魔正當防衛嗎？」

「……其他人一眼就看得出是正當防衛的話。」

「北斗，我允許。」

北斗聽從我的指示揮下前腳，一掌將那些人拍到地上。只讓對手昏倒，沒有把地板弄碎，力道控制得相當完美。

接著牠把臉蹭到我身上撒嬌，不用比都知道主人是誰。

「誰是主人一目了然呢。那在負責人來之前，先填一下這份文件。」

公會職員也被北斗嚇到，不過不曉得是不是因為這裡是冒險者的聚集地，容易吸引小混混來，他們很快就繼續開始工作。

三名男子被隨時在一旁待命的公會警衛搬走，我轉過身去，填妥文件。

北斗一下就登記好了。

因為負責處理從魔事務的教官的測試，主要是看魔物有多聽主人的命令，完全聽得懂我在講什麼的北斗不可能出錯。

儘管在丟東西叫牠撿回來的測驗中，發生姊弟倆在我扔棒子的瞬間飛奔而出這個意外事件，教官依然判斷沒有問題。

於是，我拿到從魔的證明——一塊上面畫著魔法陣，類似小板子的東西。

在城裡的時候好像必須戴在從魔身上，讓其他人看見，總之我先把牠做成項鍊，掛在北斗脖子上。

我打算之後幫北斗做項圈，得把這塊板子也加進去才行。

接著，在公會辦完事的我們立刻前往賈爾岡商會。

目的是去配合北斗調整馬車。札克和商會的人被北斗嚇了一大跳，不過他們認為以我的實力做到這種事並不奇怪，瞬間恢復冷靜。真不簡單。

我們進到放馬車的倉庫，第一次看見馬車的雷烏斯興奮得兩眼發光。

「喔喔！這就是大哥設計的馬車嗎！」

「我加了不少功能，旅行起來會很輕鬆喔。」

我設計的馬車，光看外表是下級貴族通常都會有的金屬製馬車。

不過為了讓我們旅途順利，這輛馬車上搭載了各種功能。

首先是移動時最重要的車輪，用堅固的重力石製成，擁有雷烏斯使出全力敲下去也不會碎的硬度。

連結部分這種重要的零件也有用到它，每一個重點部位都配置了魔力傳導性佳的祕銀，還畫上輸送魔力就能讓整個馬車變堅固的魔法陣。

如果只是「火焰槍」等級的魔法，應該能輕易抵擋住。

馬車前後有鐵捲門式的門，我還把可以減輕震動的懸吊系統的做法教給札克，裝在這輛馬車上。

這個世界的馬車很會晃，裝上它之後坐起來就會比較舒服了吧。

防盜機能也很完善，總之我把想得到的東西統統裝了上去，它大概是這個世界獨一無二的馬車。

不對，比起馬車，或許更接近前世的露營車。

代價是用了大量稀少的礦石，所以製作費相當驚人。

這個價格實在沒辦法一次付清，札克卻把它當成賈爾岡商會新產品的試作品，幫忙出了一大筆錢，因此我只花了一半的財產。

「它八成是全世界最堅固、最昂貴的馬車，因為連我開玩笑提議的功能都裝上去了。真的可以由我收下嗎？」

「別客氣，畢竟商會一直在靠老闆發明的各種商品賺錢。是說這個叫懸吊系統的技術真是馬車界的革命！只要這個消息傳出去，肯定會有一堆貴族跟賈爾岡商會訂貨。」

「哎，要懂得適可而止啊。怎麼樣，北斗？會不會太緊？」

連接馬車與馬的挽具，是經過我調整後做成的北斗專用品。

我想盡量不要讓牠感到太拘束，北斗叫了一聲表示沒問題。

這個挽具我設計成北斗自己也脫得掉的構造，緊急情況可以瞬間與馬車分離，加入戰鬥。

我還吩咐牠遇到危險大可直接放棄馬車。再昂貴的馬車都比不上北斗重要。

「一般的馬可能會撐不住，不過這孩子應該沒問題。」

「總之先跑一圈看看吧。」

這輛馬車的缺點在於製作所需的時間及金錢……以及馬車本身的重量。

重力石雖然又硬又堅固，重量也不容小覷。我闊氣地用了一堆重力石，導致它比普通的馬車重好幾倍。

可是馬車上畫了我發現的減輕重力的魔法陣，因此它現在的重量是馬車的平均值。偶爾可能會需要它變重，到時只要停止供應魔力，就能恢復成原本的重量。

這個魔法陣是分析迪給我的那把異常輕盈的劍得來的，它會自己從大氣中吸收魔力，讓無機物變輕。順帶一提，我有跟校長報告這件事，說不定它總有一天會普及到全世界。

最後我讓北斗拉拉看拖到外面的馬車，牠走起來並沒有問題。

我還停止供給魔力，把馬車恢復成本來的重量，至少要五、六匹馬才拉得動的馬車，北斗卻拉得不費吹灰之力。比想像中還可靠的夥伴，令我十分滿足。

就這樣，我們陸陸續續做好準備……兩天後。

雖然剛準備出發就遇到意外，增加一名同伴的我們終於要踏上旅程。

早上，賈爾岡商會聚集了一堆人，為我們獻上送別的話語。

來送行的人看到北斗紛紛大吃一驚，學校的人和在城裡認識的人一個個要求和兩姊弟握手。對艾米莉亞有好感的學生，以及雷烏斯的朋友（小弟）都淚如雨下，有點可怕。

莉菲爾公主喬裝來送莉絲，正抱著她與她道別。

「有問題不要一個人承擔，記得跟大家商量。」

「是，姊姊也是唷，請和賽妮亞以及梅爾特先生一起努力。」

「呵呵，變得這麼會說話了。好好享受旅途吧。那麼各位，麻煩你們照顧莉絲囉。啊，北斗當然也是。」

莉菲爾公主離開莉絲身邊，抱住在馬車前面待命的北斗，用臉蹭牠。

「啊啊……這個觸感真的太棒了！大──家都要離開，莉絲、北斗和天狼星也是，我好難過喔……」

這人一眼看出連專業隨從賽妮亞都會警戒的北斗安全無害，在我介紹北斗的同時就伸手摸牠的頭，現在甚至敢用力抱住牠。

「大小姐，請您差不多一點。莉絲大人，我會一直祈禱您過得幸福。」

「我也是。我會拚上這條命保護公——保護大小姐，請您放心。」

「謝謝你們。姊姊就拜託了。」

莉菲爾公主的兩名隨從在向莉絲道別，我則在旁邊與馬克握手。

「雖然以你的實力我認為不會有事，還是希望你一路平安。」

「謝謝。你也是，被莉菲爾公主看中很累的，加油啊。」

「那當然。下次見面時，讓你看看成長得比誰都還要多的我。再會，天狼星同學。」

「嗯！」

和帶著自然微笑的馬克握完手後，最後過來的是經過喬裝的羅德威爾。他先要求跟我握手，所以我也伸手回握。

「天狼星，你是我認識的學生中最有資質的人。雖然身為校長不該這麼想，我覺得我和你不像師生，而是身分相等的同志，真的很愉快。」

「不好意思，我是個囂張的學生。不過……我跟您相處的時候也很愉快。真的很感謝您教了我這麼多。」

「嗯，有緣再見……」

和所有人告別完的我們坐上馬車，等到北斗自己把挽具繫好，一切都準備就緒。只差我一個命令。

「……北斗，出發！」

北斗用咆哮聲回應我，邁步而出。

賈爾岡商會前面的人逐漸遠去，我們不停向他們揮手，直到大家消失在視線範圍內。

馬車穿過圍住艾琉席恩的城牆，在第一次來到這裡時經過的街道上前進。

我們看著應該有好一段時間看不見的城牆，在馬車裡確認接下來的目的地。

「先去幫艾莉娜小姐掃墓，再去找姊姊……對吧。」

「不快點的話，諾艾兒姊可能會生氣。」

「可是之前拖到的時間讓我們遇見北斗，應該沒關係吧。」

「確實如此，但我無法否定諾艾兒會生氣，還是加快一些速度吧。拜託囉，北斗。」

「嗷！」

北斗像在說「交給我」似的叫了聲，今天早上我幫牠戴的紅色項圈，在太陽底下閃閃發光。

提升速度的北斗拉的馬車，用將近一般馬車兩倍的速度在路上行駛。

於是……我們的旅程揭開序幕。

《真正的家人》

我們坐的馬車，朝著和諾艾兒他們分別的城鎮阿爾梅斯特前進。

馬車的速度遠比一般馬車快，再加上北斗的能力，晃得相當厲害。多虧懸吊系統大幅減輕了震動，我們坐得挺舒服的。

「速度這麼快，屁股卻幾乎不會痛，好厲害唷。」

「因為天狼星少爺很注意這些細節嘛。別說貴族了，這輛馬車給王族坐都不奇怪。」

車內還鋪著用柔軟材料做的墊子，可以睡在裡面。

坐馬車從艾琉席恩到阿爾梅斯特，本來得花上四天的時間，看這個速度至少可以早一天到達。

艾米莉亞和莉絲悠哉地欣賞美景，我與雷烏斯則移動到車棚上做訓練。

「平衡感很重要，先在這裡倒立看看好了。」

「好，我也來——哎、哎唷……唔喔哇啊啊啊啊——！」

雷烏斯雖然成功倒立，馬車卻壓到地上的石頭，用力晃了一下，害雷烏斯從上面掉下來。

他發出淒厲的叫聲摔在路上，不過落地時有保護好身體，應該沒事吧。

這裡可是城外，我覺得他有點缺乏緊張感，然而大多數的魔物都因為害怕北斗不敢靠近，盜賊也不可能跟上我們的速度，會鬆懈下來也無可奈何。

哎，總之就是不管到了哪裡……我們都還是維持自己的風格。

在馬車裡過了三天……終於看見阿爾梅斯特了，但我們在途中轉換路線，朝以前住的宅邸前進。

儲糧還很足夠，以地理位置來說，直接從這裡過去也比較近。

經過要轉好幾個彎的漫長平穩坡道，我回到小時候住的那棟房子。

我走下馬車，抬頭凝視它，想起與媽媽和大家一起生活的令人懷念的日子。明明只離開這裡五年，為何會如此懷念？

可是……沒有媽媽和諾艾兒他們的宅邸，就跟空殼一樣。

我移開目光，確認弟子們的反應，姊弟倆也與我心有靈犀，抬頭看著房子。

「我跟雷烏斯只在這裡住了兩年，卻有種回家的感覺。」

「對啊。我和大哥也是在這認識的。」

在森林裡發現他們時，雷烏斯意識不清，所以我們第一次見面確實是在這裡。剛撿到他時，雷烏斯調皮又目中無人，如今已經成長為能輕鬆揮舞大劍的優秀劍士，使我深深體會到時光的流逝。我們之中成長最多的人，想必就是雷烏斯了。

「當時他還咬過天狼星少爺的手呢。現在回想起來真是不敬。」

「原來發生過這種事。和雷烏斯現在的樣子比起來，真不敢相信。」

「別再說了，姊姊！那個時候的我是什麼都不知道的笨蛋……」

「雷烏斯，你只是想保護艾米莉亞而已，哪裡笨了？」

「是、是嗎!?謝謝大哥！」

瞬間復活的雷烏斯令我不禁苦笑。我請北斗把馬車停在宅邸旁邊，因為媽媽長眠的花園在沒有道路的深山內，馬車沒辦法開進去。

我在北斗拖馬車的期間又看了一眼宅邸，發現不太對勁。

我們都離開五年了，這裡看起來不僅一點都不荒涼，還被整理得很好。尤其是樹木及中庭的草地，整齊到每天修剪才有辦法維持的程度，八成有人住在裡面。

在我納悶誰會住在這種離城市有段距離，生活機能不便的地方時，大門敞開，一名男性從屋內走出。

是位年齡目測超過六十歲的男性，身穿管家會穿的那種燕尾服，給人一種和媽媽一樣的優秀隨從的印象。

「請問各位來這種地方有何貴幹？各位是知道這裡是貴族德利阿努斯家才來拜訪嗎？」

這人臉上帶著溫和微笑，卻散發出一股若有必要不惜動武的氣勢。

他提到德利阿努斯這個我捨棄掉的家名，無疑是和德利阿努斯家有關的人。

不過我已經對德利阿努斯家毫無興趣，向他說明完目的後就趕快回去吧。

「我知道。可是我們不是要來這裡，是要去後面那座山裡面。」

「山？雖然我不認為會有盜賊，還是建議各位盡早離開。」

「我們預計最晚下午會走。不好意思，可以請您讓我們的馬車暫時停在那邊嗎？」

現在還很早，掃完墓回來叫北斗快一點的話，天黑前應該能抵達阿爾梅斯特。

老管家聽見我給的時間是下午，抬頭看了下天空，沉思片刻後點頭答應。

「……好吧。馬車可以停在這裡，可是下午絕對要離開。知道了嗎？」

老管家冷冷說道，進入屋內關上門。

既然捨棄了德利阿努斯之名，現在的我就是個外人，沒資格進屋。

我已經徹底斬斷留戀，姊弟倆卻嘆了口氣，有點沮喪，大概是還會想念它吧。

「我們再也進不去這棟房子了。明明早就接受這個事實……還是會難過。」

「我也是，姊姊。中庭角落那塊地方晒得到太陽，我很喜歡的說。」

「……抱歉。可是不跟那男人斷絕關係，以後可能會有許多麻煩。」

「天狼星少爺無須道歉。」

「對啊！還不都是那男人！」

「情況很複雜呢……不過，我認為天狼星前輩選擇的道路沒錯。因為有人託你的福，打從心底得到了救贖。」

要是沒有巴多米爾——我血緣上的父親，我可能不會出生在這個世界上，然而他陷害亞里亞媽媽家，還害艾莉娜媽媽受苦，這些罪狀我無法饒恕，因此我完全沒把他當父親看。

聽姊弟倆講過這些事的莉絲面色凝重，最後笑著鼓勵我。

我心情輕鬆了些，撫摸兩人的頭安慰他們，進到停在屋子旁邊的馬車內。

「天狼星少爺，馬車放在這邊沒問題嗎？」

「我不覺得剛剛那個人會偷馬車，可是放著它離開會不會有危險啊？」

「別擔心，這輛馬車還有防盜功能。」

只要將魔力輸送進馬車的某個部分，即可解除減輕重量的魔法陣，使馬車恢復原本的重量。此外還有類似手煞車的功能，用來固定車輪。

最後再放下前後門的鐵捲門上鎖，就不會被輕易偷走了。

重力石製的馬車跟會動的避難所差不多，恐怕要用和我的「反器材射擊」同等的威力才有辦法破壞。

我還順便讓它會發出特殊的魔力，萬一被偷也能用我的「探查」找出來。

「……就是這樣。最後再加上專用的車輪固定器，馬車就拖不動了，直接抬起來還比較輕鬆。」

「唔……唔唔……好厲害喔，大哥。真的動都不動耶！」

都做到這個地步還被偷的話，我反而會覺得很厲害。

不過犯人之後會被我揪出來，給予制裁就是了。

準備就緒後，我們只拿著必需品進入山中。

對我而言，這附近的山宛如自家後院，在哪都能掌握方向。

兩姊弟也一樣，我們邊走在沒有道路卻不會迷路的山上，邊談論過去的往事。

「好懷念喔。我記得我常常在這附近亂採東西吃，搞壞肚子。」

「莉絲，不可以吃那個樹果唷。它有毒，我不小心吃到的時候，後果超嚴重的。」

剛被我撿回家的兩人一堆事不懂，又有很長一段時間每天都吃不飽，所以有過沒確認就把蘑菇或樹果放進嘴巴，導致食物中毒的經歷。

那個時候我急忙叫他們吐出來，還要準備藥，真的很累人。

其實這件事挺糗的，不過正因為有這些經驗，他們的生存能力才大幅提升。

我想起當時辛苦的回憶，望向遠方，察覺到我有多累的莉絲苦笑著拍了拍我的肩膀，北斗也用頭蹭過來安慰我。

「……很辛苦吧。」

「嗷……」

「嗯……真的。」

這對姊弟偶爾會失控，被迫奉陪他們的莉絲也明白我有多累。真高興有同伴。

「我們還滅了一堆哥布林。」

「天狼星少爺用魔法轟飛一大群哥布林的畫面，實在非常壯觀。」

「我倒覺得當時的我是因為學會新魔法，不小心得意忘形。」

在森林裡來回奔走，用「探查」搜尋哥布林，找到後就開始姊弟倆的戰鬥訓練，還會拿牠們實驗新魔法，動不動就在剷除哥布林。

由於我們打倒的哥布林實在太多，迪說城裡的公會甚至貼出「調查哥布林減少的原因」這種委託。

「你們從小就那麼會鬧呀。可以想像那個畫面。」

我們聽著莉絲無奈的吐槽，在熟悉的山路上前進。

「哇……好棒。」

一抵達媽媽沉睡的花園，莉絲便讚嘆出聲，整個人看呆了。

都已經過去五年了，景色變得不一樣也不奇怪，然而繁花盛開的美景仍舊沒變，聳立於中心的大樹也還是老樣子。

「太好了，這裡都沒變。遇見北斗的那座森林是很美沒錯，不過這裡也是好地方吧？」

「嗯。如果那裡是晚上的樂園，這裡就是白天的樂園。」

「看，艾莉娜小姐的墓在那棵樹下。快走吧，莉絲姊！」

「得跟艾莉娜小姐介紹莉絲才行。」

慢慢走也不會怎麼樣，姊弟倆卻抓著莉絲的手跑向前。大概因為這裡是他們第一次玩飛盤的地方，下意識會想跑起來吧。

莉絲雖然顯得有點困惑，還是笑著乖乖被兩人拉著跑。

「我們也去吧。要把你介紹給我在這個世界的媽媽認識。」

「嗷！」

對認識前世的我的北斗講出「媽媽」這個詞，讓人有點害臊。我帶著北斗，追在三人身後。

由於墓碑上的髒汙變得很明顯，我們先動手打掃。除掉墓碑上的藤蔓後再用布擦乾淨，最後供上我們帶過來的紅酒，坐在墓前向媽媽報告。

「媽……好久不見。在那之後過了五年，如妳所見，我過得很好。」

我站起來展開雙臂，讓她看看我的模樣。

我已經十六歲了，身高比五年前還高，相貌也變得成熟許多，還跟我當初宣言的一樣，成為冒險者。

我不是被逼的。

是遵照亞里亞媽媽的遺言，走在自己想走的道路上。

「還有……妳看，艾琉席恩的下任女王還給了我這種東西。王族親自來要我在她手下工作喔？」

我披著莉菲爾公主給我的近衛之證。

因為太引人注目，平常我都把它收在馬車裡，這次是為了給媽媽看才帶來的。

我把在學校的經歷都報告完後，退到後方把位置讓給三個徒弟。

「艾莉娜小姐，好久不見。在學校發生的事天狼星少爺已經講過了，我只有一件事要報告。我一直把您的教誨記在心裡。所以……請您在天上守護我們。」

對艾米莉亞來說，媽媽是指導她如何當一個隨從的老師，也是對她灌注與我同等的愛的母親。

在非上課時間看到的感情融洽的兩人，有如一對母女。

最後，她和我一樣讓媽媽看看自己成長後的身姿，換雷烏斯站到前面。

「艾莉娜小姐，我有乖乖聽妳的話，在那之後吃飯都有細嚼慢嚥喔。雖然敬語講得有點奇怪，跟偉大的人講話我都會注意。」

雷烏斯真的很喜歡媽媽。

他最先親近的人也是媽媽，常常撒嬌讓她摸頭。

下一個到前面的是莉絲，她站在墓碑前深深一鞠躬。

「初次見面，艾莉娜小姐。我是天狼星前輩的徒弟妃雅莉絲。經常受到大家的關照。」

莉絲有點緊張地做完自我介紹，站在旁邊的艾米莉亞把手放在她肩上，笑著說：

「她是我第一個朋友，將來會成為扶持天狼星少爺的優秀伴——」

「等等!?妳、妳怎麼在這種地方亂說話啦！」

「莉絲姊非常溫柔，現在對我們來說是家人般的存在……」

突如其來的發言令莉絲羞得面紅耳赤，逼近艾米莉亞，艾米莉亞卻毫不在意，繼續報告。

雷烏斯也跑來湊熱鬧，被兩人狂誇的莉絲開始呻吟，拉著他們逃離墓前。移動到遠處的三人可能要講很久，直接換下一個人吧。

「最後是北斗。牠是我……在媽媽不知道的時候結交到的夥伴。」

「嗷！」

不曉得媽媽看見北斗，會有什麼樣的反應。

說不定會意外鎮定，開始觀察牠是不是站在我這邊的。媽媽對於想危害我的人毫不留情，不過對待夥伴就是個溫柔的人。

「……儘管發生了許多事，我們順利從學校畢業了。還多了可靠的夥伴，之後要到處旅行，會有好一段時間不能見面。」

我想至少要花好幾年才回得來，到時的我會變成什麼樣子呢？算了，未來的事沒人知道，想這些也沒用。

就這樣，事情都和媽媽報告完了，我們把紅酒淋在墓碑上，轉身離去。

「那……我走了。」

『……路上小心。』

我想……剛剛聽見的應該是幻聽。

但我有種媽媽就在那個地方……帶著一如往常的溫柔微笑目送我們離開的感覺。

「好想在那裡玩飛盤……」

回程路上，雷烏斯依依不捨地回過頭，艾米莉亞與北斗聽見飛盤這個詞都豎起尾巴。

「我也想玩飛盤。」

「嗷嗚……」

「那個人叫我們快點回去，這次還是放棄吧。」

「雖然不曉得要多久之後，下次帶上諾艾兒跟迪，悠悠哉哉過一天吧。帶個便當，大家一起玩飛盤。」

兩姊弟和北斗高興地搖著尾巴。

對了，不能忘記他們的小孩。不管怎麼樣，下次掃墓可能會是大陣仗。

我們加快了一些速度，因此回到宅邸時比想像中還早。

離老管家說的時間還有段空檔，但他好像希望我們快點走，我便走近宅邸，想說向他打聲招呼就離開。

「欸，大哥。那個老爺爺跟欺負艾莉娜小姐和大哥媽媽的男人有關係對吧？我看他也不想理我們，直接走掉不就行了？」

「這是禮貌。而且說不定就是他幫忙整理這裡的。」

我們已經離家五年，諾艾兒和迪種的樹和花依然活得好好的，表示應該有人幫忙照顧它。

雖然很想跟他問清楚，人家都叫我們快點回去了，這裡似乎不便久待。

我走向大門，想至少通知他一下時……通往城裡的山路傳來好幾個人的氣息。

不只是我，弟子們也發現了，我下意識發動「探查」偵測。

「四個……不對，有五個人呢。馬車好像往這邊開過來。」

「是誰啊？很少人會來這裡耶。」

「原來如此。那個管家想趕我們走，是因為這樣啊……」

「你知道原因了嗎？」

「想想看。這棟房子的主人是誰？」

「──啊!?」

隔了這麼久，那個魔力反應我還是記得很清楚。我們真是挑了個爛時間來啊，雖然純粹是巧合。

想偷偷離開，路就只有那一條；想躲起來，馬車這麼大的東西現在也來不及藏。

「沒辦法……做好覺悟吧。」

我請北斗把馬車拖到旁邊，避免擋到等等要來的人，弟子們則在我背後討論現在是什麼狀況。

「欸，來這裡的人該不會是……」

「是這棟房子的主人，天狼星少爺的……那個，父親德利阿努斯。」

「不只大哥，他還欺負艾莉娜小姐，看不起她，是個討厭的傢伙！」

聽姊弟倆說過我和德利阿努斯的關係以及家庭狀況的莉絲，露出複雜的表情。

我叫莉絲不用在意，這時一輛大馬車一路撞斷長到山路上的樹枝開過來，停在宅邸前面。

坐在駕駛座的男人對我們投以懷疑的目光，可是由於他以工作為優先，便先打開車門對裡面的人說了些什麼。

「有其他人在？怎麼會有人喜歡來這種鬼地方。比起這個，快點下車，我屁股坐得很痛。」

「因為通往這棟宅邸的路又長又窄嘛。父親，差不多該考慮修路了吧？」

「是啊，得把路拓寬才行。」

如我所料，從車內走出的人是我的父親巴多米爾・德利阿努斯。

他的外表沒什麼變，肚子倒是變得比五年前還大。

還有一名纖瘦高大的青年從馬車裡走出來。

那人叫巴多米爾父親，說不定是我同父異母的哥哥。

在我思考的期間，兩名男女走出車內，看他們帶著武器及防具，八成是護衛。護衛發現我們，拿出武器對著這邊，巴多米爾伸手制止他們。還以為他肯定已經忘記我了，看那個表情似乎是還記得。

「你……為什麼在這裡？」

「父親，您認識這個人？」

「嗯，是不惜花錢拋棄德利阿努斯之名的愚蠢男人。算是你同父異母的弟弟。」

「……愚蠢的是你們。」

我深有同感，可是對方好像沒聽見艾米莉亞的碎碎念。

莉絲不安地撫摸我的背，大概是聽見巴多米爾說的話，察覺到了什麼吧。我笑著表示不用擔心。

「喂，你在這邊幹麼？事到如今想回家了嗎？」

「不是的，只是有點事要辦，現在正好要離開。」

「管你有什麼事，我可不會乖乖放你回去。我有話問你。」

「可惜我沒話跟你說，失陪了。」

光是和他講話就會害我頭痛。

反正他想問我的話八成沒多大的意義。

不過即使如此，他終究是我的父親，我也不希望事態演變成非得要我親手解決他的局面，還是快點閃人吧。

因此我無視巴多米爾，走向馬車，他的護衛卻拔出武器擋在我面前，使我不得不停下腳步。

「……您這是什麼意思？」

「你沒聽見嗎？我說我有話問你。」

「沒錯！你不聽父親的命令，是要跑去哪裡！」

真是的……要是你不出手，我還可以當沒這件事。

我嘆著氣向弟子們打信號，命令他們解除警戒。

「我明白了。那麼請問你究竟有什麼事要問我？」

「為什麼我得站在外頭說話？到裡面談，我特別允許你進去。」

這個高高在上的態度一點都沒變。

我已經超越無奈，到了覺得好笑的地步。正當我準備跟著兩人進屋，巴多米爾叫自己的護衛和我的徒弟在外面等。想當然耳，兩姊弟自然不可能同意。

「我們是天狼星少爺的隨從！必須待在主人身邊！」

「對啊！竟然只敢讓大哥一個人進去，明明是貴族怎麼那麼窩囊！」

「閉嘴！庶民吵什麼吵！」

「區區亞人待在外面就夠了。你們好好監視，別讓他們逃掉！」

那些護衛雖然帶著不錯的武器，看肌肉及走路的方式，比不過艾米莉亞他們。而且北斗也在，我想用不著擔心。

我偷偷用「傳訊」叫他們遭到攻擊就還手，無須留情，摸摸兩姊弟的頭。

「這次我會把事情做個了斷，乖乖在外面等我。」

「……是。」

「……知道了。」

我轉身背對咬牙切齒的兩人，走向宅邸的大門，剛才那名管家開門招待我們進去。

「巴多米爾老爺，少爺，歡迎兩位。哦？這位是……」

「是客人。我等等有話跟他說，你隨便準備一下。」

「對了，我喉嚨好渴。巴里歐，快點拿紅茶來。」

「遵命，我馬上去泡茶。你也想喝些什麼嗎？」

兩人走進屋子時，名為巴里歐的管家問我有沒有什麼要求，在途中轉為用只有我們倆聽得見的音量說：

「非常抱歉，主人比想像中來得早……」

巴里歐之所以叫我們趕快離開，似乎是想防止我們撞見巴多米爾。但他為何要為我們著想？

巴里歐察覺到了我的疑惑，微微揚起嘴角，向我解釋。

「我多少聽說過您的事，之前才會叫各位盡快離開，以免滋生事端，沒想到主人竟然提早到達。本來他跟我說傍晚會到，有個反覆無常的主人真傷腦筋。」

「沒辦法，事情都已經發生了。我會努力撐過去。」

「好的。但我畢竟是主人的管家，沒辦法公然伸出援手。那麼我去準備紅茶，失陪了……」

「喂，還不快過來！」

看來他不是敵人，也不是夥伴。

我看著巴里歐跑到主人跟前，跟在巴多米爾身後。

巴多米爾選在客廳與我談話，我環視周遭，發現家具和日用品都換了。

我們用的家具都是樸素的舊東西，八成是這男人看不順眼，買了新家具來換。

找不到和媽媽一起喝紅茶、教姊弟倆念書的那張桌子，彷彿少了一個回憶，害我有點感傷。

我默默沮喪著，看到這對父子坐在感覺很貴的沙發上，便坐到他們對面。

「是張與庶民無緣的好沙發對吧？這可是被選上的人才買得到的高級貨。」

老實說，這種程度的沙發拜託賈爾岡商會就能幫我弄來了，校長室裡的沙發坐起來還更舒服。

好吧，跟艾琉席恩比起來這一帶接近邊境，有落差也沒辦法。

「……您挺闊氣的嘛。」

「其實我優秀的兒子卡利歐斯，前幾天成功開發出新魔導具，把它賣到城裡的商會賺了一大筆錢！」

「身為父親的兒子，這是應該的。」

也就是說，他賺得跟我一樣多嗎？

五年前，我聽說過德利阿努斯家財政出問題的傳聞，這人賺了足以解決這個問題的錢？

正當我腦中浮現疑惑，巴里歐當著眾人的面倒了三杯紅茶。

巴米多爾立刻拿起來喝，看來不用擔心有毒。

「巴里歐泡的茶果然好喝。在遠離俗世的這個安靜地方，喝起來別有一番風味。」

「謝謝您的誇獎。」

「房子也管理得很好。喂，回我們家做事啦。」

「我已經決定要靜靜度過所剩無幾的餘生。請您見諒。」

「沒辦法。我老婆明天會來，這次我們要在這裡住三天，好好安排啊。」

「請您放心交給我。我會讓各位度過最棒的假期。」

原來如此，我們離開後，這裡被他們當成別墅使用嗎？

然後因為巴里歐住在這幫忙整理，房子才會過了五年狀況還這麼好。

事到如今，我不打算對這棟房子的處理方式發表意見，該請他說明叫我進來的理由了。

「度假是很好，但我想請問您找我的原因是？我和您已經斷絕關係，也付錢清算過了不是？」

「清算？開什麼玩笑！那個時候你對我下了毒！」

五年前……和巴米多爾初次見面時，我將某種液體混在紅茶裡給這傢伙喝。

但我放的是會抑制性慾，讓男性的那話兒站不起來的藥，類似稍強力的抑制劑。過兩天就會恢復正常，通常應該只會當成身體狀況不好。

「毒？您看起來很有精神啊，我到底下了什麼毒呢？」

「少給我裝傻！和你見面的當天晚上，我花大錢找女人，卻什麼都做不了！」

雖然我早就預料到他大概會去做什麼，但得知他把我們賺的錢拿去用在那種地方，還真令人火大。

明明沒留下任何證據，虧他能發現犯人是我……

「我到現在還忘不了當時那個女人失笑的畫面。都是你害我面子全失……」

「這棟房子離城裡很遠，會不會單純只是疲勞？」

「唔!?不、不過……」

「您確實喝了紅茶，但我不也喝了嗎？您覺得有人會主動去喝有毒的東西？」

「唔……唔……」

犯人是我沒錯，然而他看起來並沒有找到證據，只是基於遷怒才怪罪在我身上。

結果他一句話都無法反駁，悔恨不已，兒子卡利歐斯開口安慰父親。

「父親，無論真相為何，這個男人害您感到不快是鐵錚錚的事實。」

「沒錯，就是這樣！總之你要付我賠償金！」

如我所料，果然是無意義的對話。

巴多米爾沒發現我目光冰冷，一副理所當然的態度指著我，望向窗外。

「看外面那輛馬車和這身裝扮，你似乎過得挺好的。雖然母親是那種貨色，不愧是繼承我血脈的人。」

「是不會過得不自由。還有，這跟您的血脈毫無關係，請您不要誤會。」

「怎麼？意思是這是你的實力？算了。總之有錢就拿出來。雖說我們已經斷絕關係，這是父親的命令。」

「只是叫你孝順父母而已，不必想太多。」

真不知道該從何吐槽起。

只不過是邊境的貴族，為什麼有辦法這麼有自信？

論血緣關係我們確實是家人，可惜這種爛人，我連一枚石幣都不想給。

「我沒錢。幾乎全用在那輛馬車上了。」

「那就交出那輛馬車吧。雖然是再平凡不過的馬車，應該多少能賣幾個錢。」

「既然如此，父親，我認為可以帶走那幾個人。」

我因為不想把事情鬧大，一直安分到現在，才剛想說差不多該行動了，這兩個人就說出不容忽視的話。

「女的也就算了，男亞人你也要啊？」

「她確實是亞人，不過外表還不錯，我認為送去給喜歡亞人的貴族會是不錯的籌碼。男的可以拿來當護衛。」

「原來如此，好主意，卡利歐斯。」

「至於那個藍髮女孩，雖然還是小孩子，長得並不差，我想把她調教成我喜歡的模樣。」

「你們這兩個傢伙……知道自己在說什麼嗎？」

這句話算是最終宣告。

然而這兩個人……這兩個人渣並沒有發現，反而被我說的話激怒，憤慨地用拳頭捶桌。

「用『傢伙』稱呼身為貴族的我是什麼態度！」

「還不都是因為你不給錢。父親，他還帶著一隻不錯的魔物，大概能賣到好價錢。」

真是浪費時間。

我本來就不覺得跟他講話會有意義，現在也不用忍了。

只有我也就算了，既然他們連我的徒弟和北斗都想動……就讓他們受點教訓。

「……夠了。給我閉嘴。」

我靠在椅背上翹起腳來，高高在上地說。巴多米爾父子面露驚愕，馬上漲紅了臉，破口大罵。

「你、你這小子！竟敢這樣跟我們說話！」

「給我趴到地上道歉。就算你是我們家的庶子，墮落到庶民階層的你，與我們生活的世界是不同的！」

無論他們叫得多大聲，我都不打算改變態度。

我反而光明正大擺出高傲的姿態，繼續挑釁兩人。

「你們才可笑吧？我都跟你斷絕關係了，還想以我的家人自居到什麼時候？」

「給你點顏色就開起染坊來了！讓你瞧瞧反抗貴族會有什麼下場！」

「貴族？哪來的貴族？我只看見智商低下的人渣。」

「父親，可以了吧。該讓他知道違背我們命令的罪有多深。」

「說得對。喂，巴里歐，叫外面的護衛抓住那些人！」

「……遵命。」

巴里歐行了一禮走出房間，以弟子們的實力，我相信不會有事。

我依然冷眼看著他們，父子倆得意洋洋地笑出來。

「哈哈哈，你就在這邊眼睜睜看著那三個人被五花大綁吧。」

「搞不清楚自己的身分就是會這樣。這下學到教訓了？」

「身分嗎……」

「「!?」」

我釋放了一些殺氣，笑得很開心的兩人同時倒抽一口氣，發起抖來。

再怎麼人渣好歹是個貴族，真希望他們不要被這種程度的威嚇嚇到。

我為這兩人的鍛鍊不足嘆息出聲，他們大概是被我的反應氣到了，像要驅散恐懼般開始怒吼：

「你、你對我做了什麼！」

「沒做什麼，只是瞪了一眼。你要我搞清楚自己的身分，我就來讓你們知道，你們盯上的是我重要的人。」

「我、我只是有點措手不及罷了！既然用講的講不聽，看我用實力告訴你！」

卡利歐斯按捺住恐懼站起來，拿起裝飾在牆上的劍。

他接著表演了類似劍法的東西，最後將劍尖對著我，露出信心十足的笑容。

「好了，這個囂張的弟弟就由我來教育。放心吧，我不會殺你，因為我是懂得拿捏分寸的男人。」

「幹掉他，卡利歐斯！讓這個蠢貨見識你的劍技！」

他剛才秀的是堪稱最佳範本的華麗劍舞。

本以為父親是這種人，兒子八成也拿不動劍，結果卡利歐斯好像還算有點實力，所以我發自內心感到佩服，輕輕拍手。

「別以為拍個手我就會饒你。站起來，我要好好懲罰你。」

「太麻煩了。廢話少說，放馬過來。」

「我可不會因為你是我弟就心生憐憫！」

卡利歐斯毫不留情砍向坐在沙發上的我。

他嘴上說懲罰，劍路卻銳利到彷彿要取我性命，但我還是坐在沙發上沒動。

因為這種程度不需要站起來。

「追求美觀的劍法，怎麼可能在實戰派上用場。」

卡利歐斯的劍法是表演用的劍舞，不是拿來戰鬥的。

我倆落地朝劍上拍去，讓劍路顯而易見、不帶佯攻的這一擊偏離目標。

歪掉的劍斬裂我坐的沙發，劍身在砍到一半的時候停下。

「什麼!?我明明瞄準——」

「現在有時間給你驚訝嗎?」

卡利歐斯全身上下都是破綻,八成是沒想到會被閃開。我一把抓住他的頭。

他立刻回過神,急忙試圖掙脫,但我稍微加強力道,他就安分下來了。

「唔、唔唔!區區庶民……竟敢如此放肆……」

「是你們先出手的。再說,難道你以為是貴族我就不會還擊?」

「住、住手!何必把卡利歐斯的玩笑話當真!」

我從手心將魔力注入他的身體,卡利歐斯便開始抽搐,彷彿癲癇發作……

「嗚……啊、啊啊啊啊啊——!?」

「卡、卡利歐斯!?你怎麼了!」

慘叫聲響徹整棟房子。

他像觸電似的瘋狂掙扎,過了一會兒,我放開手,無力支撐身體的卡利歐斯便倒在地上。

簡單地說,我只是把魔力注入他的體內。

我發現注入不同強度的魔力,可以給予對方各式各樣的影響。

刺激肉體的自我再生力,藉此提升治療速度的「再生能力活性化」,以及讓感覺麻痺,得到跟麻醉同樣的效果,無一不是看魔力的強度。

如果能自然吸收大氣中的魔力，使身體習慣也就算了，大量不同質的魔力進入體內，身體自然會產生拒絕反應。

也就是說，會感覺到電流傳遍全身上下的劇痛。

倒在我面前的卡利歐斯，正是處於這個狀態。

我低頭看著卡利歐斯，起身用「魔力線」綁住想逃的巴多米爾，抓住卡利歐斯的頭提起來。

「好了……問你一個問題，你剛才說的是真心話嗎？」

「當……當然是開玩……啊啊啊啊啊——!?」

怎麼看都是說謊，因此我再度注入魔力。

我跟貪心的人交手過好幾次——包括上輩子——自然看得穿對方心裡在想什麼。

尤其這對父子非常好懂，好懂到讓人佩服的地步。嘴上說開玩笑，這人看莉絲的眼神顯然不懷好意，還把兩姊弟當成家畜看待。

「別扯那麼爛的謊。只要你不說實話，我會一直重複下去喔？」

「是、是真的！我完全沒打算對你們——嗚啊啊啊啊!?」

卡利歐斯挺倔強的，所以這次我注入較強的魔力。

這招的缺點在於一定要碰到對方，不過由於可以直接輸進魔力，只要是生物就不可能防禦得住。

萬一做得太過火，會害他變得跟在學校迷宮遇見的殺人鬼一樣，可是經過那起事件，我已經抓到訣竅，只要我沒有故意拿捏錯分寸，應該不至於弄死人。

傳遍全身的魔力在給予疼痛的同時會讓身體活性化，想昏倒也昏不過去，必須一直承受痛苦，直到喪命或是我收手，是相當邪惡的魔法。

說實話，叫它拷問術都不奇怪。

「我不是叫你不要說謊嗎？要不要再增強一些？」

「嗚……啊……您、您說得……沒錯。我確實是這麼想的！」

旁人大概會覺得我在硬逼他認罪，但這次就是要他親口說出來。

「怎麼想的？可不可以再詳細對我說明一次？」

「什麼!?我剛才不就說了！」

「想再嘗一次那種滋味嗎？」

「!?我、我想把那個藍頭髮的女人調教成自己的東西！還想把亞人搶過來賣給其他貴——呃啊啊!?為、為什麼!?」

卡利歐斯狠狠瞪過來，一副「我都照你說的做了，為什麼要被處罰」的樣子。

然而他整張臉都是眼淚和鼻水，一點魄力都沒有。

「嗚、嗚呃……我、我已經說實話了！」

「你認為我會原諒想綁架、販賣、調教我弟子的白痴？」

「不是你叫我說的嗎！」

「我是要你別撒謊。這對撒謊的人來說是理所當然的懲罰吧。」

「少開玩笑了！那不就代表我怎麼做都一樣！」

「是啊，結果都一樣。在產生那種荒謬念頭的瞬間，你就註定完蛋了。」

「啊……啊啊……怎麼會——」

你沒辦法擺脫我的拷問。

明白怎麼做都只會受苦的卡利歐斯，露出絕望神情。

「換個問題吧。你想對外面的白狼做什麼？」

「啊……我、我打算把牠賣了！那麼罕見的魔物，我想說八成能賣不少錢……啊啊啊啊——！」

「不僅想奪走別人的夥伴，還妄想拿去賣錢。應該懲罰。」

「求、求你住手！是我、是我不好——哇啊啊啊啊啊啊！」

硬要折磨他也是有原因的。這是……我的調教方式。

我要把他調教成如果之後懷著惡意接近我們，就會想起這份痛楚。

之後我仍然持續拷問，每當卡利歐斯講出鄙視他人的話，或想捍衛無聊的自尊心的時候，就會注入魔力。

他的身體開始流出各種液體，我想該收尾了。

「最後一個問題。要不要發誓以後不會因為無意義的原因與我們接觸？」

「我……發誓……」

「重複一次我說的話！」

「我以後絕對不會再跟你們有所接觸！饒了我吧！」

「行。做為獎勵，讓你睡個好覺。」

「呃啊!?啊……啊啊……」

最後注入的魔力足以令他失去意識，卡利歐斯終於昏了過去。他翻著白眼，嘴邊卻帶著笑意，是在高興總算得到解放嗎？

「好了……下一個輪到你。」

「咿、咿咿咿咿咿！」

我放著地上的卡利歐斯不管，回過頭，和被「魔力線」綁住、難看地趴在地上的巴多米爾對上目光。

他看到我拷問卡利歐斯，似乎嚇到失禁了，但我毫不在意，盯著他的雙眼。

「聽說你挺照顧媽媽的，我來問問你是怎麼個照顧法。」

「等、等等，我可是你父親喔？如果沒有我，你根本就不會出生！」

「所以呢？」

「……啊？呃、呃……所以你怎麼能做這種事。為人子女應該懂得尊敬父母！」

「你不但從未到家裡來探視我，還嘲笑我重要的人，要我如何尊敬你？」

企望著我的誕生，把我生下來的人，是亞里亞媽媽；養育我長大的，是艾莉娜媽媽。

這人確實有出扶養費，不過那也只是最低限度……不對，是連過正常生活都有難度的極少金額。聽媽媽之前所言，我認為他是故意只給這麼少錢。

總而言之，我根本不把從未盡過父母責任的這傢伙當父親看。

巴多米爾被我綁得動彈不得，我將手放在他的肚子上，接著說道：

「況且你還毀掉了媽媽的娘家，艾爾多蘭德家。亞里亞媽媽和艾莉娜媽媽過世，你也漠不關心。就我來看，別說尊敬，反倒該恨你吧？」

「身、身為貴族，那是理所當然的競爭行為……哇啊啊啊!?」

「順從欲望行事，為了女人毀掉一個家庭，對貴族來說叫理所當然？還有，我都特地花錢斷絕關係了，是哪個傻子到現在還想用可笑的理由從我身上削一筆？」

「巴、巴里歐！那些護衛呢!?主人遇到危險，你死哪去了！」

「你有在聽我說話嗎？」

「嗚!?有、有的！我有在聽，所以別再——啊啊啊啊啊！」

讓他跟卡利歐斯一樣，牢記恐懼的滋味吧。

我在途中用「探查」偵測外面的情況，弟子們還活蹦亂跳的，看來是沒問題。

令人在意的是巴里歐的動向。

主人遇害，他卻移動到屋外，還站在玄關動都不動。怎麼看都是在靜觀其變，應該可以放著他不管。

「忘記說了，你是媽媽的敵人。所以我可能會沒控制好力道害你死掉喔。」

「住、住手，別這樣……」

那是為了嚇唬他而說的謊，在這種狀況下十分有效。

「先從你搞垮亞利亞媽媽家……艾爾多蘭德家的理由開始說起吧。」

「為、為什麼要這麼做!?事到如今，追究過往有意義嗎！」

「至少我會爽快點。」

「就、就為了這種原因？別開玩笑了！」

「想斥責我不講道理嗎？但，把許多人的人生搞得一團亂的你，可沒資格說這種話。還有，我等等要做的事，目的並非洩恨。」

「咦？那你為什麼……」

「是為了調教你，讓你再也不會想和我們扯上關係。」

說起來，要是他沒有糾纏我們，就不會發生這種事。

要恨就恨利欲薰心的自己，記住這份恐懼吧。

「您辛苦了。」

「……嗯。」

我拖著完全沒有外傷，臉上卻一把眼淚一把鼻涕，意識不清的兩人走向大門，在門前待命的巴里歐向我一鞠躬。

自己的主人被人搞成這樣，巴里歐只是看了他們一眼，默默點頭。

「主人變成這副德行，你還什麼都不做？」

「我知道我敵不過您。而且……對他們倆來說，這次的經驗想必會是一帖良藥。」

「原來如此。你早就放棄他們了。」

「是的。還有請恕我更正一件事，我的主人並非巴多米爾老爺，而是他的父親。」

巴里歐本來好像是我祖父的隨從。

聽說祖父已經不在人世，不過他生前好像是很優秀的人，巴里歐也發自內心信賴他，為他做事。

然而長男巴多米爾繼承家業後，德利阿努斯家做為貴族家的格調便開始下滑，家境越來越不好。有這種被欲望沖昏頭的當家，這也是理所當然。

即使如此，巴里歐仍舊基於對主人的忠誠心支撐德利阿努斯家，但巴多米爾聽不進巴里歐的忠告，一直為所欲為，他才會以某起事件為契機，決定放棄巴多米爾。

巴里歐自願管理這棟房子，離開巴多米爾，偶爾應付會來這邊度假的那群人，悠悠哉哉享受餘生。

「為什麼你都放棄他了，還繼續當他的管家？」

「為了這棟房子。我想在這裡慢慢度過剩下的時間。」

至今以來都是巴里歐負責管理德利阿努斯家的財產，他相信一旦少了自己，財政自然會出問題。

本來打算趁機辭職，跟巴多米爾交涉，得到這棟房子，可是……

「該說幸還不幸呢，卡利歐斯少爺發明了新的魔導具賣給商人，讓家裡的經濟情況好轉了一點。但那也只是暫時的，他們卻得意忘形，導致這種結果。真是……老爺若天上有知，不曉得會多難過。」

他冷冷俯視狼狽不堪的父子倆，抬起頭時，臉上已經換成柔和的微笑。

「話說回來，您的懲罰真精采。看這樣子，他們再也不敢騷擾各位了吧。」

「不，其實還沒結束。我正準備到外面收尾。」

「這樣啊。方便的話可否讓我同行？」

「請自便。」

巴里歐優雅行了一禮，打開大門，發現我出來的弟子們急忙衝到我身邊。

「大哥——！」

「天狼星少爺！您沒事吧？」

「嗯，這邊都處理好了。你們呢？」

「那個……您離開之後，那些人突然攻擊我們。」

「因為姊姊和北斗看起來很珍貴，就突然殺過來耶？」

我望向旁邊，護衛們被五花大綁，倒在地上。負責駕駛馬車的男人好像也是同夥，三個人都昏過去了。

雇主是人渣，被雇用的人也是人渣。

如果只有年紀輕輕的弟子們也就算了，北斗這隻巨大的狼也在，竟然還敢對他們下手。如此有勇無謀的行為，我不僅沒生氣，反而感到佩服。

「這些傢伙用網子套住北斗先生，以為這樣就能封住牠的行動，超得意的咧。之後憤怒的北斗先生馬上痛扁他們一頓。」

北斗輕易撕裂網子的畫面立刻浮現腦海。

順帶一提，牠現在和莉絲一起待在馬車附近。

莉絲在幫北斗拿掉網子的碎片，難得的是，她臉頰鼓起，看得出來在生氣。

「那些人滿不在乎地說艾米莉亞和雷烏斯感覺能賣到好價錢喔？實在不可饒恕。」

「嗷……」

「啊，對不起。不要動，再一下就好。」

發生了很多事，不過他們感情不錯的樣子，這個結果沒什麼好挑剔的。

「總之大家看來都沒事。」

「是的，我們沒有受傷。天狼星少爺那邊發生了什麼事嗎？」

「我一直聽見慘叫聲，難道是大哥拎著的那兩個人？」

「嗯，其實……」

起初他們看見這對令人不忍卒睹的父子，產生同情心，不過知道事情緣由後，弟子們就對他們投以冰冷的目光。

「應得的報應。我們可是天狼星少爺的人。」

「我、我可不是唷!?大……大概。竟然無視當事人的意見講那種話，這些人真的好過分。」

「大哥，你帶他們來要幹麼？埋起來嗎？」

「我去拿馬車裡的工具過來吧？」

「沒關係，用不到。我要讓他們嘗嘗現實的滋味。」

我把父子倆隨手一扔，用莉絲製造出的水潑下去，兩人便呻吟著睜開眼睛。

他們一看到我……

「哇……哇啊啊啊啊啊！」

「嗚咿!?啊、啊啊!?」

兩人急忙想要站起來，卻因為嚇到腿軟，只能用爬的試圖逃跑。我調教得真好。

「……天狼星前輩，你到底對他們做了什麼？」

「只有懲罰一下而已。」

「太漂亮了！」

「大哥一出手，什麼樣的人都會乖乖聽話！」

莉絲因兩人的態度轉變之大感到困惑，姊弟倆則驕傲地挺起胸膛。這兩個人真是始終如一。

弟子的反應令我不禁苦笑，巴多米爾父子指著我大喊：

「你、你你你這個怪物！會幹這種事的人不是我兒子，連人類都不是！」

「別過來，怪物！披著人皮的惡魔！」

「……雷烏斯，你知道該怎麼做吧？」

「那當然，姊姊。侮辱大哥的人就由我們——」

「好了，冷靜點。」

姊弟倆聽見那對父子罵我，開始散發殺氣，不過一被我摸頭就鎮定下來了。

為了讓這個自稱我父親的人渣理解清楚，我用雙手把姊弟倆拉過來，對他們說：

「聽好了，無論有沒有血緣關係，你們沒資格說自己是我的父親或兄弟。而且我真正的家人……是他們。」

「天狼星少爺……」

「大哥……」

「莉絲和北斗當然也是。大家都是我心愛的徒弟、夥伴、家人。被跟我毫無關係的你們罵怪物，我也不痛不癢。」

「天狼星前輩……」

「嗷……」

我對站在身後的莉絲和北斗也笑了笑，莉絲笑著站到我旁邊，北斗則用臉蹭我的背。

被我的氣勢壓過去的巴米多爾父子，發現巴里歐的存在笑了出來。

「巴、巴里歐！你站在那邊幹麼！快處理掉這傢伙……這個惡魔！」

「把這傢伙趕走！這樣之後就……」

「巴多米爾老爺，請您冷靜下來。少爺也是，請您看清雙方的實力差距。」

「區、區區庶民，只要用我家的權力……對了！他反抗了我，叫公會通緝他就行！」

「請您適可而止！下次真的會被殺喔。而且他還有話要說，不乖乖聽到最後會受到教訓的。」

對現在的父子倆來說，巴里歐是最後的希望，所以他們乖乖聽從他的忠告。

我感謝巴里歐幫我鋪路，進入調教他們的最後一個步驟。

「艾米莉亞。」

「是！」

艾米莉亞跑向馬車，拿來莉菲爾公主給我的斗篷披到我背上。

我秀出斗篷上的艾琉席恩國徽，父子倆當場目瞪口呆。

「那、那是!?這樣的庶民竟然……？」

「艾、艾琉席恩的國徽又怎樣！那種東西只要去艾琉席恩，要多少有多少……」

「不可能。艾琉席恩規定未經許可，不准將國徽配戴在身上。也就是說，那件斗篷是國家親自授予的。」

「什麼!?胡、胡說八道！那傢伙又不是貴族！對了，他擅自用我的家名……」

「很遺憾，德利阿努斯家的家名不足以對艾琉席恩造成影響，表示天狼星少爺是憑實力得到斗篷的。從上頭的裝飾看來，應該是來自地位相當高的人。」

「難道……父、父親！我之前聽去艾琉席恩做生意的行商說過，有個庶民被王族看上，授予近衛的斗篷。意思是這傢伙……」

省去說明的時間了。不過沒想到連這種地方都知道，可見那件事多麼有話題性。

總之，既然他們能夠理解，之後就簡單了。

我可是被王族找去當近衛的男人，他們應該再也不敢看不起我。

不如說我搞不好比他還要偉大，面對這個現實，巴多米爾只是乾笑著坐在地上。

「哈、哈哈……這是在作夢吧。這種小鬼怎麼可能比我更有地位。」

「很遺憾，這是現實。不相信的話，我讓你親眼見識得到王族承認的實力。」

我揚起斗篷，將手伸向阿爾梅斯特的方向。

我聽媽媽說過，以前有計畫蓋一條直接從這裡通往城內的山路，可是森林太過茂密，只得作罷，最後只蓋出現在這條迂迴的道路。

「你剛才不是抱怨這條路太窄嗎？我來弄一條新的路出來。」

等等要用的，是擊碎羅德威爾那招「山崩」的「反器材射擊」。

經過反覆的想像訓練及練習，我射出的魔力彈比以前還要精準、強力，發出巨響轟斷路上的樹。

結果……廣袤的森林中，出現一條通往宅邸的道路。

路面雖然凹凸不平，寬度倒是連大馬車都能輕鬆通過。

我當然有先用「探查」確認前面沒有人，「反器材射擊」的射程也調整到山腳地帶而已。

壓倒性的破壞力嚇得父子倆愣在那邊，他們回過頭，一跟我對上視線就跑去向巴里歐求救。

「救命！救命，巴里歐！那種怪物誰拿他有辦法！」

「不要！我會被殺掉！為什麼……為什麼那個小丫頭會生出那種怪物！」

「……我明白了。我去跟他商量看看。但我怕發生意外，請兩位進屋裡待著。」

父子倆頻頻點頭，連滾帶爬逃進屋內。

看到那兩人頭也不回，巴里歐苦笑著朝我走過來，在站到我面前的同時低頭大聲說道：

「天狼星少爺，請您原諒兩位的無禮之舉！若您還無法消氣，我願意賠上這條性命！」

我本來還在納悶他剛才明明說放棄他們了，為何要挺身而出？不過在他用父子倆聽得見的音量說話的瞬間，我就察覺到巴里歐的意圖。

乾脆照他的意思辦吧，反正也沒其他辦法。

我叫弟子們在一旁待命，高傲地朝他伸出手。

「你不怕死？」

「反正我已經老了。所以，求您饒了他們。」

「……行。看在你這麼忠心的分上，我放過那兩個人。」

「感謝您大發慈悲。」

這人挺狡猾的嘛。

在巴多米爾父子眼中，只會覺得巴里歐是不惜犧牲性命也要救他們的忠臣。別說得到莫大的信賴，他們還欠他一個大人情。

最後巴里歐回去告訴父子倆我放過他們了，兩人像支撐不住身體般癱坐在地，鬆了一口氣。

他們立刻叫醒護衛，坐馬車逃回城。大概是不想再看到我吧。

我看著逐漸遠去的馬車，巴里歐再次向我致謝。

「謝謝您陪我演這齣戲。」

「剩下的事可以放心交給你處理吧？」

「是的。雖然我認為他們已經學到教訓，以後我也會叮嚀他們不要騷擾各位。」

儘管發生了預料之外的事件，這次的掃墓行就這樣劃下句點。

我們進屋邊喝茶邊跟巴里歐聊聊天，然後才向他道別，來到最近的城市阿爾梅斯特。

首先到賈爾岡商會本店找賈德，可是天色已暗，我們便決定詳情明天再說，把馬車寄放在店裡，賈德還幫忙推薦城裡的旅館。

他推薦的旅館好像是城裡數一數二大的，由於有賈德的介紹，旅館願意讓北斗進房間睡。

順帶一提，賈德看到北斗時嚇了一跳，但他馬上就笑著說「是隻有趣的從魔啊」。這人膽子真大，也許是因為他本來是冒險者，又在商界打滾吧。

「那麼為各位準備本店最好的房間。有單人房和能容納所有人的大房間，請問需要哪一種？」

「單人——」

「麻煩一間大房！」

「嗷！」

「北斗先生說大房間好。我也想睡大房間。」

……基於多數決，決定大家一起住大房。

服務人員帶我們去的房間鋪著看起來很高級的地毯，衛浴設備完善，是不錯的大房間。裡面有四張大床，空間也夠北斗在地上睡，應該可以在這裡好好休息。

我躺在床上恢復旅行的疲勞，看著趴在地毯上的北斗，想起剛才在城內幫北斗買了刷子。

於是我拿出刷子，想說很久沒幫牠刷毛，結果不只北斗有反應，兩姊弟也湊過來了。

看到那是北斗專用的刷子，兩人垂下耳朵，明顯很失望。

「等等再幫你們刷毛，先去打發時間吧。」

「「是～」」

彷彿養了三隻大狗。

姊弟倆聽我這麼說便安分下來，因此我把搖著尾巴、迫不及待的北斗叫到旁邊。牠默默趴在我前面，我開始幫久別多時的夥伴刷毛。

「嗷……」

「幫你刷毛真的會讓人心情平靜。」

北斗變得比上輩子還大隻，刷起毛來有點辛苦，可是一想到可以享受這舒服的觸感，就完全不覺得累。

而且那兩個爛人害我心情不太好，幫牠刷毛會有種心靈被洗滌乾淨的感覺。動物療癒法果然效果顯著。

話說回來……百狼的毛真的很神奇。

軟到根本不會勾住刷子，又能防水防汙，連血液都沾不上，始終是亮麗的白色。把梳下來的毛收集起來，拿去做枕頭或抱枕或許也不錯。

我一面梳毛，一面想起在宅邸與巴里歐的對話內容。

『今天發生的事，應該能讓我比較好跟他們商量將這棟房子讓給我。對各位來說或許是不愉快的經歷，但我十分感謝。』

巴里歐向我們深深低下頭，雷烏斯插嘴說道：

『欸，巴里歐爺爺。你為什麼想要這棟房子？』

『我也在疑惑。這裡很安靜，我挺喜歡的，可是……您應該知道跟城裡比起來，這裡生活有許多不便之處吧？』

『嗯，我知道。原因之一是我想獨自在這享受悠閒的隱居生活，不過最重要的……算是贖罪吧。』

生下我的亞里亞媽媽還住在巴多米爾的本家時，巴里歐好像暗戀著艾莉娜媽媽。

『起初我只是佩服她工作做得那麼好，後來不知不覺就被吸引住。』

『是大人的戀愛呢……』

『真不好意思。』

然而，他出於無法阻止巴多米爾對艾爾多蘭德家下手的內疚，再加上艾莉娜媽媽憎恨德利阿努斯家，始終不敢和她說話。

『當時我只想著要復興德利阿努斯家，再加上年紀也不小了，我便選擇放棄她……不過，之後她和米莉亞里亞夫人一起被趕出本家，當我從巴多米爾老爺口中得知她已經不在人世時，受到的打擊比想像中還大……』

這就是他決定離開巴多米爾的契機。

外加當家是那副旁若無人的態度，德利阿努斯家不可能成功復興，所以他也累了。

『也許我的內心深處仍然忘不了她。我知道她很努力地守住這棟房子，才想至少把它繼承下來。』

『艾莉娜小姐想守護的不是房子，是天狼星少爺。』

『……是啊，她就是那樣的女性。但現在的天狼星少爺似乎不需要我保護。還有，守護這棟房子雖然有一部分是想向她贖罪，到頭來只不過是我的自我滿足。』

看他露出看破紅塵般的平靜笑容，怎麼想都不像在說謊。

之後他帶我們去看一間空房間，裡面放著我們以前用的家具。

『我的喜好和巴多米爾老爺不合，預計等拿到這棟房子就把它恢復原狀。』

想守護這棟房子度過餘生嗎……

儘管它已經不是我的所有物，我畢竟對這裡有感情，比起為所欲為的巴多米爾，交給他管理也比較放心。

而且他說不定會願意整理媽媽的墓，我便將通往那座花園的路線告訴他。

『……她的墓在那裡嗎？我明白了，交給我吧。』

巴里歐爽快地答應幫忙管理兼整理墓園，在我們離開的同時走向花園。

他心中懷著什麼樣的感受、他要跟媽媽說什麼，只有巴里歐自己知道，不過我想，這樣應該能讓他做個了斷吧。

「……嗷！」

「嗯？喔，抱歉。我在想事情。」

我以為北斗在氣我刷毛的動作太單調，看牠的樣子好像不是。

因為我往北斗旁邊一看，姊弟倆正拿著自己專用的刷子排隊。

「……你們在幹麼？」

「在排隊！」

「可惡……要是沒出石頭就好了！」

艾米莉亞端坐在地上，背後的雷烏斯忿忿不平地瞪著自己的手。看來是猜拳輸了。

此外，莉絲也拿著梳子，害羞地排在後面。

「有種不跟著排隊不行的感覺……」

這樣梳兩個梳三個我看也差不了多少。

我心想「總之先幫北斗刷完毛吧」時，牠突然叫了聲站起來，彷彿在表示已經夠了。

奇怪，上輩子牠都會叫我多刷一下啊……

「嗷！」

「北斗先生說牠排最後就好，叫大哥先幫我們刷。」

「謝謝您，北斗先生。」

「呵呵，不愧是你們兩個的前輩。」

明明是狼卻表現得跟大人一樣……可是，不要以為我不知道你在想什麼。

八成是想最後可以再讓我刷一次毛，時間會比其他人久。好吧，反正我很久沒幫牠刷毛，本來就打算刷仔細一點，倒也無所謂。

北斗一走開，艾米莉亞就迅速坐到我面前，於是我開始用她帶過來的刷子刷她尾巴。

「呵呵呵……好幸福。」

「艾米莉亞的笑容還是一樣燦爛。我也幫她刷過毛，都沒辦法讓她這麼舒服。」

「姊姊和艾莉娜小姐都幫我刷過毛，但大哥刷起來就是不一樣！」

「嗷！」

「北斗先生也同意。」

我聽著弟子們對我的稱讚，刷好艾米莉亞的毛，接著搞定雷烏斯和莉絲。

「喔喔……就是那裡！大哥果然很懂！」

「我第一次被男生梳頭髮，還滿舒服的。」

看頭髮的光澤，他們的健康狀態似乎沒問題。

艾米莉亞的尾巴仍舊軟綿綿，摸起來很舒服，雷烏斯的尾巴也是，儘管有翹毛，觸感並不差。

莉絲的頭髮也完全不會打結。

最後我又幫趴在前面的北斗刷了一次毛，莉絲坐在床上，看著窗外輕聲說道：

「今天發生了好多事。雖然有讓人不開心的事，有人願意守護艾莉娜小姐的墓真的太好了。」

「是啊，有個人管理還是比較放心。希望之後一切順利……」

「大哥就是為了這個目的，才把那東西賣給賈德哥哥的吧？大哥做的東西絕對安啦！」

其實跟賈德見面時，我教了他還沒告訴賈爾岡商會的魔導具做法。

那東西比卡利歐斯做的魔導具還優秀，近期內賈爾岡商會應該會讓它流行起來。

這樣能早點讓德利阿努斯家的財政出問題，提高巴里歐得到房子所有權的機率。

說實話，我本來沒打算做到這個地步，不過根據負責管理財務的巴里歐的證言，我得知本家以前給媽媽的養育費，一部分會在途中被巴多米爾偷偷拿走，因此我決定做得徹底一點。

「哎，我能做的也就這樣。我想他們應該不會再有心力騷擾我們，之後就順其自然吧。」

「畢竟我們得趕快去找諾艾兒姊他們。」

「沒錯。好了……今天就刷到這樣囉。」

「嗷嗚……」

北斗用叫聲叫我再刷一下，我告訴牠以後隨時都可以幫牠刷毛，摸摸牠的頭要牠聽話。

「呵呵呵……」

刷了那麼久，喉嚨有點乾，所以我想請艾米莉亞幫我泡杯紅茶，結果……

「該說妳……服務周到嗎？」

明明還沉浸在餘韻中，她竟然已經去旅館的廚房泡好紅茶。

「不愧是姊姊！」

「無意識還能做到這種地步，好厲害。該說她是隨從的楷模嗎？」

「以前艾米莉亞陷入這個狀態會沒辦法泡紅茶，我認為她有在進步唷。」

「……說得也是。」

巴多米爾和我確實有血緣關係，然而對上輩子無父無母的我來說，待在身旁會令人安心的存在，才是真正的家人。

所以在場的大家，對我而言都是不可或缺的存在。

未來也繼續以老師的身分，以家人的身分……守護他們成長吧。

我看著自由度日的家人們，享受這段平靜的時間。

《諾艾兒家與歡樂的一家人》

隔天……我們來到賈爾岡商會。

我們預計今天啟程，拜託賈德準備必要的物資。

「來啦。你們訂的貨全放在馬車前面，等等去清點一下。」

「抱歉這麼突然。其實我很想再待一天，可是不快點出發的話，有隻貓會鬧脾氣。」

「哈哈哈，沒錯。別在意。你告訴我的魔導具又能讓我們賺到錢，有什麼好抱怨的。」

「好好賺一筆吧。相對的……」

「我知道！那棟房子就交給我吧。」

我叫姊弟倆幫忙點貨，和賈德在旁邊商量事情。

我提供新的魔導具及製作法，向賈德要求的報酬是……希望賈爾岡商會買下我小時候住的那棟房子。

「德利阿努斯家現在眼中只有錢，只要亮出金幣，應該可以交涉得很順利。」

「我以前被那個當家整過，看我怎麼跟他殺價。想要房子的是叫巴里歐的老爺爺對吧？」

「嗯，是住在裡面管理那棟房子的男人。麻煩你這幾天找機會跟他談談。」

請賈爾岡商會買下房子，之後再便宜賣給巴里歐……就是我想的計畫。

「是說用不著直接賣給他吧？免費提供房子給他住，叫他幫忙管理房子不就夠了？」

「無妨。我又不知道什麼時候才能回來，只要能守住充滿回憶的家和媽媽的墓就好。」

我希望那個人不要再服侍別人，以一個普通人的身分安穩度過餘生。

儘管立場不同，我們畢竟是愛著同一位女性的人。

「天狼星少爺，貨物清點完畢。」

「我們訂的東西都齊咧。」

「好，搬上馬車吧。」

貨品中有幾個挺重的東西，但我們平常就在訓練，這點重量根本小菜一碟。

我們轉眼間就把貨搬完，幫北斗裝上挽具，然後我發現賈德瞇起眼睛，感慨良多地看著大家。

「話說回來，老闆你們真的長大了啊。可以想像迪他們驚訝的表情。」

「嗯！要讓迪哥看看成長後的我們。」

「我對姊姊和迪先生的小孩很有興趣，真想快點看到。」

「喔喔，那兩個人的小孩非常——唉唷，講出來會被諾艾兒罵，恕我不能說。」

「沒關係，到那邊就能看到。對了，從這裡到迪他們住的城鎮大概要花多久時間？」

「坐馬車差不多三天吧。幾乎沒有岔路，途中也有路標，不用擔心迷路。」

為求保險起見，我請賈德拿地圖給我看，確認位置。

那座城鎮叫歐拉姆，整體規模約艾琉席恩的一半。

去那邊送過好幾次貨的賈德說，那裡治安很好，也不會有種族歧視，是宜人居住的地方。

「最近那兩個傢伙特別有幹勁，大概是在期待跟你們見面。我猜他們一定會超級熱情，做好覺悟吧。」

「早就做好囉。哎，不在那邊住幾天，諾艾兒八成會有意見，不曉得什麼時候才能朝阿德羅德出發。」

「天狼星少爺，不用顧慮我們。」

「反正有很多事想向諾艾兒姊和迪哥報告，晚一點也沒關係。」

我們確實不趕時間，住一會兒也無所謂，但諾艾兒很可能叫大家永遠住在那裡。例如「請您在旁邊蓋一棟房子住」之類的。

該準備的都準備好之後，我們在賈德的目送下離開阿爾梅斯特。

坐馬車也得花上三天，不過如果是北斗拉的馬車，兩天就夠了吧。

好了……從艾琉席恩到阿爾梅斯特的路途中，我都只做基礎訓練，今天起多增加一些實戰方面的訓練吧。

「雷烏斯，這次要練習配合馬車的移動戰鬥。」

「意思是要邊跟大哥打，邊注意不被馬車拋下嗎？」

「就是這樣。我想你應該明白，和敵人交手時常常得注意周遭的情況。這種方式可以訓練你配合戰況臨機應變。」

「知道了！」

「剛開始由我帶領你，等到差不多後我就會配合你的速度喔。如果和馬車離得太遠……做為處罰，你的午餐會分一些到莉絲的盤子裡。」

「什麼!?來、來啊！」

「嗯……既然是處罰就沒辦法囉。小心不要受傷。」

「雷烏斯，只要拜託我多煮一點，或許可以拯救你的午餐。」

「混帳東西！我的食物是我自己的！」

莉絲擔心歸擔心，卻顯得有點高興，艾米莉亞則以雷烏斯會輸為前提。在兩人的注目下，我和雷烏斯開始訓練。

「怎麼了雷烏斯？馬車要跑掉了喔？」

「哼！還早得很！」

我們持續著一來一往的攻防戰，有幾次差點被馬車丟下。

雷烏斯出拳擊碎地面，我用合氣道把他扔了出去，讓他在空中劃出一道拋物線飛過馬車上方，激烈程度怎麼看都不像單純的訓練。

說起來，在正常人眼中我們這樣並不正常。

離開城內的話，不曉得什麼時候會遇到魔物或盜賊，本來應該要保存體力，更遑論訓練了。

可是我們現在已經強到不會輸給一般的魔物及盜賊，更重要的是，有感覺敏銳的北斗在。

另外兩個人我也讓她們休息，以免遇到緊急狀況，只要敵人不要太多，照理說都應付得來。

順帶一提，北斗會自己看狀況操縱馬車，所以不需要有人駕駛。

「唔喔喔!?馬車……馬車要跑了！」

「這次是因為太注意馬車，動作變隨便囉？這代表我可以輕鬆猜到你會往哪邊閃，你才會被我絆住腳步。」

「我知道……不過！大哥的攻擊……太激烈了！北、北斗先生，等等我啊！」

「嗷！」

馬車沒有放慢速度，我想北斗應該是在說「別跟我撒嬌」。牠對後輩相當嚴格。

結果……雷烏斯的午餐減少，增加到莉絲的份上。

「我、我的肉！」

「只少了三片耶？用不著那麼不甘心吧……」

「是沒錯，可是不甘心就是不甘心嘛！莉絲姊也懂我的心情對不對？」

「嗯，飯變少真的很討厭！」

「這樣呀……」

比賽規則就是如此，所以雷烏斯也沒有恨莉絲。

他停止抱怨，大概是知道再講下去也沒用。

吃完午餐，我叫來搖著尾巴待命的北斗。

身為百狼的北斗能吸收大氣中的魔力，不吃飯也無所謂，但自身魔力與大氣中的魔力同質的我，可以幫牠準備一個東西。

「來，嘴巴張開。」

「嗷！」

我的手掌出現壓縮過的魔力塊，餵給北斗吃。

既然跟大氣中的魔力同質，這麼做有種多此一舉的感覺，然而北斗說……經過我壓縮後的魔力好像比較好吃。

「瞧牠吃得津津有味，到底有什麼差別？」

「因為是天狼星少爺親手餵的，當然會好吃。我也好想要您餵我吃喔……」

「嗷嗚……」

艾米莉亞嫉妒地盯著北斗，北斗本人……本狼則用鼻子蹭我，表示還想再吃。

這個催促的動作跟前世一模一樣。

「知道了，等等我。乖，坐下。」

「嗷！」

雖然做一顆魔力塊相當累人，北斗討吃的方式實在太可愛，我無法拒絕。

我先叫北斗坐下，摸著牠的頭等魔力恢復，莉絲看到這一幕，苦笑著說：

「北斗平常明明那麼威風，對天狼星前輩卻很會撒嬌呢。」

「因為牠有段時期是我養的嘛。」

百狼是被喚為神之使者的傳說中的存在……現在我只覺得牠是隻黏人的狗。

我對莉絲那句話表示贊同，又餵了一口魔力塊給北斗，兩姊弟喃喃說道：

「……好羨慕。」

「好好喔……北斗先生。」

「……要吃肉乾嗎？」

「「耶——！」」

我拿出肉乾遞過去，弟子們紛紛湊近，可是不只姊弟倆，連莉絲都張開嘴巴，一副叫我餵食的樣子。

到頭來……每個人都一樣。

短暫的旅程過後，我們終於抵達諾艾兒的故鄉歐拉姆鎮。

充滿活力的城鎮中，到處都是看似冒險者的人，有的地方在蓋新房子，有的地方則把圍住城鎮的城牆蓋得更高一點。

這裡已經夠繁榮了，看來還打算繼續發展。

我們抵達時天色已經開始變暗，許多居民準備下班回家，帶著北斗的我們引來不少注目。

只要和會自然而然吸引他人目光的北斗走在一起，到哪去都一樣。

我盡量不去在意，專注尋找諾艾兒和迪開的食堂，走向歐拉姆鎮的中心。

店名我從信上得知了，開在哪裡倒從來沒問過。

因此我詢問路人那家食堂的位置……

「我想這個鎮應該沒人不知道那家食堂。就在前面的轉角處。」

「那已經是這裡的知名店家囉。你們也是來吃那家店的嗎？」

「餐點當然很棒，能帶走的麵包也不錯。看，就在那。」

從居民的反應看來，諾艾兒跟迪的店似乎十分有名。

向為我們指路的人道謝後，我們終於抵達目的地。

「艾莉娜食堂嗎……」

為什麼呢……明明事前就知道了，親眼看到看板還是有種感覺油然而生。我想再也沒有比它更適合他們的店名。

姊弟倆也抬頭看著看板，一臉平靜，大概在想同樣的事吧。

「這就是……姊姊和迪先生夢想的結晶。」

「嘿嘿，不知道為什麼，我超高興的。」

「先進去吧。北斗就……」

可惜北斗不可能進食堂，所以我命令牠在外面等。

北斗像在說「有什麼事就叫我」似的叫了一聲，把馬車拉到隱密的建築物後面，就地趴下。

好了……終於要與他們重逢，我想起以前收到的信上有這樣一句話。

『看到成長過後的我包您嚇一跳！』

她整個很有自信。

我期待著諾艾兒的成長，和弟子們一同踏進艾莉娜食堂。

「喂——我們要兩份咖哩！」

「加點三個艾莉娜三明治！」

「兩個奶油燉菜！」

艾莉娜食堂裡有幾張圓桌及椅子，標準的大眾化裝潢。

或許因為現在是晚餐時間，店裡的點餐聲不斷，座無虛席。

在我猶豫該如何是好時，一名看似服務生的女性發現我們，走過來說：

「不好意思，現在客滿，可以請各位先在牆壁旁邊的座位等位子空出來嗎？」

和諾艾兒一樣的紅髮及貓耳……這孩子就是信上寫的妹妹嗎？

仔細一看，其他部分也跟諾艾兒挺像的，她在信上也說過會請家人擔任食堂的服務生。

不管怎麼樣，既然客滿也只能等了。

我們乖乖坐到牆邊的位子上。

「大哥，為什麼不說是你來了？進裡面就能見到諾艾兒姊和迪哥了對吧？」

「反正都來了，我想看看他們平常的模樣和料理的味道。」

而且放著不管，諾艾兒八成也會發現我們，直接衝過來。

我環視坐滿客人的店內，不知為何沒看到諾艾兒。

店裡的服務生只有剛才那位女性，忙碌地在店裡來回奔走。

「那個人看起來好忙。」

「嗯，諾艾兒也不見人影，我看──」

「喂喂喂！這家店是怎樣！」

我站起來想去幫忙時，坐在附近的兩位冒險者嚷嚷道，導致其他人都注意到這邊。

女服務生馬上趕過來詢問發生什麼事，冒險者一看到她就破口大罵。

「我聽說這家店很好吃才來的，結果你們卻端出這種東西？」

「對啊對啊！這麼辣的菜鬼才吃得下去！」

他們抱怨的料理似乎是咖哩。

兩人向女服務生施壓，要店家負責，但女服務生看了一眼桌上的菜，便泰然自若地告訴冒險者：

「客人，我在兩位點餐前就先說明過這道料理會辣。當我詢問要哪種等級的辣度時，兩位都笑著回答『給我最辣的那種』對吧？」

桌上還有酒，推測是在喝醉的情況下點的餐。

事實上，這兩個人在點餐前就聽過店員的說明，知道會辣才點的，所以完全是自作自受。跟店家抱怨根本不合理。

就我看來女服務生說的是對的，可惜他們好像聽不進去。

不出所料，那兩個人目露凶光，站起身來，一副隨時會動手的樣子。

「囉嗦，身為男人當然會想挑戰難度最高的啊。總之這種東西根本不能吃，快給我收下去。先說好，我不會付錢的！」

「兩位是自願點這份料理的，又已經吃了一口，沒辦法退錢唷。太辣的話要不要點其他料理換個口味？本店也有提供幾項甜點。」

「誰管什麼甜點！妳當我白痴嗎？喂，把這家店——」

「給我等一下！」

那兩個傢伙實在太超過，正當我準備派雷烏斯出馬……突然傳出整家店都聽得見的吶喊聲。

兩名冒險者左顧右盼，納悶發生了什麼事時，那人緩緩現身。

她抬頭挺胸走在店內，彷彿我上輩子看過的服裝秀，站到冒險者面前。

「誰在欺負我可愛的妹妹諾琪雅！」

「帥喔，諾艾兒妹妹！」

「就是這樣，好好懲罰侮辱老闆做的菜的人！」

那人正是我們在找的諾艾兒。她身穿和以前類似的女僕裝，把上菜用的木製托盤當成武器拿著。

闊別五年的諾艾兒，外表沒有多大的變化，不過大概是因為生過小孩吧，她的神情變得成熟許多，像個當媽的人。如信上所說，諾艾兒也成長了不少。

然而……看現在這個狀況，她的成長似乎也包含在奇怪的方面。

其他人喜歡她是很好，但現在這個像要表演什麼節目的氣氛，不太方便跟她打招呼，我們便在旁邊呆呆看著。

「妳、妳誰啊？」

「我嗎？我是做這道菜的人的老婆。」

「老婆出來幹麼，叫本人出來啦！這麼辣的菜難吃死了，誰吃得下去！」

「哦？你說迪先生做的菜難吃嗎……」

諾艾兒臉上雖然掛著微笑，眼中卻毫無笑意。

氣氛突然緊張起來，名叫諾琪雅的女性無奈地深深嘆了口氣，從她的反應看來，諾艾兒這樣好像是家常便飯。

「不但抱怨我老公做的料理，還瞧不起甜點。這麼沒禮貌的人，身為艾莉娜食堂看板娘的我絕不允許！」

「什麼看板娘啊！妳搞笑喔！」

「你們這麼吵，會給其他客人添麻煩！冷靜下來看看四周吧，大家都──」

……四目相交。

沒錯……我跟諾艾兒四目相交了。

「…………不──」

「『不』？」

「不是的！我、我只是有點玩太開，想讓客人能開開心心吃飯，真正的我──」

諾艾兒大叫著全速逃進裡面。

她逃得太快，所有人都愣住了，我拍拍雷烏斯的肩膀叫他幫忙打掃。

雷烏斯明白我的用意，走到兩名冒險者旁邊瞬間抓住他們的臉，從艾米莉亞打開的窗子扔出去。

窗外傳來怒吼聲，交給去收餐錢的雷烏斯處理就好。北斗也在外面，他們不可能逃得掉。

諾琪雅也恢復冷靜，拍了下手引起顧客的注意力。

「呃……已經沒事了，請大家繼續享用餐點。」

客人八成也習慣了，這句話一說出口，店裡馬上恢復成原本的熱鬧氣氛。

然而服務生忙不過來的情況仍然沒變，於是我們點點頭，同時站起身。

「我去廚房幫忙，這裡就麻煩妳們了。」

「請您放心交給我。」

「我從來沒當過服務生，不過我會加油！」

確認兩人向露琪雅表示要幫忙後，我來到後面的廚房，迪和一個貓耳男擠在狹窄的空間裡手忙腳亂，廚房化為戰場。

「漢堡和艾莉娜三明治做好了。蔬菜還沒切好嗎？」

「麻、麻煩再等一下！我馬上切，迪先生先弄那個吧！」

看來最好快點伸出援手。

我借來掛在牆上的圍裙，經過旁邊的貓耳男注意到了我。

對了，迪的信上說他收了一名徒弟。

名字記得是……阿拉德？

「欸、欸，客人！不可以擅自進入廚房。請趕快離開。」

「不，我是來幫忙的。」

「幫忙？你到底是——」

「天狼星少爺!?」

迪聽見我的聲音發現我來了，急忙回過頭。

五年沒見的迪目光變得更加銳利，頗有專業人士的氣勢。

聽說他們每天都過得很忙，但迪的表情完全看不出一絲疲憊，反而神采煥發，很充實的樣子。

迪的眼神還是像在瞪人，嘴角卻微微揚起，看得出他在高興。

「好久不見，迪。我想你應該有很多話想跟我說，等解決這個危機再聊吧。」

「可是，我怎麼能讓……不，拜託您了。」

大概是知道我不會退讓吧，迪接受我的幫助，向我說明整個工作流程及要做的料理。

店裡的菜色全都是我教他做的，看來可以不用擔心扯後腿。

我立刻確認點單，準備需要的材料，狀況外的阿拉德指著我大叫：

「等一下，迪先生。他很自然地做起菜來了耶，這人到底是誰!?」

「交給他不會有問題的。比起這個，你的手停下來囉？」

「啊!?對、對不起！」

迪雖然不擅言詞，看他們的相處模式，兩人的師徒關係好像挺穩固的。

阿拉德還沒完全服氣，頻頻朝我看過來，可是一看見我切菜的動作，他就感慨地咕噥道：

「……好厲害，比我更快更準確。」

「這還用說。他可是我的主人天狼星少爺喔？」

「咦？就是他!?」

得知我是迪的主人，阿拉德大吃一驚，接著馬上兩眼發光，對我投以崇拜的眼神。

怎麼回事……我們今天才第一次見面，在他心中我究竟是怎樣的存在？

「阿拉德，我懂你的心情，可是記得動手啊。」

「糟、糟糕！對不起。」

「總之食材交給我處理，你們負責做菜就對了。」

「「是。」」

即使知道食譜，也不可能一下就能重現他們的調味。

因此這次我決定以輔助為主，不停將蔬菜及肉切成適當大小，送到站在大鍋和平底鍋前的兩人旁邊。

這樣可以提高整體速度，過了一會兒，或許是沒那麼忙了吧，迪甩著平底鍋對阿拉德說：

「懂了吧？食材處理得好，就會輕鬆許多。」

「是！不愧是迪先生的師父——啊，謝謝。」

我將炒青菜的材料放到有點激動的阿拉德旁邊，做好的料理則放到服務生送菜用的臺子上。

有時間的話我會去看看店內的情況，艾米莉亞活用過去的經驗，大展身手。

莉絲雖然比較手足無措，工作還是做得挺好的。突然現身的銀髮與藍髮少女令店裡的客人興奮不已，愉快地品嘗餐點。

其中也有想對艾米莉亞和莉絲出手的人，這種人就由從外面回來的雷烏斯靠氣勢嚇走。

外場似乎沒問題，回去專心幫廚房的忙吧。

正當新的點單送到廚房，我準備切下一份蔬菜時……

「咦咦咦？天狼星少爺，您什麼時候來的？」

驚訝的聲音傳入耳中，諾艾兒若無其事地走進來。

她演技實在太爛，我不禁感到悲傷，這種時候應該要吐槽吧。

「剛剛。妳才是……到底怎麼搞的？」

「討厭啦天狼星少爺，我們主僕好不容易來了個感人的重逢，您為何如此冷淡？」

這個人妻……想把剛才那件事當沒發生過。

算了，之後再仔細逼供——更正，仔細跟她談談。

「有什麼想說的等關店再說。不用擔心我們，去外面幫忙吧。」

「瞭解！那老公，我走囉。」

「嗯。」

諾艾兒明明只是要到外面，還邊走邊與迪深情對望，可見這對夫婦感情還是一樣好。

現在內場也穩定下來了，因此我向迪徵求許可，動手製作其他料理，這時，外面傳來響亮的談話聲。

「艾米，雷雷，好久不見！我好想你們！」

「是的。好久不見，姊姊。」

「我也超想妳的，諾艾兒姊！」

「嗯嗯，瞧你們長得這麼大，姊姊好高興。這孩子就是莉絲嗎？」

「咦!?那、那個……初次見面，諾艾兒小姐。我叫妃雅莉絲。」

「我叫諾艾兒，可以叫我姊姊唷！」

「喂，姊姊！要聊天之後再聊，現在是工作時間！」

「嗚嗚嗚……這可是我們感人的重逢耶……」

我只聽得見他們的聲音，卻能輕易想像諾艾兒被妹妹罵得垂頭喪氣的模樣。

「大家都沒變呢……」

雖然我們見面後根本沒講到幾句話，我有種回到住在那棟房子時的熟悉感，臉上自然而然浮現微笑。

等到食堂打烊，我們把店內整理乾淨，聚在桌子前面重新向所有人打招呼。

除了我們四個，迪和諾艾兒的家人阿拉德、諾琪雅也在，人數多到得把桌子併在一起才坐得下。

我從廚房端來我做的料理，發現有個小女孩躲在諾艾兒身後偷看我。

原來如此，她是……

「呵呵呵，天狼星少爺，您發現了嗎？我有很多話想對您說，首先要介紹這孩子。」

「嗯，麻煩妳了。」

「是！這孩子就是我們的寶物諾娃兒。來，諾娃兒也跟人家打聲招呼。」

「那個……我、我叫……諾娃兒。」

是個將遺傳自諾艾兒的及肩紅髮綁成雙馬尾，長了對貓耳和貓尾巴的可愛女孩。

整體而言像諾艾兒的部分比較多，站在一起一眼就看得出是母女。外表完全看不出迪的基因，果然是因為諾艾兒的基因太強嗎？

諾娃兒好像有點怕生，自我介紹完就又躲回諾艾兒背後。這也不能怪她，畢竟突然來訪的外人跟自己的父母處得那麼好。

我略感內疚，諾艾兒抱起女兒諾娃兒，站到迪旁邊。

「天狼星少爺，請看。這就是現在的我們。」

「多虧天狼星少爺的協助，我們過得很幸福。請讓我再次向您致謝。」

「……我只有幫了一些忙。你們之所以會成功，都要歸功於自已的努力。」

「我們當然也有付出努力，可是如果沒有您，我想不可能那麼順利。請您更自豪一點。」

我確實教過你們許多東西，但活用那些知識的人是你們自己啊。

不過他們如此誠懇，再繼續推辭也很失禮，於是我收下了這對帶著幸福笑容的夫婦的謝意。

「向大家介紹一下我的家人。這是我妹諾琪雅，還有弟弟阿拉德。他們都是艾莉娜食堂雇用的員工。」

「大家好，我是諾艾兒姊姊的妹妹諾琪雅。」

「我叫阿拉德。那個，對不起，剛才我不知道您是迪先生的師父。」

諾琪雅彬彬有禮地問好，阿拉德則深深一鞠躬，順便跟我道歉。

對他來說迪是自己的師父，而我教了迪各式各樣的料理，因此他好像也對我心存敬意。是個重視上下關係的男人。

「別放在心上。那接下來換我們囉。」

我介紹完弟子們，最後輪到待在外面的北斗，可是讓北斗進餐廳不太適合，我只讓牠從窗戶探出頭來。

突然出現的大狼害迪他們嚇了一跳，然而……

「狗狗！媽媽，是狗狗！」

「諾娃兒，不可以這樣。」

「對啊諾娃兒，快點離開——」

「這隻狗狗叫北斗先生，要叫人家名字才行。喔喔……軟綿綿的！」

「嗯！北斗先生軟綿綿！」

「重點不是這個！」

諾艾兒和女兒諾娃兒毫不猶豫走過去，抱住北斗的臉享受毛的觸感。這一幕使我確信，諾娃兒無疑是諾艾兒的女兒。

所有人自我介紹完後，我們開始吃遲來的晚餐。

今天吃的是特製肉鍋，湯頭是我在營業時間抽空熬成的。

這裡不愧是食堂，食材及調味料都相當充足，所以我做得挺豐盛的。老實說湯頭再煮久一點會更美味，下次有機會再來做吧。

由於很久沒吃肉鍋，弟子們吃得津津有味，不過這道料理口味偏重，不曉得合不合諾艾兒一家人的口味。

「呼……好好吃。而且有種懷念的味道。」

「是啊。不僅令人懷念，少爺的手藝明顯進步了。我還有得學呢。」

「……好吃。這個濃郁的味道到底是用什麼煮出來的？」

「唔唔……雖然很不想承認，姊姊說得沒錯。筷子停不下來了啦。」

大家的評價不錯，鍋子裡的肉及蔬菜逐漸減少，只有一個人顯然沒什麼反應。

「諾娃兒，怎麼了呀？妳不是喜歡吃火鍋嗎？」

「……喜歡。」

「爸爸幫妳夾菜。經過天狼星少爺的調味，蔬菜也變得很好吃對不對？」

「……嗯。」

迪和諾艾兒勤快地為女兒服務，諾娃兒的心情卻一直好不起來。

不合她的口味嗎？

可是看她吃東西的模樣，好像也不會覺得難吃啊……難道她怕燙？

在我納悶不已時，我們家的愛吃鬼堂堂正正遞出盤子，諾琪雅則顯得有點害羞。

「大哥，我還要！」

「麻煩再來一盤。」

「我、我也……」

「……看來明天最好煮多一點呢。」

「抱歉。錢和人手我會負責提供，麻煩多買些食材回來。」

有這麼會吃的徒弟害我挺不好意思的，又加了些蔬菜和肉到鍋裡。

順帶一提，最後我把飯扔進鍋裡煮成雜炊粥，不用說也知道瞬間就被掃光。

熱鬧的晚餐時間雖然已經結束，收拾完餐具後，我們還是坐在位子上沒離開。

「好了，時間還很多。天狼星少爺在學校做了什麼，讓我問個清楚吧！」

諾艾兒拿著酒幹勁十足，很期待的樣子。

迪還去廚房拿水果和飲料來，於是我們像要填補那段見不到面的日子般，開始邊吃邊聊。

話題主要以我們的校園生活為中心，弟子們熱情演出在學校發生的事件，令諾艾兒一家人聽得入迷。

「我們覺得大概要完蛋的時候，大哥轟爛牆壁趕來救我們。」

「天狼星少爺憑一己之力，瞬間就把我們完全應付不來的對手統統打倒。雖然吃了不少苦頭，當時的天狼星少爺真的很帥氣。」

「唔……少爺真是的，還在這麼完美的時機登場！艾米已經被妳迷得團團轉，所以莉絲應該是在那個時候迷上他的吧？」

「迷、迷上……我喜歡上天狼星前輩是因為其他事——啊!?沒、沒什麼!」

「哦哦哦?願聞其詳——」

「不好意思在妳這麼開心的時候打斷,今天先聊到這裡吧。」

天色在我們聊個不停的期間變得更暗,差不多到整個城鎮準備休息的時候。

諾艾兒跟迪倒還無所謂,不過諾琪雅與阿拉德是從自己家過來的,我想應該先放大家回去。

「嗯……沒辦法。但我好好奇後續喔,莉絲乾脆來我房間睡吧。我要再問妳一些事!」

「啊嗚嗚……」

「要適可而止啊。對了,有地方給我和雷烏斯睡嗎?沒空房間的話,鎮裡的旅館也可以。」

「萬萬不可!我們家有一間客房,請天狼星少爺睡那裡。雷雷和迪先生睡同一間,至於艾米和莉絲,雖然會有點擠,妳們跟我一起睡吧。我為這一天準備了很多條棉被,大家儘管放心。」

諾艾兒無視其他人的意見,分配好房間,不過只有我一個人自己睡一間,實在不好意思。

因此我本來想和雷烏斯一起睡客廳,兩位隨從卻想單獨聊聊天,最後便決定只有今天讓雷烏斯和迪睡。

諾艾兒把在途中睡著的諾娃兒抱回床上，等她回來後，我開口質問那件事。

「我說……諾艾兒啊。妳跟那兩個冒險者起爭執的時候，到底是在演哪齣？」

「咦？窩不吱到您在縮啥咪耶？」

她移開視線裝傻，但這件事對我來說不容忽視。

我瞪著她繼續逼問，諾艾兒才終於招供。

「那個，起初我只會用魔法趕走在店裡鬧事、批評料理難吃的客人。因為客人的反應很好，我想說乾脆弄得有趣一點……」

所以才會那麼威風地登場，還擺招牌姿勢。

當成餘興節目看的話是不壞，然而在這個世界，這個舉動並不明智。

「迪都沒阻止──不，你有勸阻過她吧。」

「是的。但諾艾兒說這樣可以讓生意變好，堅持不退讓。考慮到諾艾兒的心意，我也不好再多說什麼。」

「我講過好幾次這樣很危險，叫姊姊不要再做，可是姊姊超頑固的……」

「我在廚房派不上用場，至少得幫忙逗客人開心嘛。而且很少有客人會跟我們抱怨呀，目前只遇過三次！」

「不是次數的問題！」

我抓住諾艾兒的頭，使出久違的鐵爪功。

現在和以前不同，長得比她高的我可以一把抓住她的小臉，手指一使力諾艾兒就痛得哀號。

「好痛好痛好痛！比以前更痛了！」

「我能理解妳的心情，可是萬一對方比妳強怎麼辦！」

「我、我也想為這家店做些什麼嘛……」

「要是妳因此受傷怎麼辦？」

「我現在就快受傷了啦——！對不起——！」

我在她表示反省後鬆開手，最後把手放到全身無力的諾艾兒頭上教育她。

「妳受傷的話，不只迪和諾娃兒，妳的家人和我都會難過。所以不要馬上衝出去跟人家打，先去找鎮上的自衛隊商量，好好制定對策。」

「嗚嗚……知道了。以後不會了。」

被我當面訓斥，刺激她的罪惡感，諾艾兒終於屈服。

諾艾兒雖然很頑固，只要循序漸進地說服她，她就聽得進去，是個溫柔的孩子。之所以加上物理性的攻擊是以前的習慣，也是因為我知道非得給她一些教訓她才會明白。

冒險者裡面很多個性火爆的人，既然是做生意的，得更加留意不要留下後患才行。

迪和諾琪雅勸不動，是因為諾艾兒將炒熱店內氣氛的使命看得更重要。而且那兩個人有點寵她，最後都會忍不住隨她去。

看到諾艾兒在反省，有人被嚇了一大跳。

「真、真的假的!?姊姊竟然乖乖聽話……」

「難怪姊姊和迪先生那麼崇拜他……」

……諾艾兒啊，妳的家人是怎麼看待妳的？

隔天早上，我在艾莉娜食堂的客廳醒來。

外面還有點暗，看太陽的高度，我好像醒得比平常還要早。

我豎起耳朵，聽見廚房傳來聲音，看來他們已經開始備料了。在餐廳工作都要起得很早。

昨天聽他們說，艾莉娜食堂早上只有賣三明治這類可以外帶的輕食，中午才會正式開店。

我換好衣服來到廚房，看到迪跟阿拉德迅速做著三明治，發現我在偷看的兩人暫時停下手邊工作向我問好。

「早安，天狼星少爺。」

「吵醒您了嗎？」

「放心，我本來就習慣在這個時間起床。我也來幫忙吧？」

「沒關係，已經快準備完了。您什麼時候要吃早餐？」

「這個嘛，做完晨間運動再吃。」

告訴他們早餐等等吃後，我走出食堂到後面用井水洗臉。

我伸手想拿放在旁邊的毛巾，不知何時出現的艾米莉亞邊道早邊將毛巾拿給我。

雷烏斯與莉絲也站在後面，北斗則坐在地上待命。

「大家都到齊了，開始今天的訓練吧。」

「「是！」」

「嗷！」

食堂後面有塊頗大的空地，我們便沿著那座空地外圍跑起步來。這是晨間訓練，不過對北斗而言好像類似於散步，牠搖著尾巴，喜孜孜地跑在我旁邊。

跑了幾圈再打幾場模擬戰後，訓練到此告一段落，不過大概是因為今天比較早起吧，離早餐還有一段時間。

本來想說乾脆擦乾淨身體就回去休息，看到尾巴狂搖、心情很好的北斗，我想起一件事。

「對了，還沒跟北斗玩過飛盤。」

上輩子我陪北斗玩過許多玩具，其中牠最喜歡的就是飛盤。技術好到有段時期我懷疑牠是不是可以去爭奪世界冠軍。

之前幫媽媽掃墓時沒玩到，我又在來到這裡的途中做了新飛盤，也許這正是個好機會。

在我思考現在的北斗會有多厲害時，坐在旁邊的北斗不知何時消失了。

除此之外，兩姊弟也不見人影，剩下莉絲面帶苦笑看著我。

「……那幾個傢伙跑哪去了？」

「你剛才不是提到飛盤嗎？他們聽見的瞬間——」

莉絲還沒說完，兩人加一隻便揚起沙塵跑回來，排在我面前。

艾米莉亞還拿著北斗用的大飛盤，兩眼發光遞給我。

「麻煩您了，天狼星少爺！」

「大哥，快快快！」

「嗷！」

兩人加一隻……不，該說是三隻吧。

這三隻尾巴的動作異常同步，我已無話可說。算了，感情好是好事。

「我待在旁邊看就好，這個陣容我實在不覺得搶得贏。」

「我也這麼認為。」

考慮到這三隻的實力，扔得太輕他們可能會抱怨。

因此我發動「增幅」擲出飛盤，三隻像要把地面踩出一個洞般飛奔而出。

飛盤高高飛向上空，艾米莉亞用魔法召喚一陣風吹在身上加速，雷烏斯使用「增幅」跳起來，北斗則用牠引以為傲的四肢飛也似的衝出去。

在短短幾秒的戰鬥中取勝的……果然是北斗。

北斗的速度超過姊弟倆，不費吹灰之力用嘴巴接到緩緩落下的飛盤。百狼跟他們有決定性的體能差距，這也是無可奈何。

北斗拋下悔恨不已的姊弟倆跑回來，我接過飛盤後伸手摸牠的頭，牠樂得尾巴狂搖。

「乖乖乖，幹得好，北斗。但你這樣是不是有點太小家子氣了？」

「嗷！」

我叫牠手下留情，北斗卻搖頭表示辦不到。

「別這樣，大哥。這是……戰爭！」

「我們不需要同情。我要靠實力贏過北斗先生，得到天狼星少爺的摸頭！」

「嗷！」

接受挑戰……我明白北斗是這麼說的。

對這三隻來說，飛盤已經不是遊戲，而是戰爭。

然而照現在的情勢看來，可以確定北斗會贏，所以牠好像決定給自己增加不利條件，做為放水的替代方案，例如只有兩姊弟可以妨礙對手、北斗的起跑位置比較後面等等。

戰鬥持續下去，北斗完全不受不利條件的影響，連續抓住……更正，咬住勝利。這個狀況很奇妙，不過可以當成兩人的訓練，因此我沒有喊停。就在北斗享受第十次的勝利滋味時，姊弟倆湊在一起開作戰會議。

「北斗先生果然不好對付。就算想妨礙牠，從背後攻擊也會被閃掉，只能想辦法取得先機。」

「那姊姊，我們用那招吧。」

「可是這樣你贏不了唷？」

「沒關係。現在我只想贏北斗先生！」

作戰會議結束，做好覺悟的兩人緊張地等我扔出飛盤。

由於北斗給自己加的不利條件，姊弟倆再也沒有被牠拋在後頭，可惜還是會輸給北斗驚人的跳躍力。

我納悶著他們要如何彌補這段差距，擲出飛盤，艾米莉亞在途中減慢速度，雷烏斯則忽然轉身面對她，雙手交疊。

艾米莉亞踩在雷烏斯手上，兩人配合好步調……

「要上了，姊姊！」

雷烏斯把她扔出去的瞬間，艾米莉亞用魔法喚來風，高高躍起。

集兩人之力的跳躍跳得遠比北斗還要高，艾米莉亞在飛盤開始落下前抓住了它。

「成功了！」

「欸，艾米莉亞！是很厲害沒錯，可是妳要怎麼下來!?」

莉絲擔心地大叫，不過艾米莉亞應該可以靠風魔法順利著地才對。

然而，看她在需要抬頭仰望才看得見的高度歡呼，我開始懷疑她會不會忘記要降落。

為了避免意外，我準備好隨時衝出去，正當此時，北斗跳起來咬住她的領子。這傢伙還是一樣聰明。

拯救艾米莉亞的北斗靜靜著地，走到我前面把她放下來。這似乎是牠稱讚姊弟倆精采表現的方式。

「謝謝您，北斗先生。天狼星少爺……我終於成功了！」

「嗯，漂亮。」

她高高舉起飛盤，彷彿奪得世界冠軍，我摸摸她的頭，艾米莉亞便露出陶醉神情，尾巴搖來搖去。

「啊啊……這就是勝利的滋味。多麼甜美……」

「好好喔……」

「幹麼在旁邊羨慕？你也過來啊。」

這次的贏家不只接住飛盤的艾米莉亞，雷烏斯也包含在內。

面對強大的對手，互為敵人還能聯手奪得勝利的心態值得稱讚，因此我也摸了摸雷烏斯的頭，他滿足地笑出來。

「嘿嘿……終於讓大哥摸到頭了。」

時間差不多了，就到此為止吧。

而且預計吃完早餐要去向諾艾兒的母親打招呼，總不能帶著汗臭味見人家。

雖然這樣有點沒大沒小，我從嬰兒時期開始就受到諾艾兒的照顧，想好好跟她的母親道謝。

我帶著因飛盤遊戲結束而面露遺憾的三隻，回到艾莉娜食堂。

做完晨間訓練回來的我們，在艾莉娜食堂居住區的客廳吃早餐。

今天的早餐是迪做的法式吐司，還有沙拉及濃湯，挺豪華的。

一咬下去，我就吃得出法式吐司比以前更加美味。

「嗯，好吃。迪，你火候控制得很好。」

「不敢當。」

「這個濃湯溫柔的味道還是沒變呢……」

「很好吃喔，迪哥！」

「雷雷，這還用說嗎！我老公那麼努力。莉絲覺得怎麼樣？」

「是，非常美味。那個……」

不知為何，諾艾兒比迪本人還要驕傲。

莉絲笑著不停把食物送入口中，只要遇到她，盤子一下就空了。

這點分量當然不可能滿足她，莉絲顯得有些意猶未盡，迪默默幫她加了片吐司。

「啊……可以嗎？」

「別客氣，盡量吃。」

「對呀莉絲，妳吃得那麼津津有味，我們看了都覺得開心。吃不夠再說唷。」

「謝謝。那麼……我想再加兩片。」

「迪哥我也要！」

「嗯，等我一下。」

迪忙碌地在廚房與客廳之間來回奔波，準備吐司，我跟艾米莉亞本來想去幫忙，難得的是，迪直接拒絕了我們。他好像想起以前的事，樂在其中。

仔細想想，我們住在同一個屋簷下時就是這種感覺，外加迪本來就很愛照顧人。既然他這麼開心，就由他去吧。

一片片烤好的吐司不斷消失，然後我發現，坐得離我最遠的諾娃兒在看我。

一和我四目相交，諾娃兒立刻移開視線開始吃吐司。總覺得她看起來心情不太好，是錯覺嗎？

「諾娃兒怎麼啦？妳今天吃得比平常慢耶。」

「不喜歡嗎？」

「沒有！爸爸的吐司最好吃了！」

「呵呵，爸爸做的當然好吃囉。不過這個法式吐司是天狼星少爺發明的。天狼星少爺還教爸爸做過很多料理。」

「……是嗎？」

「對呀。所以等妳長大也去當天狼星少爺的隨——」

「我吃飽了。」

早跟她講過不要這樣，諾艾兒還是想讓女兒服侍我，但她話還沒說完，諾娃兒就站起來出去了。

諾艾兒和迪一臉錯愕，看這樣子，諾娃兒這麼做想必相當罕見。

「諾娃兒怎麼了？開飯前她心情還不錯呀……」

「要不要追上去看看？這邊交給我處理就好。」

「謝謝少爺。那……」

「嗯，我去看一下。」

夫妻倆離開客廳去追諾娃兒，換成在廚房備料的阿拉德和從家裡來上班的諾琪雅出現。

看到家主不在，兩人都納悶地歪過頭，說明狀況後，他們又更疑惑了。

「諾娃兒竟然會跑走，真難得。」

「對啊，她可是吃完飯會自己把盤子端過來的乖孩子耶，怎麼會這樣？」

「是不是因為有我們在？對了，阿拉德也就算了，諾琪雅也好早來喔。你們不是中午才上班？」

「那個，其實是因為有事找天狼星先生，不好意思這麼突然，方便借我一些時間嗎？」

諾琪雅愧疚地低下頭。

目前的行程只有去見諾艾兒的母親，於是我告訴她沒有問題，諾琪雅便吁出一口氣，望向店裡開口說道：

「其實我們的媽媽來店裡了。她說有話想單獨和你談談。」

「只有我嗎？」

「是的。之後她也會去跟大家打招呼，不過有重要的事要先對你說……」

「沒問題，我也想跟她打聲招呼。我甚至覺得讓她特地跑一趟不太好意思呢。」

「不會不會，是媽媽自己要來的。」

對方是諾艾兒的家人，因此弟子們一點都不擔心，目送我離開。也可以說他們還沉浸在美味的早餐中。

我進入店內，一名茶色短髮的女性坐在桌子前面。身材比一般女性壯一些，從她手臂的粗度判斷，看得出她是很有肌肉的人。

那人一看到我，跟諾艾兒一樣的貓耳和貓尾便輕輕搖晃，對我露出相當友善的笑容。是名很適合用「女強人」、「大姊頭」這類辭彙形容的女性。

「你就是天狼星？」

「是的，我就是。您是諾艾兒小姐的母親對吧？」

「嗯。總之先坐下吧。還有不用對我講敬語，平常心就好。」

她的言行舉止比較粗野，然而那豪邁的大姊頭語氣，再加上與媽媽風格不同的溫和笑容，完全不會讓人感到不快。

雖然很好奇諾艾兒是怎麼講我的，得先做個自我介紹才行，於是我坐到她對面，諾艾兒的母親拿起桌上的水瓶幫我倒了杯水。

她要講的好像是很重要的事，白開水可能有點太單調。

「不介意的話，要不要叫我的隨從準備紅茶？」

「謝謝你的好意，不過可以等等再說嗎？我想先把該講的講完。」

我也沒有急著想喝紅茶，就配合對方吧。

「總之……先向你說聲幸會。我是諾艾兒的母親史黛拉。要怎麼叫我都可以。」

「那我就稱呼妳史黛拉小姐。我想妳應該已經聽諾艾兒介紹過，我就是天狼星。」

「嗯，我女兒常跟我提到你。聽說那個笨女兒經常受到你的照顧。」

史黛拉嘴上說自己的女兒笨，臉上卻帶著溫柔的微笑。

這人雖然頗毒舌的，但看得出她是會為子女擔心的母親。遇到這種人不要亂說話，堂堂正正跟對方交談比較好。

「我不否認她笨，我也教了她很多事。可是……我從諾艾兒身上學到的東西更多。」

「哈哈哈，我女兒那麼笨，真高興她能派上用場。」

「別再說她笨了。她現在不是個好媽媽嗎？」

「不……那孩子就是個笨蛋。現在她過得那麼幸福，顯得她以前更笨了。」

史黛拉半是抱怨地開始述說往事。

她在歐拉姆鎮是當建築業的老闆，子女多達七名，其中最大的就是諾艾兒。

丈夫在最小的孩子出生時因病去世，在那之後她就只靠一己之力把孩子拉拔大，有段時期工作卻遇到瓶頸，過得很辛苦。

沒辦法餵飽全家的生活持續了一些時日，某天，諾艾兒為了減少家裡的開銷，離家出走了。

「她真的很笨。少一張嘴又不會輕鬆到哪去，那孩子竟然留下一張寫著『我受不了挨餓了』的紙條離開家裡。」

做母親的想必覺得很不甘心。史黛拉回想起當時的事，愁眉苦臉的，但她的神情立刻恢復平靜，望向窗外。

「一段時間過後，她寫信告訴我她去當了貴族的隨從……最後竟然帶了老公回來。害我這個當媽的那麼擔心，自己還敢笑咪咪地回家，除了罵她笨還能說什麼。」

「是這樣沒錯。但她現在幫了妳很大的忙吧？」

「是啊，雖然很不想承認。她給了諾琪雅跟阿拉德穩定的工作，還帶了廚藝高超的老公回來。那孩子回家後，真的讓我們家生活過得輕鬆許多。」

真不可思議。史黛拉的外表、個性、言行舉止明明都與媽媽相去甚遠，給人的溫暖卻和媽媽一模一樣。

我的心情自然而然平靜下來，史黛拉又喝光一杯水，接著說：

「那孩子說她被抓去當過奴隸的時候，我差點忍不住揍她一頓。不只諾艾兒，也包括我自己。但是……我聽說她遇見不僅願意收留那個笨蛋，還把她養大的大恩人。」

「是我的母親她們……對吧。」

「沒錯。所以我想跟她的恩人說聲謝謝，她們卻已經不在人世。在我煩惱該向誰道謝才好的時候，該感謝的人終於出現了。」

之所以只叫我一個人來，是想謝謝我救了她的女兒嗎……

可是在真正的意義上拯救諾艾兒的，是我的母親亞里亞及艾莉娜。

而且我也受過諾艾兒的幫助，照理說是我要道謝才對，我又不想糟蹋史黛拉的心意……

「……我明白了。我代表她們收下妳的謝意。」

「你是她們的兒子，自然該由你收下。天狼星……真的很感謝你救了我的寶貝女兒。」

她站起身，向我深深一鞠躬，然後抬起頭。

史黛拉看起來有點害臊，但她一臉神清氣爽，再度一口氣喝光杯中的水，彷彿要降低身體的熱度。

「哈哈哈……真丟臉。這副模樣絕對不可以讓那孩子看到。」

「不，一心為子女著想的母親怎麼會丟臉呢。」

「謝謝你這麼說。對了，聽說你有教那孩子魔法。她又吵又容易得意忘形，教起來是不是很累啊？」

「……說實話，非常累。」

「嗯嗯，我不討厭誠實的人。話說回來，那孩子真的遇到許多貴人。你不這麼認為嗎？」

史黛拉豪爽地笑著，看了店裡一眼大聲喊道：

「我們講完啦，別躲了，都給我出來！」

躲在旁邊偷聽的一群人，愧疚地從後面走出來，身為話題中心的諾艾兒及女兒諾娃兒態度卻光明正大，在各種意義上展現出等級差距。

「被發現啦。媽，妳講得一副我只會給別人添麻煩的樣子，我也教了天狼星少爺不少知識好嗎？這點很重要。」

「唉……我女兒這麼笨，真的很抱歉。對了，後面那幾個孩子是天狼星的同伴？」

「對呀。他們是我的後輩，也可以說是妹妹和弟弟般的存在。」

「什麼時候連我都被當成妹妹了……」

「用不著妳幫忙介紹。去去去，站後面一點。」

史黛拉走上前戳諾艾兒的腦袋，把她趕走。不愧是她的母親，很瞭解對付諾艾兒的方法。

所有人都自我介紹完後，史黛拉慈祥地撫摸弟子們的頭。

「艾米莉亞……雷烏斯……還有莉絲嗎？好名字。而且和我家那幾個不一樣，感覺很聰明。」

「沒這回事。姊姊是救了我和雷烏斯的恩人。」

「對啊。諾艾兒姊以前常常陪我們玩。」

「雖然我們才剛認識，我認為她是非常有精神、能為其他人帶來歡笑的好人。」

「哦……嗯，跟我女兒果然不一樣。」

「媽！不要露出『還很會講場面話呢……』的表情啦！這種時候應該要感動地誇獎我吧！」

諾艾兒大發雷霆撲過去，史黛拉只是笑著用一隻手按住她。

在這對母女嬉鬧的期間，迪準備好所有人的飲料放到桌上。不知不覺大家都到齊了，便決定在開店前討論一下我們之後的計畫。

被史黛拉敷衍的諾艾兒喘著氣率先開口。

累的話休息不就得了？妳真的什麼事都想參一腳耶。

「呼……呼……所以，天狼星少爺打算待到什麼時候？」

「還沒決定好確切時間，不過應該不會待太久。」

「那要不要住一年……不，稍微住個五年怎麼樣？」

「那不叫稍微吧。」

而且妳改口後說的時間反而增加了。

我用眼神示意，請史黛拉想點辦法，她卻拍拍手臂，豪邁地大笑出聲。

「有什麼關係？房子我可以幫你蓋。你可是我女兒的恩人，看我幫你蓋一棟豪宅。」

「……不用了。總之我預計在這待半個月。」

這兩個人果然是母女。

說實話，半個月我都嫌久，可是再縮短時間諾艾兒八成會有怨言，待太久她們又可能擅自幫我蓋房子，導致我不好意思離開。

「沒辦法，就先這樣吧。媽，半個月應該蓋得出來吧？」

「不是不行，但我現在有其他工作，有點難度。即使是為了恩人，我的自尊心可不允許我在其他工作上放水。」

如我所料。總之先感謝史黛拉的自尊心吧。

後來我們繼續討論，決定待在歐拉姆鎮的期間都住在艾莉娜食堂。

一下多出四個人還滿多的，但我們可以幫忙做菜、接待客人等等，諾艾兒一家人好像也不在乎，就收下這份好意吧。

莉絲也習慣跟他們相處了，應該可以過得像以前一樣自在……可惜有個問題。

「諾娃兒，妳看。一下多出了哥哥和姊姊唷。太好了。」

「……嗯。」

「嗯……這孩子明明沒那麼怕生的說，到底怎麼了？」

「爸爸想讓妳看看天狼星少爺有多厲害。」

諾艾兒和迪煩惱地摸著女兒的頭，看了我一眼點點頭。

「天狼星少爺人那麼好，相處過後馬上就會習慣了吧。到時她會明白天狼星少爺的偉大之處，自己想要跟隨他。」

「是啊。諾娃兒，爸爸去工作了，要當個乖孩子喔。」

「嗯！」

被迪抱起來時，諾娃兒露出與年齡相符的可愛笑容，不過一看到我們……不對，一看到我，她的臉就突然垮了下來。

總而言之，首要目標是與諾娃兒打好關係。

我心想「先用最有效率的蛋糕引誘她好了」，向迪借了廚房用。

《目標》

與諾艾兒和迪重逢的數日後。

我們以客人的身分住在艾莉娜食堂，趁訓練的空檔幫忙店裡工作，悠哉度日。順帶一提，姊弟倆以接待客人跟收拾餐桌為主，我和莉絲則在廚房幫忙做菜。

今天的營業時間結束後，我在教迪新的菜色。

阿拉德也在旁邊學，像迪一樣興味盎然地看著。

「然後再把打散的蛋倒進去，蓋上蓋子，等蛋悶熟就完成囉。」

「……原來如此。」

「受教了！」

我這次教的是豬排丼、親子丼這兩道食堂的經典菜色。

之前沒教他這道又快又便宜又好吃，兼具三大優點的料理的原因，是因為米還不夠普及。

至今以來我都只有私下煮來吃，現在賈爾岡商會可以穩定提供白米給艾莉娜食堂，我才決定把做法教給迪。

我請他們倆試吃剛做好的親子丼，反應並不壞。

「豬排丼比較費工，可是只要準備好飯，丼飯跟燉菜一樣都是可以先做起來放的料理。」

「是的，應該可以立刻端出去給客人。」

「對啊。做法簡單又好吃，真是太棒了。」

「你們兩個可以各做一份，給大家試吃徵詢意見。」

「不錯耶。迪先生，就這麼辦吧！」

「嗯。」

兩人點頭贊成我的意見，開始做我教的三種丼飯。

就在這一刻，我忽然感覺到有人在看這邊，被味道吸引來的野獸——更正，諾艾兒帶著莉絲與雷烏斯，探頭偷看廚房。

「好香的味道……」

「諾艾兒姊，儘管期待吧。那可是大哥的必殺丼飯。」

「味道會讓人上癮喔。」

三名貪吃鬼興奮不已，我一走過去就一哄而散。你們看起來真開心。

過沒多久，三種丼飯都做好了，我們正準備把大家叫來，諾艾兒等人已經拿著筷子跟盤子在旁邊等吃，試吃會就這樣揭開序幕。

裝著豬排丼、親子丼、牛丼的三個鍋子，放在客人已經走光的桌子上，每個人面前都放著只有飯的容器。

「把鍋子裡面的料和湯汁淋在飯上吃。飯吃完可以再添，不會太飽的話希望大家每種都吃吃看，發表感想。」

「淋這個嗎？我嘗嘗……好吃!?這個好好吃！其他的也……嗯！超好吃的！」

「雖然和大哥做的味道有點不一樣，豬排丼果然最讚了！」

「我最喜歡的是親子丼，這種淡淡的甜味很棒。」

「請幫我加飯。」

「嗯……我最喜歡的是這個牛丼吧？」

明明不久前才吃過晚餐，大家卻紛紛加飯。

我看可以直接列入菜單了。

我邊想邊望向諾娃兒，她靈活地用筷子享用親子丼，吃得津津有味。筷子用法應該是迪和諾艾兒教的吧。

艾米莉亞和莉絲向諾娃兒搭話……

「諾娃兒喜歡哪一種？」

「親子丼！因為很好吃！」

「竟然能理解親子丼的好。不愧是姊姊的小孩。」

「那當然。」

諾娃兒露出天真無邪的笑容回答。

她變得跟艾米莉亞和莉絲挺親近的，大概是因為這幾天她們都睡在同一個房間。除此之外，雖然沒她們那麼親，諾娃兒也會跟雷烏斯說話，看來她對雷烏斯也稍微卸下心防了。可能是因為他的氣質和諾艾兒有點像。

至於我呢……

「諾娃兒覺得怎麼樣？妳應該喜歡再甜一點的味道吧？」

「……嗯。」

她對我的態度絲毫沒變，跟她說話就會別過頭。

不過有這麼多天的時間，原因我大概知道了。

恐怕……是在嫉妒我。

根據諾艾兒提供的情報，她從諾娃兒懂事的時候開始，就一直告訴她我有多厲害。

或許諾艾兒是出於好意，但對諾娃兒來說，聽這些話並不會開心到哪去。她會覺得媽媽比起女兒更重視我，我們住在這裡會壓縮到諾娃兒與父母相處的時間也是事實。

但艾米莉亞他們會陪她玩，就我看來，諾艾兒跟迪對女兒灌注的愛也沒有減少。也許這不是可以用常理解釋的吧。

諾娃兒還小，不可能一下子接受爸爸和我們說的話。

事實上，前幾天我做了蛋糕試圖取悅她……結果慘敗。

蛋糕她是吃得很開心沒錯，可是我找她聊天，她依然不肯看我。

所向無敵的蛋糕竟然遇到敵人，說不定是因為迪有時會做給她吃，導致諾娃兒產生抵抗力。不……有可能是些微的味道差距，反而造成了反效果。

因為對孩子而言，爸媽的味道是最熟悉的。

結果，為諾娃兒做的蛋糕只取悅了弟子們和諾艾兒。不愧是諾艾兒的女兒，不好對付啊。

之後我又找她說了好幾次話，試著照顧她……無奈諾娃兒的態度始終不變，直到現在。

我沒打算在這定居，等我們離開，她的心情應該就會恢復，不過可以的話，我想把問題解決完再踏上旅途。

而且，她是我信賴的諾艾兒和迪的女兒，我想和她好好相處。

於是當天晚上，哄諾娃兒上床睡覺後，大家坐在店裡的桌子前面開作戰會議。

「那麼……在此召開第一屆跟諾娃兒打好關係會議。大家拍手！」

……這個狀況和幫我想家名的時候一模一樣。

我已經懶得吐槽，乾脆無視，諾艾兒第一個舉手提出意見。我們又沒有硬性規定，其實不需要特地舉手。

「那我有個建議。用讓艾米陷落的那雙神之手摸她如何？順便說一下，諾娃兒喜歡被摸的地方是頭頂右後方。」

「欸，姊姊，妳覺得現在的諾娃兒會乖乖給人摸？」

「嗯──那我把她抓過來，趁這機會摸吧！」

「來硬的只會造成反效果吧！我知道妳很崇拜天狼星先生，但妳是她的母親耶，考慮一下諾娃兒的心情好嗎！」

「幹麼講這種話！諾娃兒和天狼星少爺對我來說都很重要啊。嗚嗚……艾米，諾琪雅欺負我。」

「乖乖乖，姊姊是個大孩子呢。」

姊妹倆像吵架一樣的對話乃家常便飯，諾艾兒假哭著撲到艾米莉亞懷裡。艾米莉亞抱住她後，諾艾兒突然憤怒地發起抖來。

「果然比我大！而且好軟……多麼理想的胸部！」

「為了天狼星少爺，我很努力。我已經做好準備了。」

「那個……胸部並不代表一切，諾艾兒小姐不用這麼沮喪……」

「說、說得對！我都跟那麼有魅力的老公結婚了，比我還小的諾琪雅總有一天絕對也——」

「好我知道了！我們到外面談！」

別管那群人了，我想先知道諾娃兒究竟在想什麼。

我如此提議，迪卻搖搖頭。

「那孩子和諾艾兒很像，有點頑固，問了也不知道會不會乖乖回答……」

「這樣啊。總之那個之後再試，最好想個其他辦法。」

簡單地說，諾娃兒不開心的原因在於最愛的家人不停稱讚我。在孩子眼中，最厲害的當然是自己的父母。

我思考了一下，想到一個主意。

「……迪，下次要不要跟我過幾招？」

如果我故意輸掉，讓諾娃兒看見爸爸獲勝的樣子，她說不定會有什麼反應。

我認為這是不錯的方案，向眾人提議，結果大家都皺起眉頭，評價不太好。

「對不起，請容我拒絕。即使是演戲，我還是不想打倒主人。」

「迪先生說得對，天狼星少爺可是我們的主人。」

「就算是故意的，我也不想看見大哥輸。」

不只雷烏斯，坐在旁邊的艾米莉亞及莉絲也點頭附和。

我很高興他們如此信賴我，然而世界之大，想必有許多比我強的人和魔物，希望他們不要對我評價過高。以後得小心不要輸掉，免得弟子受到挫折。

回歸正題……在我思考還有什麼辦法時，諾艾兒再度舉手。

她看起來莫名有自信，這次會提出怎樣的意見呢？

「那來跟我比賽打掃吧！比的是打掃技術，所以您輸了也沒問題，還能讓諾娃兒見識我有多厲害。」

「反對。」

「為什麼!?」

嗯……我自己也不知道為什麼，不知為何就是不想輸給諾艾兒。

她不可能接受這個理由，甩動雙手大吵大鬧起來，我只得想辦法安撫她。坐在旁邊的艾米莉亞舉手發言。

「去野餐怎麼樣？大家一起出去玩，增進感情，比較容易讓她說出真心話，說不定還能直接和天狼星少爺打好關係。」

嗯……還不賴。

不只是我，其他人也點頭贊成，唯有迪面色凝重。

「不能放著店不管。這樣對不起來捧場的客人。」

「不，應該休息一天。這家店開張後，迪先生幾乎從來沒休息過對不對？那一天我和諾琪雅姊會想辦法，請迪先生休息吧。」

「我很感謝你有這份心，可是兩個人顧不來吧。」

「可以叫弟弟妹妹來幫忙。只要以能做起來放的料理為重，撐一天應該沒問題……」

阿拉德在用自己的方式為迪著想。

聽說這家店只有迪身體不適時會暫停營業，諾艾兒和諾琪雅也不反對讓迪休息。

我也希望迪放鬆一下，此時應該推他一把。

「那當天拿新菜登場當理由，限制客人的點餐範圍如何？事前貼張公告或口頭告知顧客就行了吧。」

「我來負責。只要通知常客，消息自然而然就會傳開囉。」

也可以說是提供新料理的好機會。

說起來，這家店提供的餐點本來就種類繁多，準備起來也很花時間。

「這樣我一個人也應付得來。迪先生，您還是不同意嗎？」

「不只是姊姊，迪先生也一直在為我們努力，我想大家會樂意幫忙的。」

阿拉德與諾琪雅認真地逼近迪，迪嘆了口氣，揚起嘴角。他似乎挺受到家人的敬愛，我也很為他高興。

儘管如此，迪仍然有些猶豫，諾艾兒笑著牽起他的手。

「我也這麼覺得。你每天都在工作，還要照顧諾娃兒，應該多休息一下。你累垮的話，我和諾娃兒會哭唷。」

「……這可不行。好吧，大家的好意我收下了。」

「店就交給我顧吧！身為迪先生的徒弟，我會完美達成任務。」

「不過……推迪先生最後一把的果然還是姊姊呢。妳就只會把好處撿走。」

「哼哼，他可是我老公，在他心中我當然最有地位囉。對不對……親・愛・的。」

「嗯，諾艾兒對我來說是最重要的。現在還加上諾娃兒就是了。」

「親愛的……」

「諾艾兒……」

……這粉紅色的泡泡到現在還是沒變。

阿拉德和諾琪雅只是無奈地聳肩，大概習慣了吧。

順帶一提，艾米莉亞及莉絲在旁邊羨慕地看著，雷烏斯則開始和趴在外面的北斗的尾巴做假想訓練。

等那兩個人回歸現實，大家再一起決定野餐時程。

我們挑了幾天感覺比較不會那麼忙的日子，和在其他地方工作的諾艾兒的家人確認過後，他們二話不說答應幫忙。

阿拉德則在那一天到來前不斷練習做丼飯，減少烹飪時多餘的步驟。

扯點題外話，最後雷烏斯被北斗的尾巴打到臉輸了。以為只有尾巴就能贏北斗，真是大錯特錯。

過了幾天，野餐日終於來臨。

天空萬里無雲，出門野餐再適合不過。

參加的成員有我們幾個、諾艾兒、迪跟諾娃兒，總共七人加一隻。

大家起得比平時更早，開始備料，我也幫忙做了一堆丼飯的料，應該能避免落得沒東西端給客人的窘境。

我在備料時抽空做了大量的便當，再帶上一整套遊樂器材，準備完畢。

「麻煩你們顧店了。不過別勉強喔。」

「交給我吧。做了那麼多準備，不可能失敗啦。」

「請放心，我也會幫忙注意。姊姊和迪先生要好好休息喔。」

其他弟妹上午會來，他們以前也在這邊工作過，看來是不會有問題。

我們在阿拉德與諾琪雅的目送下，離開歐拉姆鎮。

目的地是附近的森林，諾艾兒說那裡是個好地方。

距離稱不上遠，可是諾娃兒還小，我們怕她體力不足，便讓她坐在北斗背上，這樣就能放心了。

最重要的諾娃兒一大早心情就很好，興奮地騎著北斗，和走在旁邊的諾艾兒一起哼歌，畫面非常溫馨。

「天狼星少爺，諾娃兒看起來好開心。這樣或許能成功跟她打好關係。」

「希望順利囉。要享受野餐的氣氛是可以，別疏於警戒啊。」

「安啦大哥！」

「絕對要保護好諾娃兒。」

諾艾兒他們穿著便於行動的衣服，我們則跟旅行時穿的一樣。

雖然她說這裡離歐拉姆鎮很近，沒有危險的魔物，身在野外就是要裝備武器。

簡單地說，我們是擔任護衛的。

諾艾兒他們本來不好意思讓我們負責保護大家，可是我們之後要繼續旅行，也會在公會接到護衛任務，這次可以當成練習——聽我這麼說，他們才乖乖答應。

不過有感覺敏銳的北斗在，我們也打算適度放鬆一下。

起初的計畫是要和諾娃兒打好關係，但讓迪休息也包含在目的之中，得小心不要讓他太費神才行。

在諾艾兒的指引下，我們進入附近的森林，走了一小段路，來到開闊的地方。

那裡有條小河，附近還有一塊百花盛開的區域，感覺挺不賴的。

河流又淺又清澈，不像有魔物棲息的樣子。

外加附近沒有遮蔽物，一有魔物接近馬上看得出來，不愧是諾艾兒推薦的場所。

在移動途中跑到迪肩膀上坐的諾娃兒，看著眼前的景色眼睛發亮。

「哇……原來還有這種地方！」

「嗯。爸爸也是第一次來，這裡真不錯。」

「鎮裡的人大多知道這個地方，可是這裡畢竟是野外，偶爾可能會有魔物出沒，所以沒什麼人接近。」

「魔物交給我們解決吧！」

「全靠你囉，雷雷。好了，要感動之後再去感動，把東西準備一下唄。首先是讓大家坐的——」

「天狼星少爺，墊子鋪好了。」

諾艾兒話還沒講完，艾米莉亞已經鋪好墊子。

「現、現在吃午餐有點太早，先喝杯茶休——」

「天狼星少爺，請用。也有大家的份。」

她在諾艾兒行動前準備好大家的杯子，拿出我託賈爾岡商會製作的類似保溫瓶的容器，倒紅茶分給每個人。

「這種地方就是要玩飛——」

「今天我會自制一點，麻煩您了！」

她又搶在諾艾兒前面將飛盤遞給我，尾巴搖來搖去。雷烏斯和北斗當然也排在旁邊。

「嗚哇——！艾米放個水啦！我也想照顧大家！」

「怎麼能把天狼星少爺讓給其他人服侍。而且姊姊今天放假，希望妳不要在意，好好休息。」

「我知道，可是讓我一下又不會怎樣！啊啊……好軟喔。」

那個安詳地埋在艾米莉亞懷中的人妻先放著不管，我們坐在墊子上，小憩片刻。

這個地方不夠大，因此我叫姊弟倆和北斗放棄玩飛盤，這時諾娃兒指著河大叫：

「爸爸，河！我想去河邊！」

「嗯，走吧。」

「不會累嗎？今天可是難得的休假喔。」

「沒問題，我休息夠了。」

迪笑著答應愛女的要求，喝光紅茶站起來。

諾娃兒注意力都集中在河上，現在不怎麼排斥我，因此為了讓她習慣與我相處，我決定跟著一起去，在一旁看他們脫下鞋子進河裡玩。

不久後，莉絲過來幫忙陪諾娃兒，迪走到坐在河川附近的我旁邊。

眼前是莉絲和諾娃兒潑水嬉戲的溫馨畫面，迪瞇起眼睛，輕聲說道：

「我常常在工作，沒什麼時間陪諾娃兒玩……那孩子還是這麼黏我。真不可思議。」

「原因除了你們是父女外，也是因為諾娃兒明白你對她的愛。這孩子既聰明又乖巧呢。」

「是，她是我引以為傲的女兒。所以，我很難過她不喜歡您。要是沒有您，我們怎麼可能會有現在的生活……」

「你和諾艾兒之所以崇拜我，是因為跟我相處了好幾年吧？結果你們卻叫剛認識我沒多久的諾娃兒喜歡我，這樣不太好。」

「我明白……但我還是會忍不住這麼想。養小孩真不容易。」

上輩子的我沒有小孩，可是我撿到過與諾娃兒差不多大的孩子，扶養他長大。

然而我是為了培育後進，和生活無憂無慮的諾娃兒情況不同，大概沒辦法給他什麼建議。不過……

「硬要我說的話，我覺得你們養小孩的方式並沒有錯。諾娃兒笑得那麼燦爛，就是你們把她照顧得很好的證據。而且不只那孩子，你們倆也透過扶養小孩一起成長不就得了？」

我認為養小孩不只知識，經驗也很重要。

因此不可能一下就抓到訣竅，把自己逼太緊也沒用。

「比起這個，你今天不是放假嗎？放輕鬆，讓身體好好休息吧。」

「說得……也是。謝謝您。」

面帶苦笑煩惱不已的迪，看到女兒玩得樂不可支，放鬆下來了。他露出滿足的表情，躺到地上休息。

之後大家又玩了一會兒，到了午餐時間，所有人都回到墊子上集合。

我們圍成圓圈坐在墊子上，三個貪吃鬼興奮地等待艾米莉亞把便當盒一一擺好。

不對，今天還有諾娃兒，所以是四個人。她剛才玩得那麼瘋，肚子也餓了吧。

「天狼星少爺，準備好了。」

「辛苦了。那大家開動吧。」

以我這句話為號令，眾人一起將手伸向便當盒。

裡面裝了口味多樣的三明治及飯糰、炸雞、煎蛋捲等各種配菜，實在很有野餐味。

在我慢吞吞地猶豫要吃什麼時，艾米莉亞把三明治放到盤子上遞給我，我便伸手接過。

我立刻咬了一口，令人懷念的味道使我不禁想起過去的記憶。裡面夾的料……和跟媽媽一起去野餐時吃的三明治一樣。

「……好懷念。當時也是艾米莉亞拿給我的。」

「您記得嗎!?」

「當然。這可是妳第一次為我做的料理。」

「啊啊……好幸福。」

那個時候她做的三明治味道有點淡，現在則變成合我胃口的調味。生了小孩的諾艾兒他們自不用提，艾米莉亞也成長了啊。

我在尾巴搖來搖去、一臉幸福的艾米莉亞的服侍下望向旁邊，諾娃兒津津有味地吃著三明治。

諾艾兒在旁邊殷勤地照顧女兒，用手帕擦掉她嘴邊的麵包屑和醬汁。

「好吃嗎?諾娃兒。」

「嗯!好好吃!」

「是嗎。也嘗嘗這個吧，是爸爸的自信之作。」

迪從便當盒裡拿出三明治給諾娃兒。是預計下次推出的新作。

諾娃兒一定也會喜歡，我卻覺得有點怪怪的。

「這個也好吃!爸爸做的東西果然最好吃了。」

「對呀，爸爸做的——等一下，諾娃兒。那個……是不是天狼星少爺做的？」

「咦……」

「啊，拿錯了嗎？我做的是這個。」

難怪我覺得不對勁，原來迪給諾娃兒的三明治是我做的。

那是迪今天早上教我的，看來味道像到足以騙過諾娃兒的舌頭。

我因此得到一點滿足感，或許是因為這樣吧，我太晚發現面前的炸彈被點燃了。

「呵呵，諾娃兒真是的。天狼星少爺的廚藝好到讓妳跟爸爸搞混啦。」

「為……什麼……」

「妳平常都板著臉吃天狼星少爺煮的東西，其實人家做的菜也很美味對不對？再對自己誠實點吧。」

「喂，諾艾兒。等一——」

我開口阻止時，已經來不及了。

看到諾娃兒帶著快要哭出來的表情瑟瑟發抖，諾艾兒發現自己說錯話，摀住嘴巴……可惜太遲了。

「這……這個人做的東西才不好吃！」

「諾、諾娃兒!?」

「爸爸做的飯，比這個人好吃一百倍……一千倍！媽媽為什麼要說這種話！」

「諾娃兒，不能這樣說話。天狼星少爺是我們的……」

「為什麼爸爸跟媽媽那麼愛講這個人！爸爸跟媽媽明明更厲害……為什麼!?」

「……………」

諾艾兒和迪無言以對。

這種時候應該要回答自己比較厲害，但兩人以我的隨從自居，不可能說得出口。

諾娃兒因雙親的反應大受打擊，哭著站起來。

「為什麼！說爸爸比較厲害，說媽媽比較厲害啊！」

「……抱歉。」

「……對不起唷。」

「!?爸、爸爸和媽媽……是大笨蛋——！」

諾娃兒的感情爆發出來，號啕大哭，跑向森林深處。

「諾、諾娃兒，等一下！不可以去那裡！」

「諾娃兒，別跑！」

這裡接近森林入口，所以魔物很少，不過越往裡面越有可能遇到危險的魔物。

兩人拚命叫住她，諾娃兒卻沒有停下，跑得遠遠的。

說實話……要阻止她很簡單，只要北斗或我衝過去硬把她抓回來即可。

但要是我這麼做，可能真的會被諾娃兒討厭。

而且她現在那個樣子，講什麼都沒用，我認為必須放著她一段時間，或是由其他人從中協調。

「大哥！」

「天狼星少爺，快點追上去吧！」

「讓她一個小孩子獨處太危險了！」

「冷靜點。附近沒有魔物的反應，短時間內不會有事。更重要的是你們兩個。」

以諾娃兒的腳程跑不了多遠，我還一直用「探查」偵測四周和追蹤她的位置，立刻就能把她找出來。

安撫完三位弟子後，我把手放在對女兒一句話都講不出來、站在原地不動的兩人肩上。

「諾艾兒，迪……這件事可不可以交給我們處理？我一定會把諾娃兒帶回來，你們也冷靜想想之後要怎麼跟她說。」

「可、可是！諾娃兒……是我們的女兒。」

「諾艾兒，交給天狼星少爺吧。我們該冷靜一下。」

「……知道了。天狼星少爺……麻煩您了。」

明明很想自己去追她，兩人依然選擇讓我處理，證明他們相信我。為了回應他們的信賴，必須先把諾娃兒平安帶回來。

諾艾兒和迪摟著對方的肩膀席地而坐，由於得到了他們的同意，我立刻準備採取行動。

話雖如此，四個人一起追過去會害她更加警戒，應該派一、兩個人去就好。最適合的人選是艾米莉亞及莉絲，因此我叫她們去追諾娃兒，雷烏斯則留在這保護諾艾兒和迪……

「我和北斗從遠方留意有沒有魔物接近諾娃兒。那麼──」

「等一下，大哥！」

正當我準備與弟子們分頭行動，雷烏斯突然擋在我們面前。

「雷烏斯，你有什麼事？」

「對呀，得快點接諾娃兒回來才行。」

「對不起，姊姊，莉絲姊，拜託妳們等一下。那個，大哥，諾娃兒可不可以讓我去接？」

「……說說你的理由。」

和以前不一樣，雷烏斯現在非常忠心，對我的指示都是照單全收。

這麼聽話的雷烏斯竟然打斷我們說話提出意見，非常難得，於是我決定詢問原因。

「那個……我覺得諾娃兒和以前的我很像，所以我懂她的感覺……總之我有話想對她說，讓我去吧。」

「你有信心說服得了那孩子？」

「我……不知道。可是我能理解她的心情，沒辦法放著她不管……我想和她談談就對了啦。」

經他這麼一說，雷烏斯小時候挺討厭我的。

原因是嫉妒姊姊被我搶走，現在的諾娃兒確實跟過去的雷烏斯很像。

兩個相似的人……或許可以成為契機。

「好，那就交給你了。」

「天狼星少爺，這樣好嗎？」

「嗯，你就照自己的意思去做吧。」

「大哥……謝謝你！」

他深深一鞠躬，不過得先徵詢雙親的意見才行。

諾艾兒和迪就在附近，我們的對話都聽見了。他們默默點頭，走到雷烏斯身邊，把手放在他肩上。

「雷雷……諾娃兒拜託你了。」

「……拜託了。」

「安啦！她是諾艾兒姊和迪哥的寶物對吧？我絕對會把她帶回來！」

和我一樣知道雷烏斯的過去的兩人，想必覺得他最能跟諾娃兒產生共鳴。他們聽見雷烏斯的回應，笑著把女兒託付給他。

我在雷烏斯身上看見滿滿的幹勁和些微的緊張，大概是在高興他們這麼信賴自己吧。

「好，那雷烏斯去接諾娃兒，艾米莉亞和莉絲留在這看守。」

「瞭解。雷烏斯，要保護好諾娃兒唷。」

「雷烏斯，加油。」

「嗯！我出發了！」

我目送雷烏斯飛奔而出，摸摸靠到旁邊的北斗的頭，看著和雷烏斯的目的地相反的方向。

艾米莉亞看到我的動作察覺到了什麼，走到我旁邊低聲詢問：

「請問有什麼問題嗎？」

「雖然距離很遠，那邊有魔物的反應。我去處理一下。」

「那我也……」

「不，我不想害他們擔心。數量沒多到哪去，麻煩妳陪在他們身邊。」

「……好的。有什麼事我會通知您，請您放心去吧。」

艾米莉亞摸著鑲在頸鍊上的魔石，乖乖留下。

我摸了下她的頭，坐到已經趴下的北斗背上，拿巡視四周當理由，前去剷除魔物。

順帶一提，魔物的數量非常多，但以我和北斗的實力，應該能輕易擺平。所以比起我，更該擔心雷烏斯。

其實派同為女性的艾米莉亞和莉絲去比較好，但那個雷烏斯不惜反抗我的指示，也要表達意見。

再加上直覺敏銳的那傢伙說自己能瞭解諾娃兒的心情。

正因為我一直看著雷烏斯成長，很清楚那傢伙的性格，才決定賭在他身上。

雷烏斯……現在就是你向以前照顧你的諾艾兒和迪報答恩情的時候。

要回應他們的信賴喔。

——雷烏斯——

跟大哥他們分別的我，立刻衝去追諾娃兒，不過大概是因為她跑到太裡面了，沒辦法一下子找到。

我無法像大哥一樣偵測別人的位置，但我鼻子很靈，聞得出她在哪個方向。

諾娃兒身上除了她自己的味道，還有諾艾兒姊的，在充滿植物氣味的森林裡也聞得到。

順便說一下，姊姊說她隔一座山都聞得到大哥的味道，我覺得她不是在開玩笑，真的有可能幹得出這種事，好可怕。

我在途中停下好幾次，靠味道追蹤諾娃兒的位置，越往裡面樹木就越茂盛，光線開始變暗。

路也變得不太好走，到處都有冒出來的樹根，希望諾娃兒不要不小心跌倒。

「一個人在森林裡很寂寞耶。得快點找到她。」

我稍微加快速度，發現諾娃兒的身影，在叫住她之前一躍而出。

因為我看到她的時候，諾娃兒被樹根絆倒，摔下陡坡。

我想都沒想就發動「增幅」，好不容易在空中接住她。

若是平常，我會抱著諾娃兒緊急煞車，但我剛才太著急，用盡全力跳了出去，無法避免從坡道上滾下來。

總之要先保護好諾娃兒——我緊緊將她抱在懷裡，不停向下滾。

途中有好幾棵樹擋在前面，我側身閃過，或用拳頭揍樹、用腳踢樹，免得直接撞上。

不曉得滾了多少圈，終於停在一塊平坦的地面上。我立刻確認諾娃兒的狀態。

「好痛……諾娃兒，妳沒事吧？」

「雷烏斯哥哥……？」

「嗯，是我。有沒有哪邊會痛？」

「沒有，可是好暈喔……」

多虧大哥有幫我鍛鍊叫做三半什麼管的那個東西，我沒什麼事，可是諾娃兒好像挺暈的，呆呆地抬頭看著我。

諾娃兒叫得出我的名字，看起來也沒受傷，使我下意識吁出一口氣。

「別擔心，等等就不暈了。來，過來這邊坐……!?」

「怎麼了？」

「沒事。坐我腿上休息吧。」

「……嗯。」

我盤腿坐下，讓諾娃兒坐在腿上休息。

這段期間，我檢查了一下身體狀況，左手果然又痛又麻，動作遲緩。

恐怕是因為我用奇怪的姿勢揍樹，講出來八成會害諾娃兒有罪惡感，因此我決定瞞著她。

如果有莉絲姊或大哥在，馬上就能幫我治好，現在只能忍耐了。好險大哥和爺爺嚴苛的訓練讓我不怎麼怕痛。

變身的話傷口痊癒速度也會加快，不過那個狀態會害我莫名亢奮，眼中只看得見敵人，諾娃兒也會害怕，所以不能用這招。

過沒多久，諾娃兒也冷靜下來了，抬起頭不安地問我：

「欸……大哥哥，爸爸和媽媽呢？」

「嗯？喔……他們在剛剛那個地方等妳回去。」

「那個人果然比我還重要……」

「怎麼可能！諾艾兒姊和迪哥絕對不會這麼想！」

我聲音有點大，不小心嚇到諾娃兒，好險只要摸摸她的頭，她就恢復平靜。雖然沒辦法做到大哥那個地步，動作盡量溫柔點似乎挺有效的。

「總而言之，諾艾兒姊和迪哥很擔心妳。」

「可是，我罵爸爸和媽媽笨蛋，他們絕對在生氣。這樣的話，他們只會注意那個人，根本不會管我……」

「諾娃兒……」

唉，真的跟以前的我一樣。

那個時候……大哥把我和姊姊撿回家，救了我們。

我當時不太懂他救我們的意義，只覺得姊姊被搶走，發自內心討厭大哥。

離家出走的時候也是。我嘴巴上說我之所以離開，是因為詛咒之子會被殺掉，長大後我才明白，另一半的原因是姊姊被大哥搶走，我在鬧彆扭。

所以我想告訴這孩子。

諾艾兒和迪哥確實把注意力放在大哥身上，但那是因為諾娃兒待在他們旁邊，讓他們感到放心。姊姊也是這樣，她眼裡雖然只有大哥，我不在的話她會真的為我擔心、為我哭泣。

我之所以擔心她，一方面是因為她是我的恩人諾艾兒姊和迪哥的小孩，另一方面是不希望諾娃兒討厭我尊敬的大哥。

「諾娃兒……跟妳說喔。我在妳這個年紀的時候，超討厭大哥的。」

「咦!?」

「是真的喔？我還咬過大哥的手。」

諾艾兒睜大眼睛，咕噥了句「不敢相信」。

不意外，畢竟我們雖然才認識幾天，她只看過我黏著大哥的模樣。

「妳不相信嗎？好啦，看我平常那個樣子，八成無法想像我討厭大哥，可是以前的我和妳一模一樣。因為姊姊超級喜歡大哥，我覺得他把姊姊搶走了。很像吧？」

「騙、騙人！討厭他的話幹麼說他厲害！」

「通常都會這麼想吼？其實我以前跟妳一樣逃走過，不僅如此，還離家出走……」

我將自己丟臉的經歷告訴諾娃兒。

雖然很糗很難堪，我認為現在的諾娃兒會懂我的感受。

我甚至連因為覺得姊姊被搶走而離家出走，最後被大哥痛揍一頓帶回家，姊姊哭著抱住我的事都說出來。

「我是在這件事發生後才變得那麼尊敬大哥。然後我也發現，姊姊其實並沒有不關心我。也就是說諾艾兒姊和迪哥只是太久沒見到大哥，不是不在乎妳啦。」

「……真的？」

「那當然。如果我騙人就把我的布丁和蛋糕給妳。」

「……那我相信你。」

我沒有騙人，不管賭點心還是賭什麼都沒差。

話說回來，這孩子果然是諾艾兒姊的女兒，很清楚點心的重要性。

「差不多該回去囉？不只諾艾兒姊和迪哥，大家都很擔心妳。」

「可是，我罵了爸爸和媽媽笨蛋……」

「他們不會為這種事生氣啦。要氣也是氣妳擅自跑到這種地方。」

「那個……我會被罵吧？」

「罵妳是因為重視妳。道個歉他們就會原諒了，快回去讓大家放心吧？」

「……嗯。」

本來還在擔心會不會有意外，幸好諾娃兒乖乖點頭。

我背上背著我的大劍，因此我把諾娃兒抱起來，讓她坐在我的右手臂上，望向剛才滾下來的坡道。

滾得挺遠的，直接從這裡回去似乎會很累。

現在在的地方沒有遮蔽物，所以我想找找看有沒有比較好爬上去的路。這時我發現，諾娃兒正盯著我的臉看。

「……怎麼了？我臉上有沾到什麼東西嗎？」

「那個……嗯——大哥哥好厲害喔。可以輕輕鬆鬆把我抱起來，從那種地方掉下來，看起來也不會痛。」

「因為我被大哥鍛鍊過嘛。換成大哥的話不但可以救到妳，還不會掉下來喔。」

「唔……」

糟糕，忍不住又提到大哥有多厲害。

等我發現時已經來不及了，諾娃兒鼓起臉頰，悶悶不樂地看著我。

「大哥哥，為什麼大家都說那個人很厲害？爸爸跟媽媽明明更厲害……」

「對啊，諾艾兒姊跟迪哥也很厲害！」

「就是說嘛！爸爸做的飯也超級好吃的，媽媽也會用很厲害的魔法！絕對、絕——對是他們比較厲害！」

講到諾艾兒姊和迪哥的諾娃兒，看起來真的很開心，這樣不是和她的爸媽差不多嗎？因為他們倆提到大哥時也是這種感覺。

「在妳心中爸爸媽媽最厲害對吧？可是這對諾艾兒姊和迪哥來說也一樣喔？」

「一樣？什麼東西一樣？」

「就跟妳說他們厲害一樣，他們也覺得大哥很厲害，所以才沒辦法回答妳自己比較厲害。」

「可是，爸爸和媽媽就是最厲害的嘛。」

「對啊，是很厲害沒錯。不過世界上有很多厲害的人喔？妳剛才不也說我厲害嗎？」

「啊……」

代替母親照顧被撿回家的我的艾莉娜小姐，以及只看劍法的話值得尊敬的萊奧爾爺爺。

雖然我見識也沒多廣，世上真的有各式各樣的人，很多人比我更強。

「總而言之，『厲害』有很多種啦。大哥再強也不會改變妳爸和妳媽很厲害的事實，這樣不就得了？」

「……嗯。」

「如果妳還是會在意……大可直接叫大哥不要搶走爸爸。」

「這樣他會生氣！」

「大哥不會為這種事生氣啦。」

「……真的？」

「就說不會了。不然我也陪妳一起，把妳想說的話說出來吧。換成諾艾兒姊，她絕對會直說喔？」

「……嗯，知道了。」

「好。那我們趕快——」

趁諾娃兒改變主意前快回去……我才剛這麼想，就發現有魔物正在靠近這邊。

而且不只一兩隻，數量非常多，還是從四面八方逐漸逼近，包圍我們。

該死……雖說是因為我剛才在努力說服諾娃兒，居然會沒發現魔物。這麼嚴重的失誤，千萬不可以讓大哥看見。

不過現在可沒時間讓我難過。

我轉換心情，集中精神，得知魔物的數量大概有四十隻。從氣息來看感覺並不強，大哥也教過我被包圍時要如何應戰，應該沒問題。

可是……

「怎麼了？」

問題在於……該怎麼保護諾娃兒？

以前接公會的任務時，我救過被哥布林抓走的女人，但那是因為對手是腦袋不好的哥布林，只要用叫聲威嚇，注意力就會轉移到我身上，用不著特地花心思保護人。

然而，這次的敵人似乎沒那麼好應付。

「怎麼在這種時候遇到這種魔物啦……」

「嗚!?」

從附近的樹叢間出現的，是一群體型比我小一點的黑毛狼，記得這種魔物叫恐狼。

書上說牠不怎麼強，但恐狼經常群體行動，處理起來很麻煩。

最棘手的是，恐狼的特徵在於會本能性地攻擊弱小的獵物。

意思是牠們會率先攻擊諾娃兒，所以我試圖用視線或揮劍嚇走牠們，可惜魔物沒有要逃走的跡象，看來只能一戰。

附近沒有能靠的大樹，左手也還麻麻的，狀況真的不妙。

可是，我必須戰鬥。

我做好覺悟，準備把諾娃兒放下來，她卻抓住我的手看著我，一副快要哭出來的樣子。

「大哥哥……」

這孩子……是我的恩人諾艾兒姊和迪哥的寶物。

絕對要保護她！

我脫下斗篷披到她頭上，笑著說：

「諾娃兒，妳放心。我絕對會保護妳，乖乖待在這別動喔。」

「可、可是！有這麼多隻……」

「這種貨色再多隻都不成問題。手放開吧，這樣我不能用劍。」

「嗯、嗯！」

她明明怕得要命，還是慢慢放開我的手，退後一步。

我吁出一大口氣，握住背在背上的好夥伴。

「會怕就把眼睛和耳朵摀起來數數。我拍妳的肩膀就代表結束囉。」

「知道了！呃……一、二……」

「……乖孩子。」

我最後看了諾娃兒一眼，轉換心情，望向在附近低吼的魔物。

我的殺氣快要沒辦法壓制住牠們了。

這種魔物應該是用牙齒和爪子攻擊。為了減少牠們的數量，先來招魔法吧。

我拔出背上的夥伴插在地上，發動魔法，用雙手召喚火焰。

「『火拳』……發射！」

直接打下去會是平常的「火拳」，只要想像「火焰槍」的感覺，就能把火焰射出

去。

我用力揮拳，火焰在命中魔物的瞬間爆炸。

剛才那拳打倒了兩、三隻恐狼，大概是它成了開戰的信號吧，附近的恐狼同時朝我殺過來。

「放馬過來！」

由於左手不太能動，我幾乎只用一隻手的力量揮動我的好夥伴——大劍銀牙。

慣用手雖然沒受到影響，單手使用銀牙還是有那麼一點重。

但大哥之前訓練過我用單手用它，以免遇到緊急狀況，多少可以撐一下。

我拔出刺在地上的銀牙，同時揮下它，將從正面攻來的魔物劈成兩半，然後順勢往旁邊一揮，砍死另一隻魔物。

「八……九……」

「唔！喝啊啊啊啊！」

然而比起攻擊我的，盯上諾娃兒的魔物更多。

我發動「增幅」，回頭望向攻擊諾娃兒的恐狼，一面揮動銀牙。

「才這幾隻的話！」

一口氣放出八道斬擊的剛破一刀流的招式……亂之劍「散破」。

雖然我還只能使出六道，對付現在這些魔物綽綽有餘。

在空中無法閃躲的魔物，被我的好搭檔砍成好幾塊碎屑，鮮血四濺。我弄得全身是血，諾娃兒則因為披著斗篷的關係，沒有沾到血。

「!?還沒完呢！」

只用一隻手負擔果然太大，持劍的右手有種在發出吱吱嘎嘎聲的感覺，然而魔物還有很多。

在地上爬的一隻魔物，趁我痛得皺起眉頭時撲向前。

「不准碰諾娃兒！」

我前一秒才剛揮下銀牙，這樣下去一定來不及。

既然如此……就用整個身體攻擊！

魔物張大嘴巴想咬諾娃兒，我用身體撞過去，伸出左臂，牠就反射性咬住我的手。

我在手被咬斷前連著上面的魔物甩動手臂，打飛從其他方向逼近的魔物。由於我用了全力，魔物直接從我手上飛出去，牠的牙齒一拔出來，鮮血就從我的手臂不斷流出。

傷口痛得要命，但現在沒時間讓我嫌痛。

「可惡，如果左手能動就好了。大哥……」

這個狀況……照理說大哥早就發現了。

他卻沒來幫忙，是又要考驗我嗎？還是有不能來的理由？

「……我在想什麼啊。哪有空依賴大哥……」

沒錯……只需要思考該如何化解危機。

我只有自己一個人，戰鬥時只要想著保護諾娃兒就夠了！

「噢，休想得逞！」

在我思考的期間，魔物又同時攻擊我和諾娃兒，我一劍砍死撲向諾娃兒的魔物。

左肩被咬到了，我立刻用劍柄打爛魔物的頭，不顧新增的傷口拚命揮動銀牙。

雖然目前還保護得了諾娃兒，這樣下去，我的體力會消耗光。

看來……不能再猶豫了。

「哥哥！後面！」

我因突然傳入耳中的聲音回過神，發現同時有七隻以上的恐狼襲擊而來。

這麼多的數量「散破」沒辦法解決，而且我現在揮得動五次劍就不錯了。

所以我才想祭出那招，可是……為什麼諾娃兒把眼睛睜開了啦！

我迷惘地回過頭，看到她哭著為我加油。

對我深信不移的純真眼神……這一刻，我下定了決心。

就算妳會覺得我很可怕，我也要保護妳！

像大哥那樣……保護想守護的人！

「唔……喔喔喔喔喔喔喔！」

我一下就變身完畢。

身體吱嘎作響，稍微變大了點，從傷口流出的血在長出銀毛的瞬間立刻止住。

痛還是會痛，但左手能動了，於是我用雙手握著銀牙使出「散破」，七道斬擊將殺過來的魔物全數砍落。

有兩隻魔物趁機偷襲，一隻被我拿劍砍死，另一隻則用左手抓住頭，連骨頭一起捏碎。

我扔掉發出沉悶聲響、一命嗚呼的魔物，揮下大劍使出「衝破」，廣範圍的衝擊波命中數隻魔物，把牠們轟飛。

真是的……剛才我怎麼會陷入苦戰咧。

這樣比起等魔物進攻，主動上前打倒牠們不是更快嗎？

沒錯……到前面去……

「……不對！」

我在想什麼啊。

去前面的話，諾娃兒就危險了！

我是為了保護人才變身的，不是為了打倒敵人！

我抑制住想衝上前的心情，等待魔物接近再砍死牠們。

偶爾我會改用拳頭揍，或是抓住牠們往地上砸，一腳踩死，想盡快清掉魔物的衝動越來越強烈。

沒錯，快點幹掉牠們……

「……不對，我要保護諾娃兒！」

把魔物全幹掉就能保護她了，結果不都一樣？

「……才不是！不能讓諾娃兒受任何傷！」

以我現在的實力，這點事毫不費力……

「我必須保護她！」

沒錯……我……我……

「我是……我是為了保護人才想變強的！」

為了保護身後小小的存在，為了接近我崇拜的那個背影，我持續揮動著銀牙。

過了一會兒，我冷靜下來，眼中看見的是落荒而逃的幾隻恐狼，以及呆呆看著我的諾娃兒。

那群魔物逃掉後八成又會去攻擊人，我其實很想把牠們清乾淨，可是諾娃兒也在，還是算了吧。

我調整好呼吸回過頭，發現諾娃兒一直盯著我。

真是……我都叫她閉上眼睛了，她從什麼時候開始看的？

「諾娃兒，沒事吧？」

「嗯、嗯……沒事。」

諾娃兒雖然戰戰兢兢的，看起來並沒有受傷。

看到她平安無事，我深深感受到我成功保護了這孩子。

基本上大哥和姊姊根本不用我保護，我大多只要衝上前不停亂砍即可。

單獨作戰的時候也不是沒有，但如果要保護的是不熟的人，戰鬥時我就不太會把對方放在心上，只會專心打倒魔物。

所以這次是我第一次保護好想守護的人。

「保護人……原來是這麼一回事。」

儘管累得要死，我真的很高興諾娃兒毫髮無傷。

這就是大哥一直在做的事。

這就是大哥走上的道路嗎？

我從想跟大哥並肩作戰的那一刻起，就一直追在他背後。

每天都在訓練，向萊奧爾爺爺學劍，然而大哥的背影不但遙不可及，不知為何看起來還模糊不清。

現在知道保護人有多辛苦，知道保護人有多開心……我好像看得清他的背影了。

雖然知道保護人有多累，反而會覺得大哥離我更加遙遠，能清楚看見目標還是挺開心的。

「結束啦。回去吧，諾娃兒。」

諾娃兒愣在原地看著我，我走近一步，她卻像要閃躲般後退一步。

也是啦……她會躲我很正常。

我還沒解除變身，全身都被魔物的血染紅。這樣連大哥和姊姊都會不想靠近。

「抱歉。很可怕……對吧。我不會再接近了，別離我太遠喔。說不定還有魔物。」

「沒、沒有！不是的！我……我不怕。」

諾娃兒的腳在發抖，耳朵和尾巴也垂了下來，看得出她會怕。

畢竟這個狀態恐怖到被叫做詛咒之子，能變身成狼的人也和魔物沒兩樣。

我再度體會到看見這副模樣還能一笑置之的大哥器量有多大。

「別勉強。總之趁其他魔物還沒來，趕快離開這裡吧。來，跟著我走。」

「等、等一下！」

諾娃兒叫著跑過來，毫不在意我手上鮮血淋漓，握住我的手。

「會被血弄髒喔？放開吧。」

「……不放。」

我都這麼說了，諾娃兒卻搖搖頭，不肯放開。

沒辦法，我只好就這樣向前走，諾娃兒則乖乖跟在旁邊。

我們默默走著，終於回到掉下來前的所在地時，我恢復成原本的模樣。

只要恢復冷靜，變身很快就會解除，不過今天的戰鬥比平常還激烈，稍微晚了一點。

變身時回復力會提高，所以被魔物弄出來的傷口已經癒合了。不過全身上下都在痛，大概是因為我剛才太勉強自己。

我心想「得趕快回去讓大哥和莉絲姊看看」時，諾娃兒發現我恢復原狀，拉拉我的手。

我回過頭，諾娃兒雖然還在害怕，依然對我展露笑容。

「那個……變成狼的大哥哥有點恐怖，不過……很帥喔！」

老實說，我不太喜歡變成那個狀態。

變身後是會變強沒錯，同時也會變得非常亢奮，眼中只看得見敵人，更重要的是身邊的人會用恐懼的眼神看我，我不喜歡。

諾娃兒的笑容，讓我有種得到救贖的感覺。

這就是保護人的喜悅吧……大哥。

—— 天狼星 ——

「……你又成長了啊。」

我在遠方的高地看著雷烏斯，滿意地點頭。

我偵測到雷烏斯和諾娃兒有危險，找到他們的所在地，以便從遠處狙擊時，兩人已經被恐狼包圍。

本想立刻伸出援手，但看到雷烏斯的模樣，我決定維持隨時可以使用魔法的狀態靜觀其變。

諾娃兒也在，他大可向我求救，雷烏斯的表情卻充滿男子氣概，一副要靠自己的力量解決的樣子。

不過雷烏斯變身時，我還是有點慌張。

變身後似乎會變得異常亢奮，可能會忘記諾娃兒的存在衝到前方，雷烏斯卻沒有被本能吞噬，成功保護了諾娃兒。

「你已經強到可以用理性控制本能了。」

雷烏斯常說他想變得跟我一樣強，說起來，他想變強的原因就是因為想保護姊姊艾米莉亞。

然而，艾米莉亞如今也變強了，對雷烏斯來說，姊姊變成同為我的徒弟、地位相當的存在，而非應該保護的對象。當然，他想保護姊姊的心情至今依然沒有改變，不過必要性降低了也是事實。

因此雷烏斯越來越常擔任前鋒打倒敵人，邊戰鬥邊保護手無縛雞之力的人的機會大幅減少，就在這個時期，發生了這起事件。

首次憑一己之力守住想保護的人的雷烏斯現在有什麼心情，不問他我不會知道，但我認為他確實產生了改變。

我打算之後好好誇獎他，到時再問問看吧。

正因如此，我想盡快回去……不過在那之前還有事要做。

「逃走的魔物……有五隻。北斗，背後交給你顧了。」

「嗷！」

我一直在追蹤從雷烏斯手下逃離的恐狼的氣息，早就知道牠們位在何方。

確認北斗站到後面後，我擺出伏射的姿勢，用自製望遠鏡瞄準那群恐狼，伸出手指。

距離遠，魔物還在障礙物多的森林裡奔跑，想射中牠們乃至難之事，然而……

「可惜，那裡在我的射程內。」

若是上輩子還得賭一把，但對現在的我來說，這個距離毫無難度。

要逃的話應該要不停左右移動，以免被敵方瞄準。

然而這個世界不存在遠距離單點狙擊，叫牠們警戒未免太強人所難。

我從樹木的縫隙間捕捉到一閃而逝的魔物，計算目標的移動距離及子彈的著彈位置後，發動長距離狙擊魔法「狙擊」。

下一刻……我瞄準的魔物頭部瞬間爆開，剩下幾隻停下腳步警戒攻擊，成為絕佳的標靶。

我冷靜地將牠們的腦袋統統射穿，解決掉最後一隻後坐起身。

「處理完畢……這樣這一帶的魔物大概會少一點吧。」

其實我事前就打算把那群恐狼除掉，是因為在那之前發現其他魔物，才耽誤了些時間。

與雷烏斯分頭行動後，我和北斗要去驅逐的魔物也是恐狼，牠們在森林深處建立巢穴，所以我稍微清理了一下。

其實應該可以不管牠們，不過那座森林離歐拉姆鎮沒多遠，清乾淨也不會有壞處。

恐狼的習性是會群體行動，因此巢裡有近百隻恐狼，儘管如此，有我和北斗同時出馬，一下就結束了。

但另一群恐狼趁這段期間跑去攻擊雷烏斯他們，導致我沒辦法提前剷除牠們。

雖然發生許多預料外的事，雷烏斯得到了成長，就結果來說是好的。

「好了，得回去誇誇雷烏斯才行。走囉，北斗。」

「嗷！」

北斗像在附和我般叫了一聲，我坐到牠背上，回到其他人身邊。

雷烏斯要配合諾娃兒的步調，因此我和北斗繞了個大圈回去，以免被他發現。

看到我回來，艾米莉亞和諾艾兒迅速衝到我旁邊。她們的氣勢甚至害我跟北斗嚇了一跳。

「天狼星少爺，歡迎回來！您有沒有受傷？」

「天狼星少爺！諾娃兒和雷雷怎麼樣!?」

我安撫著瘋狂逼近的兩人，和她們說明他們倆正在走回來，都沒有受傷時，雷烏斯和諾娃兒回來了。

諾艾兒和迪急忙衝出去，諾娃兒卻一看見他們就躲到雷烏斯背後。

她在那種情況下逃走，會覺得尷尬也很正常。

諾艾兒毫不在意，伸出手想抱諾娃兒，但她發現雷烏斯滿身是血，立刻停下腳步。

「諾娃兒！雷雷也平安——呃，發生了什麼事!?」

「啊……嗯。我和諾娃兒都沒事啦，雖然我看起來很慘。比起這個……來。」

雷烏斯說明了那是魔物的血，慢慢把手放到諾娃兒頭上，叫她到前面去。

諾娃兒受到雷烏斯的激勵，拿下斗篷站到諾艾兒面前，頭依然低低的。

恐怕是想道歉，又說不出口……

「……那個，媽──」

「諾娃兒！」

諾艾兒忍不住用力抱緊她。

看她那麼激動，諾娃兒也明白母親有多擔心自己了，哭著乖乖給她抱。

「……對……不起。對不起，媽媽！」

「媽媽才要跟妳道歉。媽媽……沒能理解妳的感受。」

「不會的。對不起，我剛才罵媽媽笨蛋。」

「別擔心，媽媽沒放在心上。所以不要再亂跑囉。要是諾娃兒不在，媽媽我……」

兩人都哭著擁抱對方，不久過後，狀況變了。

具體上來說，諾娃兒的表情越來越痛苦。

「那、那個……媽媽，有點痛耶……？」

「那當然！要懲罰妳不只讓我擔心，還給天狼星少爺添麻煩！」

「喵──！爸爸，救我──！」

……不是錯覺。感人的母女重逢正在朝奇怪的方向發展。

諾艾兒以懲罰為由抱緊諾娃兒，死都不放，我想說差不多該制止她了，正準備行動，迪就介入兩人之中，撫摸諾娃兒的頭。

諾娃兒心不甘情不願放開女兒，諾娃兒則逃也似的抱住迪。看那熟練的動作，這似乎也是家常便飯。

「諾娃兒，有沒有受傷？」

「沒有！雷烏斯哥哥保護了我，所以我沒事。」

「這樣啊。雷烏斯，謝謝你救了我女兒。」

「雷雷，謝謝你救了諾娃兒。」

「別客氣啦，我才要道謝咧。」

雷烏斯突然道謝，令諾艾兒和迪納悶不已，接著他們想起雷烏斯身上到處都是血，幫忙拿了毛巾來。

「啊，等一下。我先用魔法幫你治療。」

「嗯，拜託妳囉，莉絲姊。」

「小心別喝到水。水啊……『水淨化』。」

莉絲在一頭霧水的夫婦倆的注視下發動魔法，水開始朝雷烏斯聚集過來，變成包裹住他整個身體的巨大球體。

這是由我發明，再讓莉絲重現的原創魔法，用加快治療速度的水包住對方的身體，不但能治療表面上的傷口，還能洗淨汙垢。像雷烏斯這樣全身是血的狀態，最適合用這個魔法。

缺點在於全身都會溼掉，以及治療期間不能呼吸。

假如沒事先向對方說明就使用，或是維持太長的時間，在陸地上都可以溺死人，所以得多加留意。這魔法也能用來攻擊，然而對於認為水要拿來療傷的莉絲來說，用它攻擊的機會應該少之又少吧。

順帶一提，這個魔法需要龐大的魔力及精密操作，因此只有擁有精靈之力的莉絲能用。

「……嗯，看起來已經沒事了。」

魔法一解除，雷烏斯就成了落湯雞，不過身上的血跡也全部洗掉了。

雷烏斯滿意地檢查身體，擰乾衣服，接過諾艾兒遞出的毛巾擦乾身體。

「呼……清爽多了。謝謝妳，莉絲姊。」

「你也辛苦了。小傷口應該剛才那樣就能治好，還有沒有其他會痛的地方？」

「左手怪怪的。還有全身都有點痛吧？」

「那最好讓天狼星前輩診斷一下。」

「來，我看看。」

說到診斷就換我出馬了，我把手放到雷烏斯頭上，使用「掃描」。

不只雷烏斯說的部位，我將他全身上下仔細調查過，並未發現會留下後遺症的創傷。

他剛才說左手怪怪的和全身都會痛，只是超越極限的動作導致的肌肉痠痛。難怪剛才那一戰，他的動作那麼僵硬。

「放心吧。只要不要做激烈運動，很快就會好。我簡單幫你處理一下，今天不可以再用劍囉。」

我有點嚴厲地叮嚀他，將魔力注入雷烏斯的左臂提高治癒力，發現他神清氣爽地看著我。

「欸，大哥。保護沒辦法戰鬥的人……好累喔。」

「是啊。除了要具備能看清周遭情況的直覺與經驗，還得冷靜行動。對了，抱歉，我那時抽不出身去幫忙。」

「大哥用不著道歉啦。而且，我覺得我第一次自己做到大哥平常在做的事。」

「成功保護好諾娃兒的感想如何？」

「我自己也不太清楚，但我覺得我好像體會到了什麼。諾娃兒對我笑，諾艾兒姊和迪哥跟我說謝謝的時候……我超開心的。可是大哥一直都在做這種事，我做的只是其中一部分……我是這麼想的。」

雷烏斯露出至今以來從未改變的、少年般的天真笑容。

「我想追上大哥的夢想沒有改變，不過，我還是想為了保護重要的人變強。所以，之後也請大哥多多指教。」

「會很辛苦喔？有了想保護的人，代表那個人萬一被盯上，會成為你的弱點。也就是說，你必須變得比現在強好幾倍。」

「如我所願！」

經過這起事件，雷烏斯給的答案是這個嗎？

本來守護他人的道路，對他來說只是通往我這個目標時會順便經過，如今這條路變得更加明確。

能走的路越多，或許會導致他更加迷惘，不過這也表示會有更多的可能性。

不對，我反而希望他越貪心越好。不僅要強到能與我並肩作戰，還要強到有多餘的心力去救人。

以你的潛能應該辦得到，我也會繼續當足以讓你追尋的偉大目標。

「第一個目標，就是打倒萊奧爾爺爺！」

「喔……嗯。那個放到最後吧。」

我知道潑人冷水不太好，可是那個老爺爺到現在還在持續變強，應該挪到最後才對。

讓充滿幹勁的雷烏斯平靜下來後，大家一起討論之後的行程，考慮到諾娃兒和雷烏斯的身體狀況，儘管時間還早，我們決定回到艾莉娜食堂。

回程諾娃兒沒有坐在北斗背上。

因為諾艾兒和迪在兩側牽著她的手走。

牽著手有說有笑的一家人，真的可以說是幸福的一幕。

我們走在後面，笑著凝視這溫馨的景象。

「諾娃兒看起來好開心喔。」

「都是多虧你那麼努力。是你守住了他們的幸福唷。」

「小孩子還是跟爸爸媽媽在一起最好。我有點……羨慕。」

我們三個已經失去父母，不能像諾娃兒這樣讓雙親牽著自己的手。莉絲的父親雖然還在，母親卻不在人世，也沒辦法像那樣牽手。

完成重要任務的雷烏斯純粹在感到高興，艾米莉亞和莉絲的笑容卻有種參雜羨慕與寂寞的感覺。

我不是不懂她們的心情，但這種時候只要換個想法即可。

「想像諾娃兒那樣或許不可能，不過妳們可以站在諾艾兒的位置啊？」

「「咦!?」」

「生男生女我都無所謂，如果是妳們的小孩，男女都會長得很可愛吧。」

「天狼星少爺？您的意思……該不會……」

「呃……爸爸是……」

「哎，到時候……再看看囉？」

我轉頭望向她們，假裝沒看到兩人都滿臉通紅，繼續走向前方。

艾米莉亞跑過來笑著抱住我的左手，莉絲則輕輕揪住我另一邊的衣服，靦腆一笑。

懂得察言觀色的北斗將雷烏斯拽到前面，我看著牠的背影，仔細感受從兩側傳來的重要存在的溫度。

太陽還高高懸在天際，我們就回到了艾莉娜食堂，看見地獄般的景象。

中午開始提供的丼飯似乎在鎮內蔚為話題，再加上大家都對新菜色感到好奇，客人將近平常的兩倍。

今天雖然是我們的休假日，這種情況當然不能置之不理，所以叫雷烏斯回去休息後，我們立刻進食堂幫忙。

由於諾艾兒的弟妹都有來，再加上眾人的協助，情況很快就穩定下來，直到關店時間都沒有發生意外。

迪本來要給義弟及義妹薪水，他們卻說大家都是一家人，沒有收下就回去了，還笑著表示很高興能幫上迪的忙，我不禁感慨這家人真的很團結。

他不希望讓大家空手而歸，便把我在工作時抽空做的新甜點送給弟妹們，每個人都非常高興，迪看起來也很滿足。

現在……我和諾娃兒在店裡相對而坐。

諾娃兒好像有話想對我說，把我叫過來後緊張地坐在椅子上。

旁邊是雷烏斯，他好像只是來陪諾娃兒的，從剛剛到現在一個字也沒說，只是默默坐在那裡。

八成是他們在森林裡講了些什麼，才會導致這個狀況。

雷烏斯只告訴我諾娃兒有重要的事要說，不過，我很感謝他安排我跟諾娃兒好好說話。

順帶一提，諾艾兒跟迪在隔壁的房間偷看，這次他們是真的不想被發現，所以諾娃兒也沒注意到。

「那個……嗯……」

諾娃兒眼中已經沒有敵意，可是她之前一直對我那麼冷淡，現在不曉得該如何開口。

其實我應該要先向她搭話，幫她製造契機，但這次是她主動找我交談，我不想多加干涉。

因此我持續等待，好不容易等到諾娃兒說話……

「天、天狼星……少爺。」

「什麼事？」

「對……對不起。」

她向我道歉。

我不認為她有做什麼需要道歉的事，不過既然她都鼓起勇氣了，就接受她的道歉，問問看她心裡在想什麼吧。

「嗯，妳願意道歉啦。放心，我已經不生氣了。可以問妳為什麼要跟我道歉嗎？」

「那、那個，我之前說……你做的飯不好吃，還有……我討厭你搶走爸爸和媽媽，所以你拿點心給我，我都沒說謝謝……」

「所以妳才說我做的東西不好吃嗎？其實妳說的也沒錯喔？」

「才不會！是、是真的……很好吃。」

「謝謝妳。可是我想說的是，我做的料理和點心再好吃，也絕對比不過迪。」

「咦？」

沒錯……這部分不管我下多少苦工，都贏不了迪。

諾娃兒大概沒想到我會這麼說，一臉茫然地看著我，我拿出事前準備好的甜點放到她面前。

「這是……點心？」

「嗯，是我今天做的點心，叫做蒙布朗。別說諾艾兒和迪了，連雷烏斯都還沒吃過喔。來，妳吃吃看。」

正確地說，是用味道像栗子的種子勉強做成類似蒙布朗的東西，味道及外表都跟真正的很像，我便將它取名為蒙布朗。

雷烏斯忍不住吞了口口水，房間外面傳來諾艾兒和莉絲羨慕的聲音。諾娃兒咬了口蒙布朗，眼睛瞬間發亮，一下就吃光了。

「好吃嗎？」

「嗯！好好吃！」

「是嗎，妳第一次真心誇我做的東西好吃。」

我笑著說道，諾娃兒害羞地低下頭，接著立刻抬頭對我露出笑容。

「我等等會教迪做法，之後叫他做給妳吃吧。這樣妳就能吃到最好吃的蒙布朗囉。」

「這個也很好吃呀？」

「不，迪做的才最好吃。因為那是只為了妳和諾艾兒做的蒙布朗。」

「啊……」

「聽好了，諾娃兒。妳的爸爸媽媽，還有妳自己，對我來說都是最重要最喜歡的家人。可是不管我多喜歡妳，都比不過諾艾兒和迪對妳的愛。」

我叫雷烏斯坐到我旁邊，然後叫來躲在後面的諾艾兒跟迪。兩人坐到諾娃兒旁邊，認真地看著我。

突如其來的展開令諾娃兒不知所措，不過諾艾兒一摸她的頭，她就放下心來了。

「迪，問你一個問題。你覺得我會比你更喜歡諾娃兒嗎？」

「非常抱歉，唯獨這件事我無法讓步。因為我比您更愛諾娃兒。」

「不對！我比較愛她！要比對諾娃兒的愛，不管是天狼星少爺或老公，我都絕——對不會輸！」

看到兩人緊盯著我反駁，只差沒當場拍桌，諾娃兒意識到自己誤會爸爸媽媽了，眼中泛出淚水。

沒錯……他們在森林裡之所以沒辦法回答自己比較厲害，是因為我是他們尊敬、崇拜的人。

當時諾艾兒和迪不明白女兒為何如此激動，可是假如她問的不是誰比較厲害，而是誰比較愛自己，或許就不會演變成那個狀況。

不過這也沒關係，無論是家人還是朋友，吵架或衝突是會帶來成長的。

儘管發生了許多事，這樣我應該也能跟諾娃兒好好相處了。

雷烏斯咧嘴一笑，對忍不住哭出來的諾娃兒說：

「怎麼樣，諾娃兒？我說得沒錯吧？」

「嗯！謝謝你，雷烏斯哥——雷烏斯大人！」

「嗯！嗯？」

諾娃兒對他的稱呼令雷烏斯納悶不已，我也同樣疑惑。沒聽錯的話，她剛才是不是叫雷烏斯「雷烏斯大人」？

諾艾兒發現我們一頭霧水，豎起一根手指幫忙解釋。

「雷雷，我剛才和諾娃兒談過，這孩子決定未來要當你的隨從，請你多多關照囉。」

「咦？不是大哥……是我？」

「對呀。我會把諾娃兒訓練成優秀的隨從，你也要成為優秀的主人喔。」

雷烏斯整個人僵住了。

嗯……可以理解她的心情。

雷烏斯不惜弄得全身是血也要救她，迷上他也不奇怪……不過這還真是有點出乎意料。

是因為她是讓當過隨從的父母養大的嗎？

「那、那個，諾艾兒姊，諾娃兒不是預計跟隨大哥嗎？」

「我之前是這麼想的啦，可是你是天狼星少爺的隨從，換成你也沒問題吧。而且諾娃兒超有意願的。」

「嗯！我要當雷烏斯大人的隨從！煮好吃的飯給他吃！」

「喔、喔!?」

諾艾兒果然對雷烏斯的個性瞭若指掌。

比起外表，食物更容易吸引雷烏斯，從這方面進攻是非常正確的選擇。

雷烏斯抱頭苦思，諾艾兒像在溫柔教育他般，接著說明：

「雷雷，我跟你說，現在不用太在意，等你們長大，你覺得可以收諾娃兒當隨從的時候再說就好。」

「是、是喔？」

「對對對。畢竟不曉得要等到幾年後，說不定她會改變心意呀。只要記得有這件事就行……好嗎？」

「大、大哥……怎麼辦？」

雷烏斯向我求助，我用眼神示意「這是你的事，自己做決定吧」。他煩惱了一會兒……最後點了點頭。

看來他做好覺悟了。

這樣一來，只要諾娃兒沒有變心，幾乎可以確定她會成為雷烏斯的隨從。

因為她是恩人的小孩，又崇拜自己，雷烏斯不可能糟蹋她的心意。

雖然事發突然，這件事說不定可以改變對家人以外的對象毫不在乎的雷烏斯，我決定為她加油。

諾娃兒年紀還小，對雷烏斯可能只是單純的崇拜，但我認為她的感情非常有可能轉變為愛意。

儘管兩人的年齡差將近十歲，這樣雷烏斯未來的隱憂就少一個了。

在我構思雷烏斯的未來藍圖時，迪狠狠瞪——不對，迪用與平常無異的表情凝視雷烏斯，慢慢伸出手，要跟他握手。

「……雷烏斯。」

「喔、喔！幹麼，迪哥？」

「諾娃兒……就交給你了。」

「知、知道了。迪哥，你有點可怕耶。還有我手好痛……」

即使是等同於弟弟、值得信賴的雷烏斯，要把女兒交給別人，他還是會不甘願。迪似乎相當掙扎，所以不能怪他嘴巴在笑，手卻使出握手不該有的力氣。

父親對女兒的獨占欲乃深不見底之物。

講點題外話，離開艾琉席恩的數日前，莉絲的父親卡帝亞斯與姊姊莉菲爾公主來找過我，握著我的手叫我照顧莉絲。

當時卡帝亞斯的力氣足以把我的手捏爛，我反過來回握他，害他痛得叫出來，莉菲爾公主則在旁邊滿意地點頭。

簡單地說，父親是種難搞的生物。

「老公，我明白你的感受，可是你之前不是說過如果對象是雷雷，可以放心把諾娃兒託付給他？」

「嗯。與其交給奇怪的男人，雷烏斯當然沒問題。不過一旦真的面對這種事……」

「爸爸，教我煮菜嘛。我要做跟爸爸一樣好吃的菜，給雷烏斯大人吃。」

「…………知道了。」

父親的糾結，在愛女面前塵土不如。

迪將五味雜陳的情緒吞入腹中，答應女兒的要求。

就這樣，我和諾娃兒的問題順利解決，可惜她和我四目相交的時候，偶爾還是會別開視線，看來得再等一段時間。

但都到這個地步了，只要繼續加深對彼此的瞭解就行，我想不用多久應該就能和她一起玩。

我叫來跟諾艾兒他們一樣躲起來偷看的艾米莉亞及莉絲，全員到齊後，諾艾兒對我露出迫不及待的笑容。

「對了，天狼星少爺。您剛剛給諾娃兒吃的蒙布朗當然……」

「我知道。別擔心，大家的份都有。艾米莉亞。」

「是，在這裡。」

我一叫她的名字，艾米莉亞就用托盤把蒙布朗端過來，將所有人的份放到桌上。

本來是一人一個，我特別叫艾米莉亞給雷烏斯兩個，剛才吃過的諾娃兒則再給一個。諾娃兒現在是發育期，吃多點也無所謂。

「大哥，我怎麼有兩個？」

「因為你這次最努力啊。這是給你的獎勵，別客氣。」

「萬歲！」

莉絲和諾艾兒羨慕地看著大聲歡呼的雷烏斯，一咬下蒙布朗，她們就把其他事完全拋到腦後，沉浸在蒙布朗的滋味中。

「是跟鮮奶油蛋糕、起司蛋糕不一樣的滋味，非常好吃。」

「大哥做的蛋糕果然最棒了！」

「唉……好好吃喔……」

「想不到那個種子這麼甜，說不定可以用在其他料理上。」

「天、天狼星少爺！再一個……可不可以再給我一個？這樣不夠啦！」

「這次做的就只有這些，給我忍耐。」

蒙布朗似乎也正中諾艾兒的口味。

她的反應跟第一次吃到布丁時一樣，要求再來一個。諾娃兒用叉子叉了一口自己的蛋糕，送到她面前。

「來，媽媽，我的分一些給妳。」

「諾、諾娃兒！媽媽快被妳的溫柔感動到哭了。」

正常來說應該是媽媽分給女兒吧……不過這個畫面也挺溫馨的。讓愛女餵她吃蛋糕的諾艾兒，表情鬆懈到令人擔憂的地步。

「欸，諾娃兒，妳還是覺得天狼星少爺不厲害？」

「不會呀，媽媽說得沒錯。天狼星少爺是很厲害的人！啊，雷烏斯大人當然也很厲害！」

從諾娃兒口中聽見真心的讚美，使我得到終於被這孩子承認的滿足感。

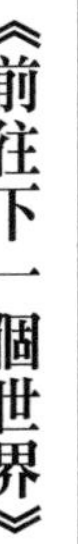

《前往下一個世界》

「來來來，在這邊。」

「喵！」

諾娃兒宣布要服侍雷烏斯的數日後。

今天食堂也生意興隆，在迪他們收拾店裡的期間，我在居住區的客廳陪諾娃兒玩。

那起事件過後，我跟不再警戒我的諾娃兒感情變得非常好，甚至可以單獨和她玩。

「好，這次換這邊。」

「喵——！」

「那個，天狼星前輩……」

「什麼事？」

「呃……是錯覺嗎？我怎麼覺得怪怪的。」

哪裡怪？我在用親手做的球陪諾娃兒玩。

諾娃兒明明玩得這麼開心，拚命追在地上滾來滾去的球。

「莉絲姊，諾娃兒看起來很高興啊，沒問題吧？」

「對呀。可以看見諾娃兒可愛的模樣，我還羨慕她能讓天狼星少爺陪她玩呢。」

「可以理解，但我還是覺得有點奇怪……」

只要想成在和姊弟倆玩飛盤就對了。

我又繼續跟諾娃兒玩了一下，整理好食堂的諾艾兒和迪走進客廳。

「天狼星少爺，聽說您有事找我們——哎呀？諾娃兒在跟天狼星少爺玩呀，太好了。」

「嗯！不知道為什麼，這個好好玩唷！媽媽也要玩嗎？」

「等一下唷，天狼星少爺有重要的事要說。天狼星少爺……那個……您要跟我們說的是……」

光聽臺詞會覺得諾艾兒很成熟，可惜她兩隻眼睛都死盯著我扔出去的球不放。

等她盯球盯了一陣子，我把球滾到她腳邊……諾艾兒的本能勝過了理性。

「「喵——！」」

母女倆同時撲向球，大孩子和小孩子一同嬉戲，實在很溫馨。

氣氛如此祥和……也該談正事了。

「天狼星少爺，您要談重要的事……我們是否該退下？」

「不用，待在這就好。其實我想，差不多該啟程了。」

「咦!?」

迪似乎已經隱約察覺到，諾艾兒和諾娃兒則驚訝得停止玩球。她把球丟到旁邊，衝到我面前哀傷地看著我。

「才過半個月而已！您好不容易跟諾娃兒打好關係，再多留幾天吧……」

「這裡待起來很舒適，但我總不能一直賴著不走。希望妳諒解。」

「說得也是……天狼星少爺要環遊世界，實現夢想……」

看我面色凝重，諾艾兒也只能妥協。

諾艾兒把我視為一家人，應該是真的想永遠和我一起生活。不過她想起我想做的事，意識到自己不該妨礙我，乖乖接受。

然而……還是小孩的諾娃兒不可能有辦法理解。

一聽見我們要離開，她就哭著撲進雷烏斯懷裡。這個瞬間，迪眼中閃過一道銳利目光，假裝沒看見好了。

「雷烏斯大人，你要走了嗎？」

「嗯，不過不是現在啦。」

「我不要。你好不容易答應收我當隨從，怎麼可以走掉。」

「抱歉。我是大哥的弟子兼隨從，不可能離開他。」

「啊嗚嗚……」

諾娃兒把臉埋在雷烏斯懷中淚流不止，不久後發出平穩的呼吸聲，睡著了。

她天真無邪的睡臉，緩和了有點沉重的氣氛。

「雷雷，對不起。我之後會跟她講清楚。」

「抱歉，諾艾兒姊。可是我很懂諾娃兒的感受。光是想像要和大哥分開，我就覺得不高興。」

「我絕對無法忍受。天狼星少爺，請不要自己一個人離開唷。」

「只要你們不討厭我，我就不會擅自離開。」

姊弟倆放心地吐出一口氣。他們以前可是對銀月發誓過這輩子都會跟隨我。

即使發生意料外的事，導致他們與我分離，總覺得他們死都會把我找出來。只有對我的氣味異常敏銳的姊姊，以及直覺異常敏銳的弟弟湊在一起，可能一下就能找到我。

默默聽我們說話的迪，在與我四目相交的瞬間正經地點點頭。

沒錯。連一家之主都難過的話，整個家的氣氛都會變陰沉，你必須振作點。看這情況，應該不需要我像以前一樣揍你肚子。

「請天狼星少爺照自己的意思行動。我會保護好家人，祈禱與您再會。」

「嗯，我們會再回來。到時諾娃兒也長大了吧。」

「是的！我會把她教成最精明能幹的孩子！」

之後我們又討論了一下，決定五天後踏上旅程。

其實我早就做好隨時出發的準備，不過有件事得在離開前處理完。

我看著睡得安穩的諾娃兒，向大家說明之後的計畫。

兩天過後，我們在食堂的廚房大掃除。

「迪哥，我把這個舊架子搬到外面喔。」

「麻煩了。阿拉德幫我搬那邊的廚具。」

「瞭解。啊，雷烏斯，那個很重，我也來幫——你一隻手就拿起來了!?」

「從清出來的地方開始打掃吧。」

今天艾莉娜食堂要改裝廚房，公休一日。

這棟房子屋齡只有幾年而已，沒有明顯的破損，我之所以提議改裝，是為了減輕他們的負擔。

雖說基本上負責做菜的只有兩個人，廚房實在有點太小。

迪也有想改善的地方，因此才同意我改裝廚房。這是個浩大的工程，迪本來已經放棄，不過有我們在就有辦法搞定。

既然家主都同意了，我們便著手改裝艾莉娜食堂。

迪負責監督，雷烏斯和阿拉德幫忙移動重物，女性去採買打掃所需的物品，我在用兩隻手才抱得住的鐵板上畫魔法陣。

這個工作需要高度的注意力，所以我在途中稍事休息，這時史黛拉拿著鑿子及鐵鎚過來。

「天狼星，你託我做的東西完成了，方便過來看看嗎？」

「啊，辛苦了。史黛拉小姐動作真快。」

「我靠這吃飯的嘛。不快點把人家訂的東西做好太丟臉。」

儘管只是改裝，光靠外行人處理不太能放心，我便請來從事建築業的史黛拉幫忙。

她明明有自己的工作要忙，我找她商量，她卻豪爽地笑著說「既然是女兒和女婿的店，當然沒問題」，在休息時間抽空來看我們。

史黛拉手很巧，因此我請她幫我製作有點特殊的石座，看來比我預料中更早完工。

她帶我去檢查一個用巨石做成的臺座，從整體的平衡與高度來看，應該沒問題。

「跟你說的一樣，上面刻了可以放鐵板的溝槽……如何？」

「完美。這就是我要的。」

史黛拉完全按照我的指示去做，無處可挑。

我叫來工作告一段落的雷烏斯，打算立刻將它裝上去。

「雷烏斯，幫我拿那邊。把它搬進廚房。」

「知道了大哥。嘿咻！」

我和雷烏斯使用「增幅」，搬運推測重達數百公斤的大石座。

將石座放到廚房後，我拿來畫好魔法陣的鐵板裝進上面的溝槽，大功告成。

「天狼星前輩做的是爐子對吧？可是上面沒有用來放柴火的洞耶？」

「是爐子沒錯，不過有點不一樣。火力來源是畫在鐵板上的魔法陣。」

簡單地說，這東西類似我上輩子的電爐。

想產生足以用來烹飪的熱度，本來需要消耗大量魔力，但我運用在學校學到的知識及校長的建議加以改良，將它設計成會吸收大氣中的魔力，任何人都用得了。

除此之外，這個不是電爐而是魔力爐的東西，即使魔法陣耗損不能用了，只要換掉上面畫著魔法陣的板子就能繼續使用，是更換式的。

這個技術及魔法陣我有賣給賈爾岡商會，魔力爐和交換用的板子應該遲早會在市面上流通，所以我離開後也可以繼續用。

接著我還把廚房改造成可以同時放數個鍋子，增加在前世的餐廳看過的功能及設備，以後做菜的效率應該會大幅提升。

預計過幾天正式開始啟用，得盡快完工才行。

看到活用在鑽石莊鍛鍊出的技術工作，動作俐落的我們，史黛拉感慨地點頭──

「嗯……還以為會再花點時間，看這情況明天就能搞定了吧。真希望我家孩子學學你們的本事和體力。」

史黛拉瞄了眼精疲力盡的阿拉德，喃喃說道。

不，我認為阿拉德那樣才是正常的，是我們太特別。

「嘿嘿，做不到這點小事，哪有資格自稱大哥的弟子。」

「我反而覺得史黛拉小姐比較厲害。真是高明的技術。」

「哈哈哈，說什麼呢，我現在只不過是個把工作全都讓給晚輩的阿姨。啊，方便幫我壓住那個嗎？」

「嗷！」

這人真的不簡單。

史黛拉在做釘在牆上的大架子，竟然還叫獸人敬畏萬分的北斗幫忙。

北斗靈活地用前腳壓住板子，這個畫面實在很不可思議。

然後，試用完新爐子的迪前來向我報告感想。

「這個真不錯。受熱平均，火力也只要按一個開關就能調整，變得輕鬆許多。」

「看來沒有問題。那趕快幫大家做飯吧。」

「好的，我立刻拿材料出來。」

上午的工作到此告一段落，該著手準備午餐了。

我和迪動手做起午餐，快要完成時，出去採購的女性組帶著東西回來。

「我們回來了。」

「歡迎回來。需要的東西買到了嗎？」

「全都買到了，天狼星少爺！啊，那是新爐子對不對？還有這個味道……咖哩嗎！」

「是啊，我還為諾娃兒準備了甜味咖哩。快煮好了，先去把手洗乾淨。」

「嗯！」

諾娃兒乖乖應聲，她現在也變得跟我挺親近的嘛。

迪看著愉快地調理小塊豬排及漢堡肉的我，一臉疑惑。

「天狼星少爺，做咖哩需要這麼多料嗎？」

「噢，這是配料。端上桌前先問大家想加什麼，讓他們搭配喜歡的配料一起吃。」

「原來如此。客製化的意思。」

「還可以訂個咖哩日做問卷調查，把賣得最好的口味列入正式菜單內。」

「……受教了。」

迪點頭表示這是個好主意，急忙拿筆記下來。

用不著做這種事，艾莉娜食堂生意也會很好，不過多想幾個經營策略也不會有損失。

其實我是覺得只有咖哩太單調，才開始準備配料，結果越來越認真，無法控制，只好搬出這個理由。

這就是那個吧。本來只是想隨便做道小菜，不知不覺就做出主餐……之類的。

但我一點都不覺得做太多。

畢竟家裡有三個大胃王，假如問他們想加什麼配料，絕對會要我統統加進去。

到了午餐時間，大家都坐在食堂裡的餐桌前，我向每個人詢問要加的配料……

「我想加起司和蛋。」

「嗯……諾娃兒要炸雞！」

「「「全部！」」」

……看吧。

雷烏斯、莉絲、諾艾兒三人毫不害臊舉手回答，我苦笑著和迪一起開始盛咖哩。

大家的午餐都端到桌上後，諾艾兒開始享用分量十足的咖哩，史黛拉無奈地嘆了口氣。

「諾艾兒……妳真的吃得下嗎？今天早上妳才吃了一堆麵包。」

「這點飯而已，沒問題啦。老公和天狼星少爺做的飯太好吃了，多少我都吃得下。」

「嗯！奶奶也是對不對？」

「哈哈哈，諾娃兒說得沒錯，奶奶也覺得很好吃。」

史黛拉瞇起眼睛，慈祥地撫摸諾娃兒的頭。

然而，她將視線移回諾艾兒身上時，臉上的表情再度恢復成無奈。

「諾娃兒還小，所以沒關係，可妳真的吃太多了。小心發胖喔？」

「唔!?」

被戳中痛處的諾艾兒停止動作，過沒多久拿湯匙的手又動了起來，大概是抵抗不住咖哩的魔力。

史黛拉搖搖頭，沒再多說什麼，迪卻正經八百地說：

「媽，別擔心。就算她胖了，諾艾兒還是諾艾兒。」

「老公……可是你講這樣是以我會發胖為前提吧？」

「……繼續吃下去的話，說不定真的會胖。」

「嗚嗚！糟、糟糕。但是……好吃的東西會害我控制不住啊！怎麼辦，天狼星少爺!?」

「問我也沒用。還有，要找我商量先把手停下來。」

好吧，做這些菜害她猛吃的人是我，總覺得必須給她一些建議，就陪她商量商量吧。

「妳食量有這麼大嗎？以前住在一起的時候，我記得妳沒吃那麼多。」

「……對呀，以前吃一盤就夠滿足了。」

「嗯……妳現在吃的是第二盤，吃得完嗎？」

「嗯！好吃當然也是原因之一，不過主要是因為我肚子餓到不行。」

如果把全部的配料加上去，對一般人而言會太多。

儘管這個世界的人整體上來說食量偏大，諾艾兒現在確實有點太會吃。

看到我陷入沉思，迪也開始擔憂，用只有我聽得見的音量詢問：

「天狼星少爺，諾艾兒是不是生病了？」

「我們身邊有更會吃的人，單純只是食量大的可能性也不是沒有……」

認識雷烏斯和莉絲這兩個大胃王，標準會變得不太正常。

再說，這個世界有「暴食」這種疾病嗎？

說到生病，我想起來了，來到這裡後我還沒幫他們做過健康檢查。這家人看起來相當健康，所以我只有見面時用「掃描」簡單調查過一次。

迪好像也在擔心，這次來個精密版的「掃描」吧。

「諾艾兒，別動喔，我調查看看妳身體有沒有異狀。」

「異狀……雖然我全身上下都不會痛，您願意幫我檢查的話，我也沒意見。啊，再來一盤。」

「迪哥，我還要。」

「迪先生，請幫我加飯。」

「等我一下。」

迪前去幫三個貪吃鬼添飯，我則集中注意力，發動「掃描」。

平常用的簡易版「掃描」只是大略掃過全身，這次想像的是將內臟的細胞毫無遺漏地掃描過，從頭到腳仔細調查一遍。

我散發出的認真氣息，令所有人停下吃飯的手，屏息以待。不對……仔細一看有兩個人還在吃，但我毫不在意。

「…………原來如此。」

「那個……您的表情怎麼那麼凝重？」

「首先，諾艾兒沒生病，大家儘管放心。妳是最近才變得容易餓——不如說食量增大對吧？」

「是的。都是迪先生和天狼星少爺廚藝太好的錯！」

先無視她把責任推到我身上，根據我之前看過的書，以及「掃描」的結果，肯定不會有錯。

獸人食量增加的原因五花八門，從諾艾兒肚子裡的反應來看……

「要對兩位說聲……恭喜。」

「咦？」

「天、天狼星少爺？難道……」

「嗯，諾艾兒肚子裡有了新生命。恭喜，是你們的第二個孩子。」

八成是在我們來的前幾天或住在這裡的期間懷上的。

現在還是連本人都沒發現的懷孕初期，再過一陣子她自己就會有感覺了。

得知自己要有第二個孩子的夫妻倆目瞪口呆，諾琪雅和艾米莉亞他們反而更快有反應。

「姊姊，迪先生，恭喜兩位。家族成員又要增加了呢。」

「太好了，諾艾兒姊！迪哥！今天要慶祝一番！」

「諾艾兒小姐，迪先生，恭喜你們。呼……總覺得見證了一個大事件。」

「姊，恭喜啊！迪先生也是，真的太好了！」

「姊姊，妳有沒有在聽呀！第二個孩子喔，第二個！」

「我、我有在聽。呃……是真的嗎？」

諾艾兒往我這邊看過來，一副不敢相信的樣子，我堅定地點頭對她微笑。

大概是終於回到現實了，迪慢慢抱起諾艾兒，在原地不停轉圈。

「太好了……太好了諾艾兒！幹得好！」

「哇哇!?討、討厭……老公真是的。不過……我真是太厲害啦！」

難得看到迪如此興奮，可見他有多高興。

看這氣氛，放著不管他們可能會永遠轉圈下去，但迪在途中意識到這樣可能會對諾艾兒造成負擔，急忙把她放下來。其實她才剛懷孕，用不著那麼擔心。

搞不清楚狀況的諾娃兒始終歪著頭，諾艾兒抱住她為她解釋：

「諾娃兒要當姊姊囉，雖然還不知道是弟弟還是妹妹。」

「姊姊……我要當姊姊了!?」

「對呀！來，萬歲！」

「萬歲！」

諾娃兒似乎明白了，跟媽媽一起大聲歡呼。

不久後，大家冷靜下來，諾艾兒想起自己有飯還沒吃，坐回椅子上，帶著與剛才截然不同的清爽表情吃起第三盤咖哩。

都懷孕了還吃這麼快，不禁令人擔心，但這是有原因的。

我和莉絲這樣的人族懷孕時，飲食習慣通常會改變，身體變差，獸人則是食量增加。

聽說獸人幾乎不會孕吐，症狀跟人族比起來算輕微的，可是母親的營養大多會分給孩子，會變得非常容易餓。

哪種比較好因人而異，到頭來懷孕都是件苦差事。

「我還以為只是因為我太想念天狼星少爺做的飯，食量才變那麼大。仔細一想，這個狀況跟懷第一胎時很像。」

「現在妳自己還沒有感覺，再過幾天，症狀應該就會明顯到妳想不發現都不行。無論如何，這樣就可以不用擔心，大吃特吃囉。」

「是！有廚藝這麼好的老公和主人，我真的很幸福。」

吃得不夠會增加生出早產兒的可能性，不過看諾艾兒這樣，想必不用擔心。這是迪努力的證據。

之後做菜時得多考慮分量及營養均衡了。

在我思考營養充足的菜色時，一直沒出聲的史黛拉靠近諾艾兒，把手放到她頭上。

「真是……都懷第二胎了，妳還是一點都沒變。」

「沒禮貌！我變超多的耶！妳看不出諾娃兒出生後我整個人散發出母性嗎？」

「就我看來妳還有得學咧。不過……恭喜妳諾艾兒，多了個孩子會變得更辛苦喔，以後我來這裡幫忙的機會也會增加吧。」

「啊，我知道媽媽在打什麼如意算盤了。想看孫子就直接來看嘛。媽媽還是老樣子，在我面前特別愛面子。」

「少給我得意忘形！」

史黛拉無奈地往諾艾兒頭上敲下去，眼中卻充滿希望孩子得到幸福的溫柔母性。先不論她們的對話內容，看到她們相視而笑，我認為這對母女關係挺不錯的。

史黛拉笑咪咪地閃過諾艾兒的反擊，然後看到坐在旁邊的其他孩子，深深嘆了口氣。

「唉……這個笨女兒都要生第二胎了，你們幾個在做什麼？什麼時候才願意讓我抱孫？」

「我、我決定要鑽研料理之路！」

「媽……別說了啦。」

阿拉德說他要鑽研料理之路，可是諾艾兒之前告訴我，其實他和鎮裡的女孩正在偷偷交往。

至於諾琪雅，聽說她本來暗戀迪，看到諾艾兒和迪那麼恩愛就放棄了。之後她便開始追求自己理想的男性，一直找不到符合期望的人。

食堂的服務生應該有滿多機會跟別人說話，相信她總有一天一定會遇到理想的男性。

「……大概。」

「那個，天狼星先生？你是不是在想什麼奇怪的事？」

「乖乖乖，諾琪雅妹妹這麼可愛，絕對會遇到好男人。」

「啊——！看妳笑得那麼開心就不爽！我絕對會變得比姊姊更幸福！」

「哼哼，妳贏得了姊姊嗎？好了，我要為寶寶再吃一盤囉。」

「麻煩再給我一份。」

「我也不會輸。再來一盤！」

「又不是在比賽……」

我傻眼地幫食欲旺盛的三人添飯，發現迪表情莫名僵硬。

難道他跟我們在阿爾梅斯特分別時一樣，為此感到不安嗎？

正當我思考著是不是該再幫他打個氣，迪發現我在看他，轉過頭來。

「請問我臉上有沾到什麼嗎？」

「沒有……只是在想你之後會更累。迪，做好覺悟了嗎？」

「沒問題……天狼星少爺可以不用揍我肚子。」

「你變得挺會說話的嘛。要好好保護家人喔。」

「是！」

結婚生子後，迪的眼神依然散發出像在瞪人的壓迫感，但他現在的表情完全是個爸爸。

吃完午餐，大家重新開始動工，傍晚廚房就幾乎改裝完畢。

不僅方便調整火力，還加裝能放比較多大鍋的爐子，以及用來儲藏食材的地下保冷庫。

用不到的東西也統統除去，整體空間變得寬廣許多，之後煮菜想必會輕鬆不少。

當天晚上，我們召開盛大的派對，慶祝廚房改裝及諾艾兒懷了第二胎。

過了兩天……離開的時刻終於來臨。

檢查完馬車，我們站在艾莉娜食堂前面向大家道別。

現在是早上備料完的時間，包括迪在內的諾艾兒一家人全都來為我們送行。

把北斗身上的挽具裝到馬車上後，迪遞給我一個大籃子。

「天狼星少爺，我準備了便當，大家在路上吃吧。」

「謝謝。想到暫時吃不到迪做的菜，就覺得很寂寞。」

「有沒有忘記什麼？例如不再多待幾天不行的東西……」

「哪有那種東西。我們都準備好了，妳也該放棄囉。」

「嗚嗚……知道了。」

「諾艾兒姊，打起精神。」

「對呀。我們會再回來。」

「承蒙各位的照顧。我會為諾艾兒姊姊祈禱生產順利。」

「那當然！我會生個健康的寶寶，下次見面要跟疼諾娃兒一樣疼他喔。」

「是，我很期待。」

不知不覺變得跟艾米莉亞一樣叫她姊姊的莉絲和她握完手後，諾艾兒帶來杵在不遠處的諾娃兒。

「來，諾娃兒。不趁現在說的話，以後會後悔唷。」

「嗯。那個……雷烏斯大人……」

「幹麼？」

「我……會為雷烏斯大人變強。我會學做好吃的菜，所以，所以……等我變成你的隨從，等我長大…………娘……」

諾娃兒因為害羞，講話越來越小聲，最後接近耳語，聽不太清楚。

基於習慣，我強化聽力聽見諾娃兒的聲音……不曉得雷烏斯有沒有聽懂。

「雖然我沒聽清楚妳在講啥，我會期待的。可是別勉強喔？要是妳累倒，我會很難過。」

可惜他沒聽見。雷烏斯果然難搞。

話雖如此，他好像也不排斥諾娃兒純粹的好感，笑著摸摸她的頭。

諾娃兒害羞地低下頭，被喜歡的人摸得露出燦爛笑容。

本來她有可能因為要跟雷烏斯分離而號啕大哭，可是有了雷烏斯的鼓勵，再加上未來要當姊姊的事實，使她心靈得到了成長。

之後要累積各種經驗變強，努力讓你們能帶著笑容重逢喔。

「北斗，出發。」

「嗷！」

馬車在我的一聲號令下駛向前方，逐漸遠離艾莉娜食堂。

待在這裡的時間雖然不長，與諾艾兒和迪他們度過的時光，帶給我一種回到家的放心感。

所以……一定要再回來。

我默默在心中對已經幾乎看不見我們，仍在繼續揮手道別的一家人起誓。

離開歐拉姆鎮，在街道上前進的我們，氣氛有點凝重，畢竟才剛跟大家分離。

我想最好隔一段時間再開始訓練，坐在駕駛座欣賞不斷流逝的景色，北斗邊拉馬車邊回頭看我。

牠似乎在擔心我，我對牠笑了笑，好讓牠放心。

「北斗，我沒事。你不是很瞭解我嗎？」

「嗷嗚……」

「真是。不必擔心成那樣啦。」

這隻愛操心的忠犬害我忍不住苦笑，這時，在馬車裡休息的艾米莉亞和莉絲移動到我兩邊坐了下來。

她們看起來雖然沒事，終究藏不住內心深處的寂寞。

沉默持續了一段時間……歐拉姆鎮徹底消失在視線範圍內時，兩人才慢慢吐露心聲。

「離別果然會讓人寂寞。」

「嗯。大家人都很好，會更不想和他們分開。」

「天狼星少爺不寂寞嗎？」

艾米莉亞盯著我詢問，真不知道該如何回答這麼理所當然的問題。

「妳在說什麼？當然會啊。」

「可是您看起來都沒事。」

「別看我這樣，我很寂寞喔。但大家又不是永遠不會再見，沒必要那麼寂寞。」

「這樣呀。只要再來找他們就好……對不對？」

「對啊。歐拉姆是和平的小鎮，如果敵人的強度與一般冒險者同等級，諾艾兒跟迪也有辦法擊退。不必擔心。」

住在歐拉姆鎮的那幾天，我調查了一下，沒聽說諾艾兒他們有被人盯上。

此外，我還潛入統治這一帶的領主家親自確認，如傳聞所說，是個正正當當的人。

只要沒發生牽扯到全村的大事件，艾莉娜食堂應該會經營得一帆風順吧。

很少會有人特地搞垮提供美味料理的餐廳。

「比起他們，我們更需要注意。就算諾艾兒他們沒遇到問題，我們發生意外就沒意義了。下午開始訓練，記得轉換一下心情。」

「姊姊，大哥說得沒錯。」

在馬車裡擦劍的雷烏斯率先贊同。

你未免轉換得太快——不，該說是越來越像我嗎？

「嗚嗚……我腦中一直浮現諾娃兒忍住不哭的表情，大概沒辦法立刻適應。雷烏斯真堅強。」

「跟諾艾兒姊和迪哥分開，我也很寂寞啊。可是我身邊有大哥和姊姊在，沒那麼嚴重。」

「唉……我很感謝弟弟這麼想，不過你要再細心一點。諾娃兒喜歡上了讓人頭痛的孩子啊。」

「咦？什麼喜歡，諾娃兒這麼小，她只是崇拜我而已啦。」

「太天真了，雷烏斯。就算是小孩，潛藏在少女心中的愛意是很可怕的唷。」

艾米莉亞信心十足地回答。這句話非常有說服力，事實上她自己就是這樣。

話說回來，這讓我想到我跟諾艾兒以前的對話。

我在內心苦笑，由於艾米莉亞往我這邊看過來，我便摸摸她的頭，把她摸得狂搖尾巴。

「因為是姊姊啊？而且對象是大哥，這不是當然的嗎？」

「前途堪憂啊……」

「……是呀。」

「得想點辦法才行……」

我們為豪爽笑著的雷烏斯嘆了口氣，馬車繼續前行。

之後預計前往莉絲出生的城鎮，幫她的母親蘿拉小姐掃墓。

然後到附近的港都，朝目的地阿德羅德大陸出發。

接下來……到阿德羅德大陸再想好了。

大部分的事我們應該都有辦法處理，慢慢尋找銀狼族的部落吧。

正午時分，我們停下馬車吃午餐。

迪給的籃子裡裝著三明治及常見的配菜，艾米莉亞在把它們拿出來的途中，發現某個東西。

「天狼星少爺，請看。」

她交給我三張寫著短短一句話的紙。

內容是……

『路上小心。祝各位一路順風。』

『隨時可以回來唷。我們會在這裡等大家。』

「他們挺有心的嘛。」

「啊，天狼星前輩，你看。這張是諾娃兒寫的。」

「這是寫給雷烏斯的吧。」

「諾娃兒？她寫什麼給我？」

雷烏斯疑惑地將我給他的信念出來。

『等我長大，請你娶我做新娘。』

內容是離別前他沒聽見的那句話。

這句話講得那麼直接，是因為知道雷烏斯個性天然，不講清楚就不會明白，說不定是諾艾兒出的主意。

好了，得知諾娃兒的心意，雷烏斯會有什麼反應？

「……新娘？她不是要當隨從嗎？」

不用說，雷烏斯當然被兩位姊姊狠狠揍了一拳。

教人戰鬥我還滿有自信的，可是在異性方面的教育上是出了什麼差錯嗎？

我嚼著籃子裡的艾莉娜食堂的招牌菜——艾莉娜三明治，重新思考雷烏斯的教育方針。

——　迪馬斯　——

於是……天狼星少爺離開了。

我看著幾年前還是個孩子，如今成長為一個優秀大人的少爺的背影，目送他離去。

雖然不久前，我才爽快地送走要踏上旅途的天狼星少爺，其實我和諾艾兒一樣，想永遠跟少爺在一起。

第一次見到嬰兒時期的天狼星少爺時，我決定要保護、輔佐恩人亞里亞大小姐留下來的這孩子……卻不知不覺變成接受幫助的那一方。

不僅如此，他還把我當成家人，我真的很高興。

但天狼星少爺從小就擁有無人能及的知識量，以及勝過我這個大人的實力。

看到他一天天成長，我很高興，同時也開始覺得少爺長大後，我這種人就沒用了，還想過假如他未來不需要我的幫助，乾脆自己離開。

然而，艾莉娜小姐察覺到我的迷惘，對我這麼說。

『無論你再無力、再不甘心，總有一天，天狼星少爺需要你的時候一定會來臨。就算你覺得自己會礙手礙腳，也要盡全力為那個時候準備……這就是隨從。迪，你的忠誠心只有這點程度嗎？』

所以……為少爺送行吧。

我們要一直待在少爺的歸來之處，只要他希望，隨時都可以趕到他身旁。

之後，岳母跟諾琪雅、阿拉德一起回到食堂，大家一定是特地留我們三個在外面。

等到天狼星少爺他們的身影徹底消失，四周沒有其他人時，我拍拍仍在揮手的諾艾兒和諾娃兒的肩膀。

「老公……可以了吧？」

「爸爸……」

「嗯……」

我抱緊撲到我懷裡哭出來的愛妻及愛女。

要永遠守護這兩個全世界最重要的存在。

如此才能報答將我們視為家人的天狼星少爺的恩情……也是我的宿願。

《終章》

『都過了十年，到時你也是個出色的大人了吧。等到那時候也沒關係，我要預約你來把我帶走。啊，可是十年這麼長，以你的條件感覺會有兩、三個未婚妻耶。這樣的話我當你的情婦也可以。』

數年前……我對救了自己的人族少年這麼說。

講這種話超羞恥的，對方又還是小孩……不過，我並沒有後悔。

因為我環遊世界的那十年，從來沒有遇過比見到那名少年——天狼星更大的衝擊。

他在我被人攻擊的時候伸出援手，面對一群大人也毫不畏懼，甚至擁有一把就能將我抱起來的力氣，使我相當驚訝。

更重要的是，他散發出完全不像小孩的神祕氣息，深深觸動我的心弦。

雖然自己講這種話有點奇怪，我是稀有的妖精族，外表還滿容易吸引人的。

我還想過「天狼星這麼小，會不會迷上我呀……」這種自我感覺良好的事，天狼星卻說他想認識我，只是純粹基於興趣。

看起來不像在裝成熟。

在跟天狼星交談的過程中，我逐漸將他視為一個大人，對他在意到不行。

可是我想，最關鍵的原因是在於他教我飛行的方法。

我已經不記得為什麼了，總之我從小就很渴望在天上飛。所以看得見風精靈後，我以為可以靠風的力量飛翔，興奮得不得了。結果在空中一直難以維持姿勢，一點都沒有在飛的感覺。

我試了好幾次都沒成功，不知不覺到了妖精族規定要去環遊世界的年齡，便將這件事暫時擱置，離開故鄉前往外面的世界。

對好奇心強烈的我來說，環遊世界的旅途真的很愉快，想飛上天的欲望逐漸減弱，但我心底依舊無法捨棄對天空的嚮往。

十年後……即將回到故鄉前，我在天狼星的指導下成功學會飛行。

我對他不只是感謝。

天狼星擁有不可思議的魅力及知識，我確信只要跟他在一起，一定能經歷有趣的事。

用故事書裡常看見的辭彙形容，我認為天狼星是我命中註定的對象。

但是……未來十年，我將因為族裡的規定不准離開故鄉。要不是因為這樣，我可能會直接殺到天狼星家找他。

好不容易遇見他，竟然還得等十年，有點太久。

對長壽的妖精而言，十年算不上多長，但這段時間已經足夠讓人族的小孩改變。

雖然我覺得精神已經成熟的天狼星大概不會變，還是會害怕這份羈絆因此斷絕的些微可能性……於是，我自然而然向天狼星告白了。

天狼星苦笑著說這個告白來得太突然，即使如此，他仍然答應了我。

妖精基本上是不會想跟外界扯上關係的封閉種族，我卻幾乎相反，在妖精中是個異類。

天狼星笑著接納這樣子的我時……我真的很開心。

因此我才能笑著道別。

我相信一定能與他重逢……

※　※　※

「可是，十年真的好久喔……」

跟天狼星分別的九年後。

我獨自坐在離家不遠處的樹上自言自語。

在外旅行的那十年明明過得那麼快，等待的時間卻如此漫長。

「天狼星現在在做什麼呢？如果他說得沒錯，應該已經畢業了吧……」

本以為當時湧上心頭的感情只是暫時的，過了這麼多年，我的愛意依然沒有冷卻。

反而越來越思念他，常常產生乾脆無視族規，離開故鄉的衝動。

但我不能不守規定，也不能給身為妖精族長的爸爸添麻煩。

還差一年而已，現在只要乖乖等時間到就好。

「好了，今天也要加油。大家注意不要太過頭唷。」

我呼喚風精靈發動魔法，準備做每天的例行公事。

和天狼星分開後，我一直在反覆練習，魔法有了顯著的進步。

以前只能飛起來，如今已經能在天空自在飛翔，同時使用攻擊魔法。

此外，我還發明了各種魔法，真期待表演給天狼星看的那一天。

練習了一段時間，差不多該休息時，風精靈告訴我有人在朝我接近。

或許是因為這一帶樹木不多吧，其他妖精鮮少靠近這裡，除了我以外就只有……

「姊姊——！」

如我所料，喘著氣跑過來的人是愛莎。

愛莎是比我小的妖精，很崇拜被大家叫做異類的我，是個神祕的孩子。

雖然她都叫我姊姊，我們並沒有血緣關係。

這孩子個性固執，做事常常不小心太超過，不過對我來說就像個可愛的妹妹。

今天的她看起來有點奇怪。

平常一找到我她就會笑著衝過來，今天卻顯得相當慌張。

「姊姊，糟糕了！高等種！」

「冷靜點。來，做個深呼吸……」

她太過著急，害我聽不太懂她想表達的意思。

我叫她冷靜下來，愛莎卻抓著我的肩膀一直叫，傷腦筋。

「沒那個時間深呼吸啦！高等種要把姊姊！」

「嘿！」

「唔咿!?」

這種時候她聽不進別人說話，最好的處理方式就是給她一點打擊。

我輕輕用手刀往愛莎頭上敲下去，她叫了一聲，差點跪到地上。

「冷靜下來了嗎？到底有什麼事？」

「嗚嗚……是的。姊姊，請您立刻回家。您的父親在找您。」

「爸爸竟然會找我，真難得。意思是事情非常不妙囉？」

「對呀！其實剛才，高等種大人說要把您……」

愛莎接下來說的話，使我大受打擊。

聽完愛莎的說明，我連忙趕回家。爸爸坐在桌子前面，神情複雜。

爸爸採取放任主義，只要不要做太超過的事，都會讓我自由行動，然而今天的狀況明顯不一樣。

我心想「這也不能怪他」，坐到爸爸對面，他深深嘆了口氣，開口說道：

「……妳聽說了吧？」

「嗯，愛莎跟我說了。高等種大人來了對不對？」

高等種是指住在比我們住的森林更深處的高等妖精。

爸爸說他們是妖精族的祖先，負責守護在這座廣大森林正中央的聖樹。

每位高等妖精都擁有足以毀滅一個國家的力量，不過高等種大人基本上不會離開森林深處。

在極少數的情況下，高等種大人會來到我們的部落。

「剛才高等種大人回去了，他叫妳這幾天到聖樹那邊去。準備好了嗎？」

就是……來叫被聖樹選上的妖精過去。

聖樹會叫我們妖精侍奉它，頻率約數百年一次，不曉得是以什麼為標準選擇的。對所有的妖精來說，聖樹是絕對的存在，被選上是非常光榮的事。

用人族的方式譬喻，大概就像平民被國王叫去服侍自己……我和爸爸卻一臉憂鬱。

「爸爸……你認真的嗎？」

「果然。我就知道妳會這個反應。」

「這還用說。不管侍奉聖樹再光榮，我有想做的事，所以絕對不去。沒辦法拒絕嗎？」

因為被聖樹叫去的妖精，從來沒有人回來過。

即使我一心想著要回來，未來會發生什麼事沒人知道，假如我沒辦法回來……不就再也見不到天狼星了嗎？

有種被當成活祭的感覺，要是其他妖精在場，八成會狂罵我「這可是非常光榮的事耶」。

但爸爸明白我的個性，無奈地嘆息出聲。

「哪有辦法拒絕。真是……若妳是一般的妖精，我就能以妖精族長，以父親的身分驕傲地為妳送行了。」

「可惜你女兒就是這種個性。而且我不在你也會寂寞吧？」

「我不否認。不過妳為何這麼不甘願？妳確實跟其他妖精不一樣，但妳不是會無緣無故反抗人的孩子。照理說妳反而會好奇聖樹長什麼樣子，想去看一看。」

「因為……」

確實，要是沒有天狼星，我八成會在好奇心的驅使下答應前去。

然而……講出理由的話爸爸絕對會反對。

爸爸用銳利的眼神看著無言以對的我。

「八成是之前旅行時遇見了感興趣的人，對吧？」

「……我不記得我跟你說過呀？」

「和妳相處這麼久，就算我不想知道也看得出來。我不清楚讓妳那麼感興趣的是怎樣的人，如果對方不是妖精，勸妳放棄吧。對方遲早會比妳先走一步，留給妳的只剩下後悔。」

聽見爸爸這麼說，我一句話都無法反駁。

晚上，我吃完晚餐回到房間，打包行李。

當然是在準備踏上旅程，我決定趁晚上離開這個家……離開森林。

我不是不在乎妖精族的規定和爸爸，然而，我無論如何都放棄不了天狼星。

爸爸說得沒錯，將來天狼星會留下身為妖精的我獨自離去……可是只要我生下他的孩子，應該就不會寂寞。

聽說妖精懷孕的機率非常低……我才不管呢。

只要跟天狼星一起努力就行。

而且去不去都得離開爸爸，既然如此，我想選擇自己喜歡的道路。

我下定決心，默默準備起來，然後發現一個問題。

「……沒有食物。」

旅行所需的乾糧放在我家倉庫，不過去那邊的話，可能會被爸爸發現。

但我總不能因此疏於準備，於是我躡手躡腳準備溜出房間，發現爸爸不在家。

「他難得在這種時間出門耶？太好了，趁現在趕快……」

我離開房間打算速戰速決，看到桌上放著肉乾、樹果之類的食物。

真是的……不曉得他是要整理倉庫還是要幹麼，怎麼可以不把東西放回去。

而且這是用來慶祝時吃的珍藏品。

儘管有些罪惡感，我就不客氣地收下囉。

都要違背聖樹的命令了，事到如今偷走家裡的糧食算什麼。

把食物塞滿行囊時，我在樹果下面找到一張小紙片。

『我聽我母親說過，以前似乎有妖精從聖樹那邊逃走過。所以……照妳喜歡的方式活下去吧。』

……爸爸一定很猶豫。

所以他才留下這張紙條，讓我自己選擇。

面對面說不出口就用這招，太奸詐了啦。會害我決心動搖耶。

雖然我對爸爸態度不怎麼好，跟他講話語氣都滿冷淡的……其實我很尊敬願意愛著像我這樣的小孩，媽媽去世後獨自撫養我長大的父親。

再加上我一直給爸爸添麻煩，要留他一個人在家，實在讓人非常不忍。

就算這樣……

「謝謝你，爸爸。可是……」

我要出發了，因為我不想後悔。

我偷偷離開部落，穿過森林，在以前與天狼星道別的地方停下腳步。

我一句話都沒對妹妹愛莎說，因為那孩子八成會硬要跟我一起走，我才決定瞞著她。

而且想見面的話只要請風精靈幫忙傳話，叫愛莎到森林外面就行。

這九年……我想像過好幾次天狼星來接我的情境，想不到會由我去見他。

「好吧……沒差。比起等待，我果然更適合主動去追人。」

要在全世界尋找一名男人，想必會很辛苦。

不過我手中握有線索，一定沒問題。

當時天狼星說他長大要環遊世界，在那之前會先去艾琉席恩的學校念書。

朝那個方向前進，很可能發現天狼星的蹤跡。

而且在一定距離內，風精靈會幫我找到他，我一點都不擔心再也見不到面。

最大的問題是天狼星已經有妻子或未婚妻。

只要能待在他身邊，要我當他的情婦也可以，但對方不一定會這麼想，萬一我們處不來，我會有點頭痛。

腦中浮現各種令人不安的問題，等見到天狼星再煩惱好了。

現在……

「天狼星，你等我。」

我懷著又能外出旅行的喜悅，以及與天狼星重逢的願望，再次奔向外面的世界。

番外篇《「G」出現》

—— 諾艾兒 ——

天狼星少爺啟程後，轉眼間過了數個月。

艾莉娜食堂生意好到不行，我們一家人每天都過得既忙碌又充實。

若要說有什麼變化，就是我的肚子吧？

天狼星少爺診斷得沒錯，我懷了迪先生的小孩，肚子變大了一些。

這是寶寶有在順利成長的證據，我卻日日受空腹所苦。

可是我毫無不滿，因為我的老公迪先生會為我下廚。而且他還會在調味上多下工夫，避免我吃膩，真的是最完美的老公。

由於他得照顧我，迪先生最近非常忙。

除了負責我的三餐外，還要經營艾莉娜食堂，晚上又得教諾娃兒做菜，忙得暈頭轉向。

看起來很辛苦，不過迪先生與我兩人獨處時，會摸著我的肚子幸福地微笑，似乎並不覺得辛苦。

這麼忙當然會累積疲勞，這種時候我會叫他好好休息。做老婆的扶持丈夫也是理所當然。

等到今天的營業時間結束，收拾好店裡後，便開始諾娃兒的新娘修行。

「今天來練習切肉切菜，然後用鍋子炒吧。聽好，拿刀時絕對不可以分心。」

「嗯。」

「上課時不是這樣回答的吧？」

「是！」

看到為雷雷學做菜的諾娃兒，會使人想起以前的艾米呢。

那時候——不對，現在也是——艾米想成為天狼星少爺的隨從，向我們學了很多事。

雖然要變得像艾米和雷雷那麼強實在不可能，我會把她培育成能夠輔佐雷雷的優秀隨從。

迪先生在料理上很嚴格，面對諾娃兒也毫不留情。

其實他內心很高興能教諾娃兒做菜。身為妻子的我看得出來。

可是即使對象是雷雷，看到她為其他男人學做菜，迪先生還是覺得五味雜陳，偶爾會邊喝酒邊抱怨「到時我有辦法送女兒離開嗎……」。我懂他的心情，但雷雷一定有辦法讓諾娃兒幸福，一起忍耐吧。

就這樣，我每天都過得很幸福……某一天，那個人來了。

就算懷孕，我還是能照常行動，因此我會在不勉強自己的範圍內到店裡幫忙。今天我也邊跟常客閒聊邊送餐，送餐送到一半，食堂的門打開，來了位新客人。由於我背對著入口，諾琪雅先過去招呼人家……情況好像不太對勁。

「歡迎——光臨。」

至今以來接待過好幾個冒險者客人的諾琪雅，竟然動搖了？

我回頭確認到底來了怎樣的客人，是名相當壯碩的老爺爺。

老爺爺一隻眼睛受傷，眼神卻銳利得不輸給迪先生，手臂還粗得像樹幹一樣。身材也非常魁梧，散發出讓人覺得以前看過的冒險者都是小角色的氣勢。事實上，諾琪雅帶他入座後，附近的客人都轉頭不去看他。

這個老爺爺背上背著一把跟自己一樣高的大劍，他將劍放在旁邊的椅子上，把椅子壓得吱嘎作響。如果這椅子不是天狼星少爺設計的，八成會被劍壓壞。

這麼有魄力的老爺爺，害諾琪雅有點不知所措，但她故作鎮定，攤開桌上的菜單給老爺爺看。

「歡迎光臨。請從這邊的菜單內選出您想點的料理。」

「好。這家店有的東西全送上來。」

喔喔，頭一次看到這麼闊氣的客人！

諾琪雅看著我求救，我立刻走過去。

這種時候就交給姊姊處理吧！

「歡迎光臨。客人，不好意思，可以再問一次您要點什麼嗎？」

「菜單上全部的料理。」

「全部嗎……」

老爺爺的魄力把諾琪雅嚇得畏畏縮縮，拜天狼星少爺所賜，我比她習慣一些，要幫他準備也不是不行，可是我們快關店了，時間有點趕……在我沉思之時，因此可以冷靜思考。

爺爺慢慢從懷裡拿出一個袋子放在桌上。

「是在擔心錢嗎?來，這樣夠了吧?」

老爺爺隨隨便便拿出袋子裡的東西，金幣發出鏘啷鏘啷的聲音攤在桌上。這個……至少有將近二十枚吧?

看到這麼多錢，連我也難掩動搖，不過客人就是客人，不會因為帶多少錢就有差。

我做了個深呼吸先冷靜下來，望向金幣，拿了兩枚走。

「嗯……我們賣的料理單價沒那麼高，這樣就夠了。」

「統統拿走也行。每個人都說這家店好吃，老夫甚是期待。」

老爺爺豪邁地笑著，收起剩下的金幣。

那可是迪先生做的菜，應該可以回應你的期待。就在這時，我腦中浮現一個疑惑。

跟其他人比起來明顯缺乏常識的這種感覺……

我和這個老爺爺明明是第一次見面，卻有種最近與行為打扮與他類似的人相處過的感覺。

在我煩惱之時，諾琪雅走過來附在我耳邊講悄悄話。

「欸，姊姊。這個人……是不是有點像雷烏斯呀？」

對，就是雷雷！

身材高大、肌肉發達，以及與自己一樣高的大劍，和雷雷一模一樣。

再加上隨便亂花金幣的缺乏常識的態度，使我確信這人絕對跟天狼星少爺有關。

仔細一想，天狼星少爺以前說他遇過剛劍萊奧爾，雷雷的劍術也是剛劍教的。

也就是說，這位爺爺是……

「那個，我知道這個問題有點失禮，請問您是剛劍萊奧爾大人嗎？」

「老夫不是那個什麼剛劍，只是個旅人。」

四周的客人嚇了一跳，聽見老爺爺否定，明顯表現出失落。剛劍是最強的劍士，也有人說他是萬人景仰的存在，大家會有這個反應也不奇怪。

但我不覺得我有認錯人的說。

難道……他不想被人知道自己的名字和身分？

於是我決定換個方式，低聲詢問：

「您認識天狼星少爺嗎？是個黑頭髮的男孩，又強又會做菜。」

「……妳怎麼會知道這個名字？」

「我是天狼星少爺的隨從，雷雷的——不對，雷烏斯的前輩。」

「喔喔！小姐認識那傢伙和小子啊。想不到會在這種地方遇見跟那傢伙有關的人。」

「所以您果然是……」

「嗯，妳猜的沒錯，麻煩幫老夫保密。」

看來他就是萊奧爾大人。

不曉得他為何要隱瞞身分，還是乖乖配合吧。

正當我準備多問幾個問題，諾琪雅走過來，拍了下我的肩膀。

「姊姊，就算妳認識人家，現在是工作時間耶？」

「噢，糟糕。呃──要做菜單上所有的料理會花不少時間，可以先把做好的端上來嗎？」

「行。對喔，既然是那傢伙認識的人，做菜好吃也是當然的！」

我還在工作，便先離開那裡，去廚房告訴迪先生點單內容。

聽見客人要把菜單上的料理全點一輪，迪先生大為震驚，但他得知對方是少爺認識的人就不意外了，馬上開始做菜。

之後我想多問他一些事，所以送第一道料理艾莉娜三明治時，我拜託萊奧爾大人打烊後再留一下。

「唔……好吧，老夫也有事想問。」

「謝謝您。那麼請用艾莉娜食堂的招牌，艾莉娜三明治。」

「喔喔，就是這個就是這個！真懷念。那小子常帶這東西給我。」

萊奧爾大人咧嘴一笑，一口吃掉一個三明治。

嗯……如天狼星少爺所說，真是個豪邁的人。

噢，沒時間在這邊看了。這樣下去他一下就會吃完。

「我送咖哩來囉。其他客人我來接待，這個人就麻煩姊姊了。」

「妳一個人應付得來嗎？」

「沒問題，客人也開始變少了。姊姊才是，不要勉強唷。」

關店時間將近，客人只會越來越少。

於是我接受諾琪雅的好意，專心服務萊奧爾大人。

「這是您點的咖哩。有點辣，可是很好吃喔。」

「這啥東東？紅色的湯和一粒一粒白色的東西，奇怪的料理——好吃！下一道！」

「好快!?」

我剛拿來下一道菜，萊奧爾大人就把咖哩吃得一乾二淨，比想像中還快。

在我來回奔波的期間，艾莉娜食堂的營業時間結束，客人終於全數離開。

整間店只剩萊奧爾大人一個人，因此我和諾琪雅一起幫他上菜，卻發生意想不到的狀況。

「然後呀，雷烏斯大人跑出來砍來砍去，救了我！」

「喲，小子也變得挺行的嘛。」

諾娃兒不知道什麼時候跑到萊奧爾大人對面坐下，跟他有說有笑。

這孩子不至於怕生，不過難得看她和第一次見面的人聊得那麼開心。是因為感覺到類似雷雷的氣質嗎？

諾娃兒似乎不滿意萊奧爾大人的回應，生氣地拍起桌子。

「不是小子，是雷烏斯大人！要用名字叫人家！」

「老夫只會叫老夫認同的人。抱歉，妳死心吧。」

「雷烏斯大人！雷烏斯大人！雷・烏・斯大人！」

「嗯……小妹妹，饒了老夫吧。」

喔喔……不愧是我女兒。

她贏了那個剛劍耶，雖然只是靠嘴巴。我忍住不要太驕傲，一邊介入兩人的對話中。

「讓您久等了。不好意思，我女兒給您添麻煩。」

「無妨。對了，這道菜也很好吃。這家店真是太棒了。」

「對吧！爸爸做的飯最好吃了！」

「是啊，最最最好吃了！哈哈哈！」

這兩個人莫名合拍耶。

雷雷口中的萊奧爾大人，給人一種動不動就拿劍出來亂揮的危險爺爺的印象，現在我只覺得他是個溺愛孫女的爺爺。

諾琪雅邊收拾盤子邊偷聽，迪先生則端著料理從廚房走出來。

「初次見面，我是天狼星少爺的隨從迪馬斯。」

「哦，你就是廚師嗎？你做的菜實在美味。」

「謝謝您的誇獎。能讓您滿足就好。」

「嗯，老夫很滿足。下一道還沒來嗎？」

「現在正在煮，請您再等一會兒。」

他已經吃了數十人份的食物，氣勢卻絲毫未減。

之後萊奧爾大人繼續品嘗我們端上桌的料理，吃完供多人享用的大份烏龍麵後總算滿足——

「雖然老夫還吃得下，今天就先這樣吧。明天再來吃沒吃過的。」

……並沒有滿足。

不過吃到好吃的東西，萊奧爾大人心情似乎不錯，笑著把迪先生準備的紅酒整瓶拿起來灌。

我們的工作也告一段落了，終於可以坐下來好好和他聊天。

於是我們帶著飲料過來，跟萊奧爾大人坐在同一桌。

「重新向您自我介紹一次。我叫諾艾兒，這是我女兒諾娃兒。」

「我叫諾娃兒，爺爺好！」

「爺爺……聽起來真舒服。喔，糟糕糟糕。如妳所知，老夫正是萊奧爾。」

「「咦咦!?」」

在附近聽我們說話的諾琪雅和阿拉德驚呼出聲。

尤其是阿拉德，他嘀咕著「最強就在我面前……」興奮不已，萊奧爾大人聽見這句話，笑了出來。

「哈哈哈！可惜老夫已不是最強之人。沒錯，老夫現在只是個自我鍛鍊中的老頭，要叫就叫老夫當千吧。」

原來如此，換了個名字表示自己輸給別人，蛻變重生了。

之後當千先生開始講述他遇見天狼星少爺，到敗在少爺手下之間的過程，不知為何，他連自己悲慘的經歷都喜孜孜地與我們分享。

大概是因為他已經不在乎過去了吧，看他講得那麼愉悅，反而不知道該做何反應。

「一言以蔽之，老夫比天狼星弱……僅此而已。」

「爺爺是因為輸給天狼星少爺，才想努力變強對不對？」

「嗯，正是如此！小妹妹腦袋很好啊。還有，多叫幾聲爺爺吧。」

諾娃兒得意地哼了一聲，挺起胸膛。

我很想誇獎她，不過之後得教她對初次見面的人不可以這麼失禮才行。

當千先生個性豪邁，所以沒關係，但萬一對方並非善類，可能會直接對妳使用暴力。

「老夫和那傢伙的故事差不多就這樣。可否講講你們的事給老夫聽？」

「好呀。天狼星少爺從小就跟我們在一起——」

當千先生都願意與我們分享過去了，我們也得回應人家的要求。

那是段感人的回憶。

從遇見嬰兒時期的天狼星少爺開始，到我們從少爺的老師變成學生，以及與艾莉娜小姐的離別——知無不言，言無不盡。

「本來還覺得怎麼可能會有那麼厲害的人，直接見到天狼星先生，就會發現自己太天真了。」

「真想跟天狼星先生多學點東西……」

「呼……」

由於時間不早了，諾娃兒已經沉沉睡去，聽完故事的當千先生則笑著用力點了下頭。

「那名叫艾莉娜的隨從，是個擁有堅定信念的女性。那傢伙常跟老夫提到她，真想親眼見她一面。」

哎呀，比起天狼星少爺，他對艾莉娜小姐更有興趣耶。

讓剛劍想見她一面的艾莉娜小姐真不簡單。

「決定了！老夫要去祭拜那個叫艾莉娜的人。」

「咦!?我很高興您有這份心意，可是您不是要追天狼星少爺嗎？」

「喔，老夫正準備問這個！你們知道那傢伙跑哪去了嗎？」

「很遺憾，不久前少爺說他要去阿德羅德大陸……」

天狼星少爺要到阿德羅德大陸找艾米跟雷雷的族人——銀狼族。

得知這個消息，當千先生失望地垂下肩膀。

「唔……看來老夫慢了一步。好想見艾米莉亞……」

「現在出發的話，說不定馬上就能追上唷？」

天狼星少爺一向很低調，但他現在帶著北斗先生，非常引人注目。

我想說這樣滿有可能追上他的，當千先生卻搖搖頭。

「老夫也很想這麼做，可是老夫得去艾琉席恩一趟，找住在那裡的乖僻臭老頭幫好夥伴保養一下。」

「武器確實很重要。」

當過冒險者的迪先生，對當千先生這番話也深有同感。

我們都沒有其他想問的事，因此當千先生準備離開，打算明天再來，我開口叫住了他。

「您決定好要住哪家旅館了嗎？」

「不，現在要去找。沒有空房就隨便找個地方睡吧。」

「那要不要住我們家？有一間空房。說不定有點小，不過足夠給人睡了。」

「唔……方便的話就這麼定案吧。」

不愧是豪爽的當千先生，決定下得也很快。

於是我馬上準備帶他到房間，當千先生卻先拿出一個袋子給我們。

莫非……

「喏，這是住宿費。都拿去吧。」

「果然!?」

這不是他剛才放到桌上的那袋金幣嗎！

就算是住宿費，明顯太多了，正常人會若無其事把這麼大一筆錢給人？

這位大德的金錢觀究竟……

「我、我們不能收那麼多！」

「加上明天的餐費不就得了？」

「還是太多了！明天我會算需要多少錢，請您先把它收起來！」

「好吧……」

我將袋子推回去，當千先生一副發自內心嫌麻煩的模樣，把錢收回懷中。

他明明很強，卻在各種意義上令人擔憂。

隔天……我在店裡做開店的準備，醒來的諾娃兒走到我面前。

「媽媽，爺爺好早起喔。他在後面練劍，跟雷烏斯大人一樣。」

「早餐應該快好了，我們去叫他吧？」

「嗯。」

我帶著諾娃兒，來到艾莉娜食堂後面的廣場。

天狼星少爺和艾米他們常在這裡玩飛盤或訓練，今天換成當千先生默默揮著劍。是說……不愧是鼎鼎有名的剛劍，真的好厲害。

雖然我不太瞭解劍術，看得出和雷雷的等級明顯不同。

他只是在把劍由上往下揮而已，手才剛動，劍就回到原本的位置。每揮一次，腳邊的雜草都會隨之搖晃，代表他確實有揮劍。

天狼星少爺究竟怎麼贏過這種高手的？

「喔，是妳們啊。今天的天氣很適合鍛鍊喔。」

「爺爺早！」

「早安。早餐快做好了，萊——不對，當千先生要不要也來一起吃？」

「當然。早餐要好好吃才行。」

他用跟莉絲一樣的速度，把早餐吃得乾乾淨淨。

當千先生說其實他預計今天啟程，可是他想多品嘗一些迪先生做的料理，決定延到明天出發。

艾莉娜食堂中午才開店，當千先生得知在那之前不會提供餐點，背著劍走出店外。

「老夫去鎮上繞幾圈。」

要在鎮裡散步是沒問題，可是我總覺得放著不管，他邊走邊買東西吃就會把金幣用光。

因此我告訴他我會擔心，暫時幫他保管昨天那袋金幣，只給他兩枚金幣帶在身上。

為什麼呢……這是他自己的錢，我卻有種在給人零用錢的感覺。

目送當千先生離開後，我跟諾娃兒一起外出購物。

本來打算開店前回去，然而……途中發生了意外事件。

「來，找妳錢。」

「謝謝。我會再來的。」

我跟認識的店長邊聊天邊採購的時候，叫諾娃兒去附近的攤販買肉串。

一付完錢回過頭，諾娃兒的尖叫聲便傳入耳中。

「媽媽——！這個人好奇……怪……」

一名陌生男子讓諾娃兒聞了某種粉末，她立刻睡著了。

那個人給我的感覺……和以前虐待過我的奴隸獵人、奴隸商人一樣。

他抱著諾娃兒，打算拔腿就逃，因此我集中魔力，以使用魔法。

為了應付這種情況，我向天狼星少爺學了各種魔法，還跟他一起發明新魔法。

正當我準備發動攻擊……附近的人聽見諾娃兒的叫聲，紛紛怒吼。

「喂！你想對諾娃兒做什麼！」

「什麼!?你這傢伙在幹麼！」

「開什麼玩笑，光天化日之下竟敢做這種事！」

他們的怒吼聲引起更多注意，大家開始邊罵邊追那名男子。

那些人……是艾莉娜食堂的常客。

抱著諾娃兒的男人嚇了一大跳，轉身就逃，可是逃亡過程中，越來越多人加入追捕行列。

「跑到那邊了！繞到前面堵他！」

「敢對大姊的孫女下手，讓你吃不完兜著走！」

「要是你害大家吃不到艾莉娜三明治怎麼辦！」

「這、這些傢伙是怎樣!?」

不知不覺，向媽媽拜師學藝的壯男及幾位女性也加入了。

懷有身孕的我不方便用全速跑步，十分頭痛，但大家都在幫我追人，所以我馬上就能知道犯人逃到哪裡。

雖然諾娃兒被人擄走，情況緊急，大家這麼團結真的讓我很感動。

不過現在可沒時間讓我哭，得先把諾娃兒救回來才行。

過了一段時間，等我注意到時，人數已經增加到將近二十人。

之後大家好不容易把他逼到牆邊，男人卻背靠牆壁，拿刀對著諾娃兒，導致我們不能出手。

「不、不准靠近！可惡，這個城鎮有什麼問題啊!?」

嗚嗚……糟糕。

男人被大家的殺氣嚇到，可能真的會傷害諾娃兒。

我想先確保她的人身安全，對附近的大叔提議。

「可惡，這傢伙怎麼到現在還不死心。抱歉，諾艾兒。我很想在發生意外前抓住他，可是……」

「我有個主意。可以請你幫忙吸引那男人的注意力嗎？」

「唔……好。讓他分心就行了吧？」

我從小認識的鄰居叔叔面露疑惑，即使如此，他還是爽快答應我的要求。

「喂，臭小子！你拿這麼小的小孩當人質，不覺得丟臉嗎！」

「閉、閉嘴！不帶人回去我會被殺啊！」

很好。我趁機凝聚魔力，準備使用魔法。

目標是……那人拿著刀的右手。

被這個魔法擊中，他的手很有可能再也不能用。

可是為了諾娃兒，我什麼都願意做。

正當我做好覺悟，即將發動魔法……

『那麼在那之前，老夫先送你上路吧。』

讓人嚇得毛骨悚然的聲音響起的瞬間，一隻手打穿後面的牆壁伸出來，抓住男人的右手。被抓住的手發出恐怖的啪嘰啪嘰聲，刀子掉到地上，接著又一隻手從後面伸出來，掐住他的脖子。

從牆壁伸出來的手捕獲男子的詭異畫面，令大家目瞪口呆。

「杵在那幹麼？快把小妹妹帶走。」

「啊……對喔！諾娃兒！」

如我所料，打碎牆壁的人是當千先生。

我趁男人被擒住的時候救走諾娃兒，看來她只是睡著了，全身毫髮無傷。

啊啊……真的太好了。

「謝謝大家，還有當千先生。」

「別客氣，諾娃兒沒事就好。」

「對啊，艾莉娜食堂的下任看板娘發生意外就糟糕了。」

「萬一食堂因為這種事關店，大家也會很頭痛。」

「哈哈哈！要是這傢伙敢傷害小妹妹，老夫早就一把捏碎他的腦袋。」

來幫忙的人紛紛露出笑容，慶幸諾娃兒平安無事。

大家這麼關心我們……我們真的很幸福。

不久後，鎮上的自衛隊趕來帶走當千先生抓住的男人。

根據當千先生事先問出的情報，他似乎是最近來到歐拉姆鎮的奴隸商人的小嘍囉。

我還想說怎麼沒看過這個人，原來是因為這樣。而且還是個大壞人，竟然想抓鎮裡的小孩當奴隸。

小嘍囉好像有業績壓力，那名男子卻沒抓到半個人。在他正著急的時候，發現看起來可以賣到好價錢的諾娃兒。

那人將諾娃兒帶進小巷，想偷偷拐走她，諾娃兒卻大聲尖叫，導致他緊張得反射性對她撒睡眠粉。

雖說距離沒隔很遠，讓女兒離開視線範圍內是我自己疏忽，得好好反省。

幸好教過諾娃兒遇到可疑人士要大叫，下次該教她護身用的魔法了。

之後我們和當千先生一起回家，迪先生得知諾娃兒差點被綁架，用力抱住她，頻頻向當千先生道謝。

「要謝就用今天的午餐謝吧。對了，也請幫忙救小妹妹的那些人吃頓飯唄。錢從老夫那袋金幣裡拿就好。」

因為擔心我們而跟著過來的大家立刻歡呼。

雖然時間有點早，我們開店請所有人吃飯，要工作的人則送上艾莉娜三明治或方便外帶的料理讓他們帶走。

大家竟然這麼喜歡我們，之前的努力都值得了……

至於諾娃兒，她醒來後因為剛才都在睡，不曉得發生什麼事，展露一如往常的笑容讓大家放下心來。

就這樣……誘拐事件平安無事地解決。

然而……事情尚未結束。

當天晚上，哄諾娃兒睡著後，我們請諾琪雅和阿拉德幫忙顧店，躲在不遠處的建築物後面。

我們穿著便於行動的服裝，還用頭巾遮住臉，以免被人看穿身分，確認當千先生離開食堂才走出來。

「怎麼？你們打扮成這副德行是要幹麼？」

「……您要出發了嗎？」

當千先生的目的地，八成是奴隸商人的據點。

盤問誘拐諾娃兒的男人時，他還問出了奴隸商人做為根據地的空屋位在何處。

但他並沒有將這個情報告訴自衛隊，恐怕是要親自出馬吧……我是這麼猜測的。

「哦，被發現了嗎？不過你們的女兒毫髮無傷，用不著插手這件事吧。」

「我們無法原諒那種人，希望能幫上一些忙。」

「我和迪先生對這城鎮很熟，多少能戰鬥。而且天狼星少爺說過，『家人遭到傷害、遇到明確的敵人時，千萬不要手下留情』。」

傍晚，我那個在鎮上自衛隊工作的弟弟過來告訴我，還沒查到奴隸商人的據點。

這也是當然的，因為當千先生威脅那個男人不准說出來。

那群人是想拐走我們可愛的諾娃兒的壞人，我便當作不知道這件事。

我明白這樣不太好，但比起交給自衛隊的人處理，讓擁有壓倒性力量的人制伏他們，應該更能讓那些人反省，因此我什麼都沒跟弟弟說。

這樣代表……我們也是共犯。

「哈哈哈，果然是那傢伙的隨從。可是你們打算以後每次都這樣幹嗎？」

「不，這次是因為有當千先生在。」

再說如果我要做這種事，迪先生會死命阻止我的。

這次他也阻止過我，說自己一個人去就好，但我們訂了這個條件，只要當千先生同意我跟去就行，所以我才會站在這裡。

聽見我真誠的告白，當千先生露出猙獰的笑，邁步而出。

「行。跟著老夫來。老夫只會衝到前面亂砍，要是有漏掉的傢伙就麻煩你們了。」

「謝謝您。好了，走吧老公。」

「嗯，要待在我後面喔。」

我跟著不同於天狼星少爺的高大背影，前往奴隸商人的藏匿地點。

「對了……那男人說的房子在哪？」

「您不知道還跑出來？」

「這種時候靠直覺最準。別擔心，直覺滿有用的喔？」

以戰力來說無可挑剔，這位人士卻在各種意義上讓人不安。

奴隸商人當成根據地的地方，是鎮外的貴族家。

當家在家道中落後就離開了，放著房子不管，因此堅固的大門依然存在，不過我有個妙計。

「該我出場囉。看我使用跟天狼星少爺一起發明的魔法『炎刃』搞定它。」

這個魔法會耗掉許多魔力，但從指尖製造出的火焰短刀，連鐵都能燒熔。

戰鬥方面有迪先生和當千先生負責，我想我只能在這種時候派上用場，然而……

「喝啊啊啊啊——！」

當千先生率先拿劍砍下去，把門劈成兩半。

這扇門……是鐵製的吧？

不過這點小事雷雷也辦得到，似乎沒什麼好稀奇。

「怎麼回事!?他們已經找到這裡了嗎!?」

門被破壞的聲響引來一名男子。這裡是空屋耶，有人在裡面就夠可疑了。

可是他也有可能不是我們要找的人。我想先確認一下，當千先生卻一把抓住男子的頭。

「問你一個問題，你們是最近定居在這裡的奴隸商人的同夥嗎？」

「嗚!?你、你在說什——呃啊啊啊啊！」

「快回答。老夫討厭等待。」

「啊、啊啊啊!?是、是的！我是他們的同夥！」

哇……他的頭發出吱吱嘎嘎的聲音，好像快被捏爛了。

相較之下，天狼星少爺的「鐵爪功」都算溫柔的。

「這樣啊。你抓過小孩嗎？」

「沒——有、有的！抓過三個——」

「喝！」

當千先生沒把人家的話聽到最後，將他扔向大門。

男子直直飛過去撞壞房子的門，好幾個男人聽見聲音，急忙衝出屋子。

怎麼看都像冒險者的男人們，一發現我們便拿起武器進攻——

「這個老爺爺是誰啊？找我們有什麼事？」

「不想吃苦頭就——」

「唔喔喔喔喔——！」

「「哇啊啊啊啊——！」」

……這已經稱不上戰鬥了。

當千先生每砍一下，人就跟樹葉一樣飛起來。

我還以為這麼簡單就能讓人類飛上天的畫面，只有天狼星少爺與雷雷訓練的時候。

「你、你們看！那邊也有敵人！」

「什麼!?交給我吧！」

「白痴！那兩個我來處理，你去對付那個老——呃啊!?」

慢半拍發現我們的男人，朝這邊衝過來。

然而……繞了一大圈跑過來，從當千先生身邊逃開的模樣，實在很窩囊。好吧，我能理解他們的感受。

雖然有人在途中被當千先生砍中，還是有四名敵人朝我們逼近，帶著「這兩個人應付得了」的笑容，可惜……

「諾艾兒，別離開我。」

「這還用說！老公的背後由我來守護！」

別以為有那麼簡單。

我和迪先生背靠著背，進入臨戰模式。

——迪馬斯——

「那兩個人跟老頭是同一掛的。只要抓他們當人質，老頭應該也會住手！」

「他們看起來很弱，一起上就行了。」

這主意並不差，可是用外表判斷對手強弱不太好吧。像我的主人外表與實力就完全不符。

兩名男子從正面朝忍不住苦笑的我攻過來，和天狼星少爺或雷烏斯比起來，動作慢了好幾倍，不費吹灰之力就能看穿。

我擋掉他們倆揮下的劍，趁那短短一瞬間的空檔往其中一人的腹部揍下去，使他當場昏倒。

另一個人因為同伴被解決掉，驚慌失措，我用膝蓋踢暈他，接著閃過慢半拍衝上來的男人的劍，繞到背後將他揍到地上。

「該死……！看起來這麼弱的人，竟然把我……」

即使要忙著經營食堂，為了保護家人，我每天都一定會做最低限度的訓練。

男人悔恨地抬頭看著我，我用劍指著他說：

「……我是廚師，所以不會取你性命。」

我在講出這句話的同時打昏他，回頭望向在身後奮戰的愛妻。

「看招，看招！可以靠近我的，只有迪先生和我的家人！」

「好燙，好燙!?這、這什麼鬼東西!?」

有個男人想靠近諾艾兒，卻因為諾艾兒手上的炎之鞭「炎鞭」而接近不了。

這是天狼星少爺發明的魔法，將火焰纏繞在「魔力線」上，綁住對手燙傷他。鞭子揮舞時的動作無法預測，因此也有嚇阻作用。

只要能用魔法，諾艾兒也能壓制住敵人，不過比起戰鬥，她還是最適合笑著陪諾娃兒一起玩。

我趁男子害怕炎鞭的時候跑到後面，同樣賞了他肚子一拳揍暈他。

「諾艾兒，沒事吧？」

「我沒事。老公好帥唷。」

我差點被她迷人的笑容吸引過去，但戰鬥尚未結束。

我惦記著諾艾兒的笑容，準備迎接下個對手……

「哈哈哈！怎麼啦？這麼多人連個老頭子都贏不了嗎！」

「嗚、嗚啊啊啊啊——!?」

「救、救命——啊啊啊啊!?」

「……雖然我早料到了，根本不用我們幫忙嘛。」

「……是啊。」

剛劍萊奧爾……現在自稱一騎當千的那位大人物，笑著擊退所有的人，來到我們這邊的敵人一個都沒有。

如傳聞所說……剛劍真的很厲害。

自由自在揮舞著大劍，輕鬆砍斷敵方的武器，轟飛敵人的模樣彷彿在表示防禦沒有任何意義，與「活著的傳說」這個稱號再適合不過。

以前我被雷烏斯的才能嚇到過，但剛劍果然就是不一樣。

不過，如果是一直接受天狼星少爺鍛鍊的雷烏斯，總有一天一定能追上他。只要雷烏斯抵達那個境界，諾娃兒也可以託付給——不，先別想這個了。

隔著一段距離仍然感覺得到的風壓擦過我的臉頰，我和諾艾兒靜靜看著這場戰鬥——不對，是單方面的蹂躪落下帷幕。

——　諾艾兒　——

在那之後，一面倒的戰鬥終於結束，當千先生抓住最後一名男子的頭，把他拎到與視線齊平的高度說：

「好了，你們的老大死哪去了？有抓到小孩或奴隸的話，順便說一下關在哪吧。」

「啊……嗚……首、首領他……」

「沒那個必要。」

我望向聲音來源，一名身材莫名纖瘦的青年站在大門口。

他臉上帶著溫柔的微笑，乍看之下平凡無奇，可惜休想騙到我。

那張笑臉底下，散發出奴隸獵人和奴隸商人的黑暗氣息。這個人特別強烈，連心靈創傷已經治好的我都會怕得發抖。

看到那個人，當千先生把剛才抓住的男子扔到旁邊，拿劍指著他。

「哦，來了個感覺挺值得砍的傢伙。你就是這群人的頭頭？」

「是的。我是他們的雇主，在做販賣奴隸的生意。讓我們彼此做個自我介紹——」

「不必。知道等等就要砍死的人叫啥名字根本沒意義。」

「你性子真急。但我欣賞你的實力，所以還是姑且問一下。這位老爺爺，要不要加入我們？」

連我們都被當千先生的殺氣嚇得快要發抖，奴隸商人卻依然冷靜，竟然想拉他入夥。想必這人至今以來跨越了各種難關。

當千先生不耐煩地把劍插在地上。

「老夫喜歡勇於挑戰的人，不喜歡你這種蠢貨。閉上嘴巴吃老夫一劍吧！」

「那麼這樣如何？」

奴隸商人對站在身後的男性使了個眼色，那名男子便將一個大皮袋扔到當千先生面前。

發出沉悶聲響掉在地上的袋子裡……裝的是金幣。

金幣彈出來掉落在地，比昨天當千先生拿出的金幣多好幾倍。

「總共兩百枚。其實用白金幣付也可以，不過這種時候，還是拿一眼就看得出價值的東西比較好吧？」

嗯……光賺一枚金幣就要花很多時間耶，昨天當千先生也是這樣，害我要在各種意義上價值觀崩壞了。

要拉攏人用錢最簡單，可是當千先生對錢毫不在乎，我認為不會有太大的效果。

「我們的工作是調教出優質奴隸，賣給經常跟我們進貨的貴族，所以敵人也不少，像你這樣的強者——」

「麻煩的傢伙。老夫的回答是這個。」

他拔起刺在地上的劍扛在肩上，一腳往散落一地的金幣踩下去。豈止是不會有太大的效果，是根本無效。

當千先生明確的拒絕令奴隸商人面露驚愕，但他立刻故作鎮定，無奈地嘆了口氣。

「哎呀呀，難得有這麼不在乎錢的人。沒辦法……幹掉他。」

奴隸商人讓到一旁，一名壯漢及一名矮小的男性從後面走出。

這兩個人跟剛才那些冒險者給人的感覺截然不同。

我們也想幫忙，當千先生卻說沒有必要，揮了一下大劍。

儘管可以硬是插手，要是我們敢這麼做，他八成會真的生氣，於是我和迪先生稍微退後了一些。

「這對兄弟是在那一行混了好幾十年的強者。假如你打贏他們，我可以乖乖投降。」

「哦？有趣。那就快點放馬過來。」

他愉悅地拿起劍，兩名疑似兄弟的男子同時衝過來。

在前面的是背著一個袋子的壯漢，他揮下手中的大劍。說是大劍，其實也沒比當千先生那把大。

「噢！力氣挺大的！」

當千先生正面接招，在這種狀況下還笑得那麼開心，難怪天狼星少爺說他是戰鬥狂。

然而敵人還有一個。剩下那名矮小男子在當千先生抵禦攻擊的期間，拿小刀迅速逼近。

當千先生立刻騰出一隻手，抓住男子的頭將他砸到地上。

他還向前踏出一步，靠蠻力撞飛壯漢，但壯漢背上的袋子在同一時間射出小刀，刺中當千先生的手臂。

為什麼袋子裡會飛出小刀……我才剛這麼想，就發現原來裡面裝著一名更瘦小的男人。

雙方拉開距離重整態勢，奴隸商人看見當千先生拔出小刀，突然得意地笑出聲來。

「聽見他們是兄弟，就以為只有兩個人嗎？總而言之，這樣就結束了。」

「這點小傷算什麼？」

「不，結束了。請看。」

「唔!?」

拔出來的小刀掉在地上的同時，當千先生的劍也從手中滑落。

他的手一開一合，微微顫抖，似乎使不出力氣。

「勸你最好不要勉強。他們的小刀上抹了大量荒野火龍的麻痺毒，你應該快要連站都站不住了吧？」

「荒野火龍？」

「它的毒性強到中了毒半天都動不了，但不至於死人，請你放心。不過以他們三兄弟為敵，要你放心未免太強人所──」

「原來如此。還想說這個毒挺懷念的，原來是那種魔物。牠的毒是很麻沒錯，砍起來倒不怎麼過癮。」

「……啊？」

當千先生撿起地上的劍，像在試手感似的揮了好幾次。雖然只有一點點，揮劍聲跟剛才不太一樣，看來確實有受到毒的影響。

總之就是……當千先生對那個毒有抗性，不會妨礙他戰鬥。

他無視目瞪口呆的我們和奴隸商人，不悅地瞪著三兄弟。

「你們是瞧不起老夫嗎？用這種破刀刺中老夫就笑得那麼開心！」

當千先生板著臉邁出一步，被他的魄力鎮住的壯漢想拿劍砍他，卻被他用一隻手接——咦!?

「老公……他是空手對吧？」

「是、是啊……」

他用連手套都沒戴的手，直接抓住敵人的劍耶？

「你太依賴劍本身的重量了。砍不斷老夫的手就是證據。」

不不不不不!?就算這樣還是很奇怪好嗎！

噢，仔細一看不是用手接住，好像只是用手指夾住。

原來如此，那我就能接——誰能接受啊！

「何必驚訝？這點小伎倆只要看清對手的動作，一點難度都沒有。若是老夫認識的那傢伙，你在使出第一擊的瞬間就沒命囉。」

確實如此，天狼星少爺大概會輕易閃過攻擊，輕輕鬆鬆放倒人家。少爺的技術就是如此高超。

當千先生說他打不中天狼星少爺，因此這幾年都在磨練技術。那招就是其中一個成果嗎？

壯漢愣了一下，加強力道，可惜當千先生的劍依舊不動如山。

豈止如此，他還慢慢把它推回去。

「瞄準腳邊是很好，不過至少從背後攻擊吧！」

趁隙衝過來的矮小男子，試圖從腳邊繞到他身後，卻被當千先生的膝蓋踢中臉部，發出沉悶聲響癱倒在地。

最後是躲在壯漢背著的袋子裡的男人，當他拿起刀子時……

「砍人……是這樣砍的！」

他用拿劍的那隻手，將男子跟壯漢一起砍成兩半。

然後順便把被踢到的矮小男子也砍死，一刀解決三個人。

可怕的是都砍了三個人，力道也絲毫未減。那個力量及技術是我絕對學不來的。

欸……雷雷。

我怎麼想都無法想像你贏過這個人的情境……你要怎麼跟他對戰呀？

「好了，下一個輪到——唔，跑哪去了？」

「在這裡。」

站在大門前的奴隸商人，趁戰鬥時移動到二樓陽臺上。
是說他都見識到當千先生的實力了，怎麼還那麼從容不迫？
仔細一看，奴隸商人旁邊有隻疑似從魔的中型鳥類魔物，恐怕是打算騎牠逃掉。
「你的力量完全超出我的預料，所以我決定先行撤退。」
「怎麼，要逃嗎？你剛剛不是說會乖乖投降？」
「呵呵，對我這種混這一行的人來說，約定是很重要沒錯，但世界上沒有比性命更重要的東西。再會──」
「休想得逞！」
這個瞬間，我用偷偷射出去的「魔力線」纏住奴隸商人的腳，與迪先生合力使勁一扯。
「魔力線」雖然一下就斷了，由於奴隸商人正好準備跳到魔物背上，被殺了個措手不及，不但從魔物身上掉下來，還摔下陽臺。
沒想到這麼順利，我真厲害！
當千先生盯著毫無防備摔下來的奴隸商人，露出狂野的笑容舉起劍。
「哈哈哈！你們倆挺能幹的嘛！好了，讓你見識見識剛破一刀流的極致，帶去地獄當土產。」
「剛、剛破……!?所以你是──!?」

「唔喔喔喔喔——！」

當千先生說這是剛破一刀流的極致，看起來卻只是把劍揮下去而已。

不過這一擊……

之後……當千先生解決奴隸商人後，我們向上空射出一發火球當信號，偷偷回到家中。

隔天，我從弟弟口中得知之後的發展。

自衛隊看到神祕的信號趕到那裡時，只剩下彷彿災難過後的廢墟。

大門一分為二，可疑的男子被埋進土裡，只留一顆頭在外面，弟弟跟我抱怨為了把他們挖出來問話，費了好大一番工夫。

最關鍵的是……整棟房子都被劈成兩半。

自衛隊的人都一頭霧水，納悶怎麼樣才有辦法使出能把房子切得這麼漂亮的風魔法，結果直到最後都找不出答案。

嗯……那個不親眼見證是不會懂的。不過就算直接目睹，我至今仍不太敢相信。

砍斷房子的犯人當然是當千先生，我問他要是附近有無關的人怎麼辦，他的回答是……

『老夫知道那一帶沒有其他人。而且最後那劍是因為麻痺害老夫有點沒控制好力道，是下毒的那些人不對。』

……好像沒在反省。

接著自衛隊在地下發現被抓去當奴隸賣的小孩，大家都平安獲救了。

深入調查過後，得知那名奴隸商人非常惡劣，好像還被公會通緝。

那個人出沒於各地，所以一直沒辦法順利抓到他。

數個月前開始，他拿那棟房子當根據地，為了避免遭到懷疑，刻意不對鎮裡的人下手，只抓從外地而來的冒險者。

可惜……這次他運氣不好。

他好像想更換據點，企圖利用拐走諾娃兒的男人引起騷動，趁亂逃跑，卻被當千先生毀了整個計畫。

最後根據被埋在土裡的人的證言，自衛隊得知這起事件是由當千先生解決的，外加制伏了通緝犯，鎮上還發了特別獎金給他。至於遮住臉的我們就不用提了。

當千先生拎著裝滿金幣的袋子回來，一臉不耐。

領報酬的時候，鎮裡的貴族還說傍晚要開派對，叫他去參加。表面上是為了感謝，實際上八成是想雇用他。

至於關鍵的當事人……

「嗯……好吃！這道叫蒲燒的料理，醬汁真是太棒啦。」

天空已染上暮色，派對都快開始了，當千先生卻在艾莉娜食堂吃飯。

坐在對面的諾娃兒跟他吃著同樣的料理，疑惑地問：

「欸，爺爺，你不去派對嗎？」

「麻煩。所以吃完這些老夫就要離開了。」

普遍都會覺得冒險者被叫去參加貴族的派對，是非常光榮的事。

我想那些貴族應該沒發現他是剛劍萊奧爾大人，純粹是看上他的實力，但當千先生似乎真的不打算出席。

證據就是他旁邊放著一個裝滿的皮袋，隨時可以啟程。

順帶一提，裡面是迪先生做的可以久放的料理。

「這樣呀，路上小心。」

「怎麼？可以更難過一點吧？來，儘管抱過來。」

「嗯……對不起。」

當千先生展開雙臂等諾娃兒抱他，諾娃兒搖頭拒絕。

這個……好傷人啊。換成是我想必會難過好一陣子。

「因為爺爺遇到什麼事都不會有問題的樣子嘛。而且我會抱的只有爸爸和雷烏斯大人。」

怎麼會這樣。

諾娃兒這麼小就有貞操觀念了。

正當我為女兒的成長感動之時，當千先生雙手抱頭，仰天長嘯。

「唔喔喔喔喔——！原來是那小子害的！」

「是雷烏斯大人！」

「老夫說不出口！都已經有艾米莉亞這個姊姊了，竟然連諾娃兒都——！下次見面…………砍了他吧。」

雷雷……原諒我只能在這裡祈求你保住一命。

大概是大叫過後清爽多了吧，當千先生重新開始吃飯，將菜單上的所有料理一掃而空後，總算滿足了。

「……呼，吃飽了吃飽了。那老夫要走啦。」

「請等一下，您忘記把錢帶走。」

「你們請老夫吃了頓好料，那點錢就拿去吧。」

「這怎麼行！來，請您好好收著。」

「真拿妳沒辦法……」

我從裡面拿了當千先生的餐費，以及之前請大家吃飯的費用，儘管如此還是剩了十枚金幣以上。

就算他本人不在乎，這麼大一筆錢，不確認他有帶在身上，我實在放不下心。

我硬把當千先生給我的錢袋塞回去，確認他收進懷裡才終於鬆了口氣。

不……還有件事需要擔心。

「是說……您真的要現在出發嗎？天快暗了，不想參加派對的話乾脆住在這裡，明早再出發比較好……」

「哈哈哈，夜路也不錯喔？到處都是魔物的氣息，不會無聊。」

唉……諾娃兒說得沒錯，用不著為他擔心。

當千先生摸完諾娃兒的頭，背著行李站起來。

「那麼保重。老夫還會再來吃飯。」

「是，真的很感謝您。」

「下次我會研究更多種料理。」

「爺爺，拜拜。」

來也突然，去也突然。

就這樣，當千先生……不對，剛劍萊奧爾大人頭也不回地離開了。

聽天狼星少爺說他是個豪爽的人，實際相處下來好累喔。

即使如此，還是不會對他反感，或許是因為他表裡如一吧。

他真是個難以應付，卻又擁有神祕魅力的人。

當天的營業時間結束後，諾娃兒在我收拾桌上的餐具時跑過來。

「媽媽，這個給妳。」

「哎呀？什麼東西……呃，這是!?」

她拿著的是當千先生的那袋金幣。

為、為什麼會在這裡？

「那個呀，爺爺說這是鎮上發的『講今』，他不需要，所以給我們就好。爺爺叫我晚上再拿給妳。」

「當千先生——！您的錢——！」

番外篇《某天的艾莉娜食堂》

和諾娃兒打好關係的兩天後……我在艾莉娜食堂後面的空地訓練，一面思考食堂的改裝計畫，以及差不多該啟程了。

「呼……先到此為止吧。」

中午的尖峰時間已過，現在是不去幫忙也沒關係的時段。

不對，說起來我們造訪前食堂也沒出過問題，本來就不需要幫忙。因為我們不是正式員工，去幫忙的話，迪他們有時候會露出不好意思的表情。

「可是……即使現在應付得來，只要有一個人身體出狀況就完了。」

若遇到緊急情況，諾艾兒的家人應該會伸出援手，但這也稱不上穩定，我想是時候雇用新人了。

生意這麼好的店，多請一個人也沒問題吧。

我邊想邊擦汗，幫我準備水的艾米莉亞看到我這樣，面露疑惑。

「天狼星少爺，發生了什麼事嗎？您怎麼心不在焉的……」

「沒有，我在想事情而已。」

正想把這個主意講給艾米莉亞聽時，我感應到有幾個人在接近這塊空地。

不久後，一輛馬車停在廣場，從中走出數名男性，其中最年輕的男子開口向在廣場中央練劍的雷烏斯問話。

「小弟，你在這裡做什麼？」

「呼……呼！」

「喂，聽得見嗎？」

雷烏斯有時會太專注在練劍上，聽不見其他聲音。

感覺到狀況不妙或殺氣的時候，他會立刻回過神來，如今他卻無視男人的呼喚繼續揮劍，大概是本能意識到這個男人沒有威脅性。

「你夠了喔。這個地方是——」

「喝啊——！」

這應該是最後了。他鼓起幹勁用力一揮，在附近捲起一陣風，甚至把旁邊的男子都吹走。

「呼……咦？你誰啊？」

雷烏斯終於發現那人，納悶地低頭看著被劍壓震飛的男子。

年齡跟我差不多的男子被雷烏斯的氣魄震懾住，依然拚命掩飾臉上的恐懼站起來。

「我、我有事找你。」

「抱歉，我練劍練得太專心，沒發現你。你找我有啥事？」

「沒、沒關係……現在注意到也不遲。」

男子故作鎮定，才剛準備解釋，較晚從馬車裡出來的貴族風男性便硬是介入其中。

「搞什麼！我只是叫你趕走他，是要花多少時間！」

「對、對不起……」

「你這傢伙還是老樣子，派不上用場。所以？你這傢伙在我的土地上做什麼？別給我擅自進入啊。」

「你的？這裡是艾莉娜食堂的後院吧？還有我才沒擅自進入，迪哥有答應我。」

「艾莉娜食堂的？」

我覺得就這樣交給雷烏斯處理，情況會變得更複雜，因此我也加入他們的對話，向貴族男子詢問詳情。

這名貴族負責統治不遠處的城鎮，前幾天偶然經過歐拉姆鎮，喜歡上這個城鎮，所以想來蓋別墅。

「……然後你就看上這塊地。」

「嗯。這麼大塊的地，想必能蓋出符合我身分的高級別墅。」

順帶一提，聽迪說這塊地是歐拉姆鎮的領主喜歡迪做的菜，讓給他的土地。

然而，這塊廣大的土地蓋了食堂後，還剩下很大一塊空間，迪似乎也不知道該如何處理。實際上，這塊地什麼都沒有，目前只會用來給我們訓練或陪家裡那三隻玩飛盤。

迪之前說過如果有人真的想要，讓給他也沒關係，看來這名男子就是如此。雖然他還沒有跟迪見過面，從那高級的服裝與信心十足的態度看來，應該頗有財力及地位，這塊地終於要被人好好利用了。

聽見我們交談的雷烏斯，在我旁邊頻頻點頭。

「蓋在這裡的話，隨時能去吃迪哥做的菜，應該會是棟好別墅。」

「你在說什麼？我要蓋的是符合我身分的別墅喔？那種小店當然要拆掉。」

「什麼！」

雷烏斯聽了勃然大怒，我把手放在他頭上制止他。

「大哥，幹麼阻止我！那裡是迪哥他們的家耶！」

「我知道。你先乖乖待著。」

從他說的那句話來看，對方採取行動搞垮食堂也不奇怪。

艾莉娜食堂有危險的話，我當然不會坐視不管，可是對什麼都還沒做的貴族出手並不明智。

因此我先叫雷烏斯退下，詢問那個人：

「鎮上的居民都很喜歡那間食堂，勸您最好不要講這種話。而且留著那間食堂，也還剩很多空間可以蓋別墅啊。」

「哼，你不懂。我要住的房子旁邊有那種寒酸的小店，看起來就不氣派了。」

雖然不是會對我們的態度及措辭一一挑毛病的那種貴族，這男人也挺任性的。

不過以這個條件不太可能得到這塊地，還是跟他說一下吧。

「這塊地的地主是經營那家食堂的青年。領主很喜歡那家食堂，若您硬要插手，可能會和領主起爭執喔？」

「那還真麻煩，可是，只要那傢伙自己離開不就得了？既然是經營小店的平民，拿點金幣給他就——」

「大概沒用吧。他不是會看錢行事的人。」

「夠了，你怎麼那麼囉嗦。無關的人就閉上嘴巴！」

「怎麼會無關。我是那名青年的家人。」

貴族男子狠狠瞪了不停反駁他的我一眼，我們卻毫不在意。

假如他要靠蠻力解決，我完全無所謂，可惜貴族男子嘖了一聲回到馬車裡，大概是雷烏斯的氣勢讓他判斷贏不了我們吧。

「哼，用講的誰都會。你給我記住。」

這人任性歸任性，判斷危機的智慧還是有的。

馬車載著悶悶不樂的貴族離去，我看到剛才找雷烏斯問話的年輕男子坐在駕駛座，愧疚地向我們低頭致歉。

「大哥，那傢伙回去了耶，沒問題嗎？」

「先和迪報告再說。雖然我剛才忍不住講了那些話，最後做決定的還是迪他們。」

我們立刻回到艾莉娜食堂，跟迪說明狀況。

「……竟然來了這樣子的人。」

「是啊，他看起來一點都不在乎這家店。抱歉，就算是突發狀況，我也不該擅自說那些話。」

「不會，如果我在場，也會說出與您同樣的話。」

「不如說幸好天狼星少爺先幫我們應付那個人。換成是我，八成會狂罵他一頓，對那人超級沒禮貌。」

「大哥，之後要怎麼辦？」

「要是那人去找領主商量，土地被賣掉就糟糕了吧？」

「嗯……我覺得不會耶。」

「對呀，領主那麼喜歡迪先生做的菜。」

畢竟他可是因為喜歡迪的料理，直接把這麼一大塊地送出去。

再加上他還會特地喬裝，動不動就跑來這裡吃飯，我不認為他會做出害這家店倒掉的行為。

順帶一提，那位領主我也私下調查過，他不是會實行高壓政策的人，致力於歐拉姆鎮的發展，鎮裡的居民似乎都覺得他很可靠。

至少我相信他會站在迪他們這邊。

「總之這幾天那些人應該會採取行動。做好心理準備吧。」

「是。對方可是貴族，我去多做一些準備。」

「如果他想對這家店硬來，看我用魔法燒了他！」

「用不著諾艾兒姊出手。我會先把那人砍了！」

「雷烏斯大人好帥！」

「嗯……不要太激動啊。」

遵循本能行動的諾艾兒跟弟子們害我感到一陣不安，默默做著準備。事件當天就發生了。

最後一名客人回去，食堂準備關門的時候，剛才那個貴族來了。

「你就是這家店的主人嗎?這男人應該已經對你說了吧?」

那人帶著數名壯漢進到店內——八成是在戒備雷烏斯——隨便打了聲招呼，便將裝滿金幣的袋子扔到桌上。

看那個大小，恐怕裝了五十枚以上。

「我討厭繞圈子，就這樣成交如何？」

簡單地說就是「給你錢，滾出去」。

有五十枚金幣應該可以蓋一家新店，只要跟領主商量，大概也會幫他準備空地。

考慮到這樣就能免去之後的麻煩事，這個提議也不見得不好，但……

「恕我拒絕。」

迪直接拒絕，沒有一絲躊躇。

不僅如此，他只瞄了金幣一眼，看起來對它毫無興趣。

「你認真的嗎？這麼多錢可以蓋出比這種破房子更高級的食堂喔？」

「這裡是我們的家……我們的歸宿。我絕對不會讓步。」

「是嗎，你以為這些錢是假貨對吧？我懂你懷疑的心情，不過與其住在這麼小的──」

「……不准侮辱我岳母蓋的房子。」

從以前到現在眼神始終銳利無比的迪，當上父親後有了威嚴，認真一瞪還挺有魄力的。

貴族被他瞪得說不出話，因此迪清清喉嚨，接著說道：

「總而言之，無論金幣是真是假，我的決定都不會改變。因為在我眼中，這些金幣看起來滿是髒汙。」

「髒？哪裡髒？它們的光芒如此耀眼。」

「以前某位人士給我的金幣……看起來比任何事物都還耀眼。在我眼中，這些金幣並不值得收下。」

以前……是離家前我給他們的金幣嗎？

當時我給他們的錢，連這些的一半都不到，不過迪這句話挺帥的。

「親愛的，你好棒！」

「唔唔……迪先生果然帥爆了。」

「迪先生，不用顧慮我們！」

不只諾艾兒，諾琪雅跟阿拉德也這麼認為。

話說回來，迪現在可是在與貴族對峙，卻比想像中還要堅持，我有點驚訝。除了對家的依戀外，是不是還有其他原因？

我腦中浮現疑惑，貴族男子因為事情不如所願，開始感到焦躁，用力拍桌。

「莫名其妙。我本來想用和平的方式解決，既然你那個態度就算了！讓你瞧瞧平民反抗貴族會有什麼下場！」

待在貴族旁邊的壯漢們聽見這句話走向前，剛踏出一步就停了下來。

因為……

「再繼續靠近……後果自負喔？」

我釋放出殺氣威嚇他們。

人數雖然夠，這種程度的殺氣就會害怕，素質八成不怎麼好。

但我還算溫柔的，這些人反而該感謝我救了他們。

要是我沒阻止，會有更危險的人跳出來。

「想打架的話，我樂意奉陪！」

「再敢靠近一步……小心我砍了你們。」

「吼嚕嚕嚕……」

諾艾兒準備使用魔法，雷烏斯握住劍柄，北斗從窗戶外面探出頭低吼。假如他們同時出手，可能不會只有受點傷而已。

迪對被我的殺氣嚇到，甚至開始喘不過氣的貴族說：

「食堂後面那塊地可以送您。可是，如果您嫌這家店礙事……我絕對會抗爭到底。」

「你這傢伙……」

「我不想背叛家族，以及喜歡我做的菜的人。」

武力派不上用場，再加上迪堅定的目光，貴族男子終於放棄，憤怒地收回金幣，離開食堂。

貴族離開後，大家泡了茶休息片刻，迪面向諾艾兒說：

「抱歉。但我……」

「沒關係，我們也是同樣的想法。」

「爸爸好帥！」

「……謝謝。好了，之後要忙起來囉。」

「是！我明天就去找領主談。」

「也得跟媽說一下，否則她會生氣。」

「我去拜託老弟蒐集情報。」

「那我來幫爸爸按摩肩膀！」

店家被貴族搞到倒閉是常有的事，通常都會因此絕望……這家人卻一點都不怕。該說是團結一致嗎？真的是很棒的家族。

總之迪的家人應該用不著擔心，問題是之後的事。

那名貴族一副不願妥協的樣子，離開時的態度也不像要放棄。他絕對會再出招，然而今天的經驗告訴他正攻法沒用，下次他肯定會走旁門左道。

我們也快要啟程了，真想盡早解決問題。

隔天……那名貴族很快就派人來找碴。

以客人的身分進到店內，製造子虛烏有的問題給其他人添麻煩，是在餐廳常見的妨害營業。

只要隱藏真實身分隨便雇個冒險者，就查不到他頭上了，單純又有效，可惜……

「喂！這家店怎麼端這種──」

「送客！」

「咦？」

「嗷！」

「唔啊啊啊──!?」

仔細觀察就能輕易看出哪些人心懷不軌。

從對方進店的瞬間開始緊迫盯人，要是他有什麼小動作，雷烏斯會馬上把人抓起來扔到窗外，再由外面的北斗陪他們玩玩。

而且艾莉娜食堂的客人大概都被失控的諾艾兒弄到習慣了，吵一點只會覺得是餘興節目，一笑置之，目前對生意毫無影響。

結果，營業時間內有三組冒險者來搗亂，全都被北斗埋在後面的空地，剩一顆頭露出來。這傢伙還是一樣聰明。

我前去質問被巨大的狼當玩具玩，嚇得大叫的那些人，不出所料，他們只是被不認識的人雇用的。

我將他們交給鎮裡的自衛隊，開始獨自蒐集情報。

『是這間店沒錯吧？』

『快點弄一弄。喂，油給我。』

『……嗷。』

『好，用這東西——咦？』

深夜……大家都在熟睡的時刻，我感覺到食堂外面有人，醒了過來，叫同樣醒來的雷烏斯留下來看守後來到屋外。

一般情況下應該要趕快衝出去，不過已經不用著急了。

因為我一來到外面，就看到兩個男人昏倒在北斗腳邊。軍隊來了也有辦法輕鬆趕走的這個氣勢，真可說是最強的看門狗。

「嗷！」

「辛苦了，北斗。所以……就是他們嗎？」

用來縱火的油，掉在昏倒的男子前面。

一發現來店裡找碴沒用，就企圖放火啊……

「實在做過頭了。」

我摸著尾巴搖來搖去的北斗的頭獎勵牠，決定一定要讓那傢伙後悔。

照理說，我該把其他人叫起來通知他們，但大家今天為了處理這件事四處奔走，全都累得半死。

「既然對方這麼狠，我也不客氣了。」

目前沒有援軍要來的跡象，因此我和北斗背著他們移動，來到離食堂有段距離的森林。

在這裡辦事，聲音就不會傳到食堂那邊了，我將那兩人放到地上，拿走武器埋進洞裡，這時他們醒了過來。

「唔……這裡是？」

「記得有隻很大的狼……」

「早安。知道現在是什麼狀況嗎？」

「你、你是誰啊!?」

「你對我們做了什麼！」

「安靜點，否則小心我讓你們再睡一覺喔？」

他們發現我後面的北斗，嚇得啞口無言，於是我立刻開始問話。

「好了，問你們一個問題。你們剛才是想放火燒某家食堂對吧？若是如此，麻煩告訴我是誰指使的。」

「誰、誰知道。那隻狼突然攻擊我們，我們也很頭痛啊！」

「牠是你的從魔吧？要是被人知道牠主動攻擊人——」

「嗷！」

下一刻，北斗的前腳往兩名男子之間一拍，在地上拍出一個工整的腳印型的洞。

「什麼都不知道也沒關係。只要把你們埋進牠挖出來的洞裡就行。」

「「……」」

「噢，等等。與其活埋，還是用在更有價值的地方上吧。如你們所見，這傢伙體型大，餐費挺可觀的。」

北斗從眼神察覺到我的用意，舔著嘴巴緊盯著他們。

牠吃的東西是魔力，所以這只不過是演戲，然而不可能知道這件事的兩人，八成會覺得很可怕。

「有沒有聽說最近這一帶的盜賊都消失了？喔，沒聽說也沒關係，你們很快就會明白。」

這句話讓兩名男子一五一十招了。

不出所料，他們是那名貴族雇來在艾莉娜食堂縱火的冒險者。

大概是認為以中級冒險者的實力能夠完成任務吧，可惜想贏過我和北斗還差得遠。

白天蒐集的情報跟他們說的一致，我看趕快去給那個人一點顏色瞧瞧吧。

「辛苦了。你們可以走了。」

「可、可以嗎？」

「隨便你們。出口在那裡。」

兩人得知我願意放他們一馬，立刻逃向我指的方向。

我強化聽力，隱約聽見以為我已經聽不到的兩人在笑我，真想告訴他們，你們才好笑。

這裡是烏漆抹黑的森林中，手無寸鐵的你們接下來會走到小型的恐狼巢穴，萬一遇襲肯定活不了。

隨隨便便答應放火燒房子的人，死不足惜。

「好，快點把事辦完吧。」

「嗷！」

我用「傳訊」通知雷烏斯可以放心了，回到歐拉姆鎮。

事情都處理好的隔天，那名貴族一大早就來到艾莉娜食堂。

他神情緊繃，跟前幾天截然不同，一看到我就狠狠瞪過來。

「你這傢伙……」

「怎麼了嗎？」

哎，不能怪他生氣。

因為我不僅表明了身分，還戳中他一堆痛楚。

根據調查，這人以前好像是艾琉席恩的貴族。

不曉得是因為有能力還是遭到貶職，他被派去擔任偏遠地帶的領主，趁上面的人無法監督自己，做了不少被處罰都不奇怪的違法勾當。

我將他幹過的好事調查出來，留了張紙條放在正在旅館床上呼呼大睡的那傢伙枕邊，告訴他不照我說的做，就上報給艾琉席恩的王族。

詳細的違法事蹟，再加上艾米莉亞在我後面攤開艾琉席恩的斗篷給他看，導致他無法置之不理。

看到這個狀況，迪明白我做了些什麼，向我點頭致意，不過現在道謝還太早。

「今天您有何貴幹？如果是這間食堂的問題……」

「……我來找你下戰帖。我贏的話把土地和食堂讓給我，你贏的話之前那筆錢都給你，我也會放棄這塊地。」

「怎麼這麼突然。」

「囉嗦！快告訴我你答應不答應！」

「在那之前，我還不知道比賽內容。」

「由我的廚師跟你比廚藝。」

我威脅他做的事就是這個。

這名貴族好像對三餐特別講究，雇了自己的私人廚師。

此外，那位廚師還是相當有名的人，以前在艾琉席恩的料理大賽得過第二名。

聽見貴族的說明，迪有點不知所措，不過……

「迪，你是艾莉娜食堂的主人吧？既然如此，給我親手保護它。」

我拍拍他的肩膀叫他有點自信，迪點點頭，下定決心。

「我明白了。我答應。」

我們決定用料理大賽為這件事做個了結，立刻著手準備。

為求公平起見，比賽地點訂在引起紛爭的那塊空地，用石頭及桌子蓋了個簡易廚房。多虧諾艾兒的母親史黛拉小姐也來幫忙，雙方的廚房功能幾乎一模一樣，無處可挑。

雖說我手中握著他的把柄，以這人的性格來說可能會耍小手段，因此我會仔細注意，排除對方耍詐的任何可能性。都到這個關頭了，希望他們堂堂正正分出勝負。

接著我們通知歐拉姆鎮的領主要召開料理大賽，領主便自願擔任評審。再透過食堂顧客的口耳相傳，消息很快就傳遍全鎮，逐漸變得像一場小型活動時，我們聚在一起討論，制定出了詳細規則。

簡單說明就是，雙方可以找一名助手，食材各自準備，要做什麼料理沒有限制。最後能讓更多評審滿足的那一方就是贏家。

決定勝負的評審加上領主共有五人，其中三名是鎮裡有名的美食家。貴族推薦那三人時我本來有在懷疑，但對方也說領主可能會站在迪那邊，我只得接受這個人選。

算了，讓他找三個人也無妨。相對地，我們這邊……

「嘿嘿嘿……雖然講這種話不太恰當，我有點高興。」

派出莉絲擔任評審。

大家都只注意到莉絲的食量，不過她從平民到王族的料理都吃過，某種意義上也算是個美食家。

莉絲雖然是自己人，我認為她在食物上不會因為廚師是誰就偏心，純粹要看迪的廚藝。

總覺得我方比較不利，但迪為了讓已經當成一家人看的莉絲滿意，現在幹勁十足，所以就這樣吧。

後天早上……料理大賽在聚在空地的觀眾面前揭開序幕。

先煮好的人可以先端出來，時間限制也訂在太陽下山前，沒必要著急。

雙方都帶了助手幫忙，迪的助手諾艾兒在途中看著敵對的廚師，低聲說道：

「嗯……好厲害喔。那就是傳聞中的桑契先生嗎？」

「是啊，真的很厲害。」

貴族雇的私人廚師桑契，是個廚藝高超的男人。單看刀工，動作就俐落得明顯跟我們不同等級，確實是專業人士。

「而且食材也都是高級貨。那塊肉……是不是在發光？」

「黃金貝拉多……是高級食材。我一直想拿它做菜。」

「我也想吃吃看你拿它做的料理。不過現在……」

「嗯，平常心就好。」

儘管雙方在各方面都有差距，夫妻倆看起來並未受到影響，看來可以放心。

只盯著迪看不太好，所以我動不動就會觀察桑契的情況，那裡一直在傳出怒吼聲。

「動作太慢了。快把盤子拿出來。」

「對、對不起！」

擔任助手的是跟貴族初次見面時，他帶著的那名年輕男子，推測是因為他們來的目的是蓋別墅，沒其他人可以幫忙。

然而，主要都是桑契在動手，那人只負責拿盤子之類的雜務。

儘管如此他還是不停被罵，因為他一直盯著迪和桑契作菜的手看。

我一面覺得奇怪，一面注意他們有沒有作弊，這時在別處監視貴族的姊弟倆回來了。

「天狼星少爺，目前對方沒有可疑的動作。」

「我也沒看到。可是那傢伙得意洋洋的，超讓人火大。」

「別管他。他是看到迪準備的食材，覺得自己不可能輸。」

迪用的確實都是平常在鎮裡買到的食材，不過這樣就好。考慮到這場比賽的勝敗條件，用不著裝闊氣。

比賽才開始沒多久，還得花不少時間，因此諾艾兒幫評審準備了紅茶。

「喂喂喂，做這種事也不會加分喔？」

「我當然知道。我只是因為大家特地過來這裡，不好意思讓你們一直乾等。紅茶有很多種類，有沒有什麼要求？」

像這樣，她不時會跑來跟評審閒聊。時間一分一秒流逝，先煮好料理的人是迪。

「喔喔，看起來還是一樣美味。」

「不過……好像沒什麼特別？」

「喂，我的只有這些嗎？」

「嘿嘿，迪先生果然很懂。」

迪做給每位評審的料理都不一樣。有的是咖哩，有的是肉，有的是湯加飯——即所謂的茶泡飯，分量與種類各不相同。

順帶一提，做給莉絲的好幾種丼飯，全都堆得跟小山一樣高。

吃完迪做的菜……每位評審表情都很滿足。

「請再給我一份。」

只有莉絲要求續飯。貴族看著評審的臉色，臉上浮現驕傲的笑容。

「哼，以為種類多樣就好，真是太膚淺了。桑契，讓他們見識見識究極的料理！」

「交給我吧。」

評審吃完的同時，桑契也做好了，將料理端到評審面前。

只有一道想必濃縮了所有精華的肉料理，光聞香味就會讓人垂涎三尺。

再加上盤子還用蔬菜雕刻裝飾，看起來也美觀，感覺是道只有王族能吃的料理。

五位裁判同時朝料理伸出手，被肉的嫩度嚇了一跳，將其放入口中。

「這是……厲害。」

「好吃！我從來沒吃過這麼美味的肉。」

「請再給我一份。」

「怎麼可能有多的。妳知道做這一道要花多少工夫嗎？」

「咦!?明明這麼好吃的說……」

「莉絲，親子丼還有剩唷。」

「太好了！」

雖然有個人反應不太一樣，不愧是究極的料理，評審都讚不絕口。

經過評審們的比較後，結果是……

「三對二……迪馬斯獲勝。」

「為什麼!?」

貴族大聲吶喊，一副覺得莫名其妙的樣子。你們的敗因在於眼中只有面前的料理。

桑契做的菜確實足以稱之為究極的料理。

然而高級食材濃郁的滋味，一旦強調過頭也會變得容易膩。不至於不會想再吃，但應該要等個好一陣子。

相對地，迪準備的是配合評審的心情及身體狀況的料理。喜歡熟悉味道的人。

想吃有點分量的肉的人。

身體狀況不好，胃不舒服的人則準備負擔沒那麼重的菜……他會在小細節上留意，好讓大家吃得開心。

是諾艾兒看穿了評審的狀況。她在途中幫忙泡茶、跟他們聊天，目的就在於此。

不是為了獲勝，只是純粹為對方著想的夫妻倆的貼心之舉，連究極的料理都比不過。

這場比賽比的不是誰做的菜比較好吃，是誰能讓評審更滿意，迪贏了也不奇怪。

因為單論廚藝的話，迪或許不如桑契，但兩者間的差距也沒那麼懸殊。

然而這名貴族卻在大聲抗議，八成是沒想到會被動用關係私下找來的裁判背叛。不好意思，我早料到了。

我用有點強硬的方式跟他們接觸，告訴他們貴族的威脅或誘惑，遲早會被我排除，如果是美食家，就選擇真的能讓自己滿足的料理。

那些人起初煩惱不已，現在各個神清氣爽，沒有任何問題。

「開什麼玩笑！吃得那麼津津有味，為什麼最後選的卻是那個庶民？」

「……好了。這次是我沒端出適合各位的料理。」

儘管服侍的貴族是個白痴，桑契依然擁有身為廚師的自尊，毅然決然接受敗北。

但那個貴族持續嚷嚷著不接受這個結果，我附在他耳邊講了幾句話，他就乖乖閉上嘴巴。

接著我們目送忿忿不平的貴族男子離去，開始收拾器具，迪和諾艾兒看著遠方說：

「這次可以說是被規則救了。論廚師的技術，我輸得徹底。」

「沒關係啦，我們之後再一起慢慢成長。」

「……嗯。有妳陪在我身邊，我可以一直努力下去。」

「我也是，親愛的。」

「諾艾兒……」

平安度過危機的夫妻倆，加深了羈絆……我很想這麼說，但他們的羈絆早就無人能敵，跟平常比起來沒什麼差。

這對夫婦八成一輩子都會是這個調調。

隔天，生意好得一如往常的艾莉娜食堂，召開了女子會。

艾米莉亞、莉絲、諾艾兒、諾艾兒的女兒和妹妹共五位女性，把點心及飲料擺在店裡的桌子上，相談甚歡。

艾莉雅她們喝的是果汁，諾艾兒跟諾琪雅好像是喝酒，因為食堂已經打烊了。

至於她們的話題……

「男人工作的時候果然最帥了！沒錯，像我的迪先生。」

「我聽膩妳炫耀老公了啦。唉……我也好想快點找到迪先生那樣的老公。」

「就算是諾琪雅，迪先生也不會讓給妳！」

「知道啦！」

從男性魅力開始，不知不覺變成討論起諾琪雅的男人緣。

她的年紀還不到需要著急的地步，可是諾艾兒和迪每天在那邊秀恩愛，似乎讓她非常羨慕。

「不是有很多客人向諾琪雅小姐搭訕嗎？」

「嗯，我覺得有幾個人是真的想跟妳交往。」

「那是因為……這家店能搭訕的女性只有我而已。妳們看，姊姊與其說是可愛看板娘，更接近搞笑看板娘，所以目標必然會落在我身上。」

「搞笑看板娘!?」

「而且來搭訕的人和我的理想差超多。我喜歡認真率直的人，他們卻都是自我中心的冒險者。」

「那雷雷如何？那孩子又強又超率直的。」

「雷烏斯啊。那孩子確實很可靠，不過我喜歡會做菜的人……」

「諾琪雅小姐，別看他那樣，雷烏斯滿會做菜的唷。」

「他觀察力很優秀，看著看著就學了不少天狼星前輩的技術，還很會用刀。」

「這樣呀？啊——但我不好意思跟諾娃兒搶……」

「雷烏斯大人由我來照顧！」

「好好好，妳放心，我不會搶走他。唉……姊姊這種搞笑的人都有人喜歡了，為什麼我遇不到好對象……」

諾琪雅毫不掩飾真心話，大概喝醉了吧。

諾艾兒忽然站起來，搖搖晃晃走向別處。

「咦？姊姊，妳怎麼了？」

「我去問問看迪先生是不是因為我搞笑才喜歡我……」

「他絕對會說是因為妳漂亮啦！面對現實好嗎！」

「能被老公誇漂亮，如我所願！」

「妳就只是想被誇嘛！」

我還想說怎麼有點吵，果然又是熟悉的姊妹吵架。

那麼，沒參加女子會的我為何會知道得如此詳細，是因為……

「……就是這樣。」

艾米莉亞跟諾艾兒來向正在幫北斗刷毛的我報告。

我邊用刷子幫舒服地趴著的北斗刷毛，提出最先浮現腦海的疑惑。

「所以，為什麼要來告訴我？」

有些事應該是專屬於女性的話題，或是不太想讓男性知道啊。

我不禁歪過頭，艾米莉亞補充道：

「因為諾琪雅小姐太可憐……」

「想找我商量的意思。諾琪雅理想中的男性是？」

「認真率直……會做菜的老實人。其實那孩子標準挺高的。」

「還有她似乎不在乎外表，抱怨過好幾次內在比外在更重要。」

「完全是以迪為標準嘛。明明跟這種類型在一起心情會更複雜。」

「嗚嗚……對不對？天狼星少爺，能不能給點建議？」

她們平常雖然會吵架，諾艾兒還是挺關心妹妹的。

嗯……女人心海底針，不過我的想法是……

「在食堂當服務生，就算遇到對象也容易只看外表。我認為先找個差不多符合理想的，交往一陣子看看比較好。」

「那孩子遇得到那種人嗎？」

「用不著著急。妳也是經歷好幾次的偶然才遇見迪。命運之人總是來得突如其然，在意想不到的地方邂逅。」

「原來如此……」

「總之不要太過追求理想，多增加跟對方在一起的時間。不瞭解彼此，戀情就不會萌芽。」

這只是我個人的意見，聽起來可能十分理所當然，諾艾兒卻贊同地點點頭。

哎……諾琪雅雖然有點死腦筋，她可是位珍惜家人的溫柔女性。

她的魅力也不會不夠，遲早會遇見真心愛她的男人吧。

「嗷嗚……」

「噢，抱歉。」

一直想事情，導致我有點分神。

北斗發出可愛的叫聲叫我專心，我便集中在幫牠刷毛上。

——諾艾兒——

天狼星少爺踏上旅程，當千先生離開的數日後……

那一天，嘹亮的聲音傳遍打烊後的艾莉娜食堂。

「請您……收我當徒弟！」

年齡和天狼星少爺差不多的男孩跪坐在迪先生面前，深深低下頭。

我好像看過這孩子……是在哪裡呢？

「諾琪雅，他是誰呀？」

「之前不是看過嗎？跟迪先生比賽的那個廚師的助手。」

對喔，確實有這號人物。

在我搜尋記憶時，迪先生看這孩子神情如此嚴肅，詢問他前來拜師的理由。

「你不是桑契的徒弟嗎？為什麼想和我學做菜？」

「因為迪先生做的菜是我理想中的料理！」

他為了實現當廚師這個夢想而離開故鄉，偶然遇見桑契先生，說「我什麼都做，要我當打雜的也可以」，拜託他收自己為徒。

「不管是什麼樣的雜務，只要跟料理有關我都會做得很開心。可是，看到幫貴族做菜的桑契先生……」

「怎麼看都覺得不對勁……你想這麼說？」

「是的！桑契先生會做很厲害的料理，廚藝也高超到讓人想向他學習……我卻覺得這不是我要的。在我煩惱是哪裡不對的時候，看見迪先生做菜的模樣。那個瞬間……我非常感動！」

對喔，迪先生說過。

比起在亞里亞大人家為貴族下廚，幫天狼星少爺和大家做純樸的料理更加愉快。這孩子一定也一樣。

想做的不是給貴族吃的大餐，而是讓大家吃得高興、溫暖身心的料理。

之所以過這麼多天才來找我們，是因為他先去還之前照顧自己的桑契先生及其他人的恩情，看得出是個一本正經的孩子。

迪先生好像也對他有興趣，或許是因為他們經歷很像吧。

而且我們早就談過要雇個新人，某種意義上來說，他來得正好。

「……好吧，不過要先從打雜的開始做喔。展現你的毅力給我看。」

「是，謝謝您！」

「我也要有師弟啦。得繃緊神經囉。」

當打雜的也能這麼興奮，這孩子真的很喜歡做菜。

跟迪先生像到不可思議的程度——嗯？

「欸，諾琪雅，之後向人家介紹一下我們店。」

「可以啊……可是妳不自己教他嗎？這種時候妳不是都會第一個跳出來？」

「沒關係啦。我要專心教諾娃兒怎麼當一個好隨從，妳要好好教他唷。」

「知道了。那以後多指教囉。」

「是，請您多多關照。」

認真又像迪先生一樣，鍾情於烹飪的男孩。
讓我瞧瞧，這孩子會是諾琪雅的命運之人嗎？

後記

拿起本書來看的各位讀者，好久不見。我是ネコ。

首先要感謝幫忙繪製精美插圖的 Nardack 老師。這次您不僅畫了換上新衣服的大家，還有北斗這隻狼，真的十分感謝。

接著向協助本書出版的眾多人士，以及為我聲援的各位致上最深的謝意。

好了，學校篇在上一集結束，天狼星他們踏上旅程的第五集如何呢？

雖然故事沒有太大的進展，希望各位喜歡這種溫馨的氣氛。啊，下一集會到其他大陸去。

我想應該有人知道了，本作已經漫畫化，單行本第一集與這本第五集同時發售。

小時候我的夢想是當漫畫家，之後不知不覺變成想成為小說家出書，這樣我等於實現了兩個夢想。

漫畫版有跟小說版風味不同的可愛的艾米莉亞他們，有興趣的話請務必一讀。

那麼，讓我們第六集再會。

國家圖書館出版品預行編目資料

WORLD TEACHER異世界式教育特務 / ネコ光一作 ;
Runoka譯. -- 初版. -- 臺北市 :
尖端, 2017.10- 冊 ; 公分
譯自 : ワールド.ティーチャー : 異世界式教育
エージェント
ISBN 978-957-10-6594-6(第1冊 : 平裝)
ISBN 978-957-10-6704-9(第2冊 : 平裝)
ISBN 978-957-10-7316-3(第3冊 : 平裝)
ISBN 978-957-10-7527-3(第4冊 : 平裝)
ISBN 978-957-10-7746-8(第5冊 : 平裝)
861.57　　106002468

浮文字

WORLD TEACHER 異世界式教育特務 5

（原名：ワールド・ティーチャー - 異世界式教育エージェント - 5）

著　者／ネコ光一　封面插畫／Nardack　譯者／Runoka
發行人／黃鎮隆　副總經理／陳君平
總編輯／洪琇菁　國際版權／黃令歡、李子琪
執行編輯／梁瓏　美術編輯／李政儀
文字校對／施亞蒨　企劃宣傳／邱小祐、劉宜蓉
出　版／城邦文化事業股份有限公司 尖端出版
台北市中山區民生東路二段一四一號十樓
電話：（〇二）二五〇〇七六〇〇
傳真：（〇二）二五〇〇二六八三
E-mail：7novels@mail2.spp.com.tw
發　行／英屬蓋曼群島商家庭傳媒股份有限公司城邦分公司 尖端出版
台北市中山區民生東路二段一四一號十樓
電話：（〇二）二五〇〇—七六〇〇（代表號）
傳真：（〇二）二五〇〇—一九七九
北部經銷／祥友圖書有限公司
電話：（〇二）八五一二—三八五一
傳真：（〇二）八五一二—四二五五
中彰投以北經銷／高見文化行銷股份有限公司
電話：〇八〇〇—〇五五—三六五
傳真：（〇四）二六六八—六二二〇
雲嘉經銷／智豐圖書股份有限公司 嘉義公司
電話：（〇五）二三三—三八五二
傳真：（〇五）二三三—三八六三
南部經銷／智豐圖書股份有限公司 高雄公司
電話：（〇七）三七三—〇〇七九
傳真：（〇七）三七三—〇〇八七
一代匯集／香港九龍旺角塘尾道六十四號龍駒企業大廈十樓B &D室
電話：（八五二）二七八三—八一〇二
傳真：（八五二）二七八二—一五二九
馬新經銷／城邦（馬新）出版集團Cite (M) Sdn. Bhd.
E-mail：cite@cite.com.my
大眾書局（新加坡）POPULAR（Singapore）
E-mail：feedback@popularworld.com
大眾書局（馬來西亞）POPULAR（Malaysia）
E-mail：popularmalaysia@popularworld.com
法律顧問／王子文律師 元禾法律事務所
台北市羅斯福路三段三十七號十五樓
二〇一七年九月一版一刷

■中文版■

郵購注意事項：
1.填妥劃撥單資料：帳號：50003021戶名：英屬蓋曼群島商家庭傳媒(股)公司城邦分公司。2.通信欄內註明訂購書名與冊數。3.劃撥金額低於500元，請加附掛號郵資50元。如劃撥日起 10～14日，仍未收到書時，請洽劃撥組。劃撥專線TEL：(03)312-4212 ・ FAX：(03)322-4621。E-mail：marketing@spp.com.tw